猎熊记

【美】西奥多·罗斯福　著　董继平　译

青海人民出版社

图书在版编目（C I P）数据

猎熊记 /（美）罗斯福著；董继平译．-- 西宁：青海人民出版社，2015.8（2017.1重印）
ISBN 978-7-225-05014-0

Ⅰ．①猎… Ⅱ．①罗… ②董… Ⅲ．①散文集 – 美国 – 近代 Ⅳ．① I712.64

中国版本图书馆 CIP 数据核字 (2015) 第 203171 号

猎熊记

（美）西奥多·罗斯福 著

董继平 译

出 版 人　樊原成
出版发行　青海人民出版社有限责任公司
西宁市同仁路 10 号　邮政编码：810001 电话：（0971）6143426（总编室）
发行热线　（0971）6143516 / 6137731
印　　刷　陕西龙山海天艺术印务有限公司
经　　销　新华书店
开　　本　850mm × 1168 mm　1/32
印　　张　8.75
字　　数　180 千
版　　次　2015 年 8 月第 1 版　2017 年 1 月第 2 次印刷
书　　号　ISBN 978-7-225-05014-0
定　　价　29.00 元

西奥多·罗斯福

总 序

董继平

自从人类有了文字以来，自然就频频出现在文字中：起伏的群山、连绵的森林、奔流的江河、辽阔的草原、变换的季节、习性各异的动物和千姿百态的植物……由此，自然成为世界文学史上一个永恒的主题，其杰作众多，或天马行空，或流光溢彩，或细致入微，影响甚大，这个传统一直延续至今。在中国，至少有两部世界级的自然文学著作深深地影响过国人：一部是法国博物学家、文学家法布尔（Jean-Henri

Casimir Fabre, 1823–1915）所著的《昆虫记》，作者以深入的眼光、细腻的笔触娓娓讲述了昆虫之美；另一部是美国诗人、作家梭罗（Henry David Thoreau, 1817–1862）所著的《瓦尔登湖》，作者用自己的心灵之语向世人述说一个孤独者在湖畔的个人生活及融入自然的精神状态。

近代自然文学的产生和繁荣自有其根源，绝非偶然。从工业时代开始，人类为摆脱低下、落后的生产力而不断追求现代化，随着这一进程不断加速，自然生态也深受影响，不断恶化，在面对日趋严重的生态破坏的时候，人们就更加渴望回归自然的怀抱，以科学、理性的态度去善待大自然。在这种情况下，近代自然文学就应运而生。

在世界自然文学的发展过程中，没有哪个国家像美国那样发达、那样繁荣，自然文学的成就之大，可谓一枝独秀，在 200 年的时间里人才辈出，佳作纷呈，形成了群星璀璨的局面。美国自然文学的问世与发展，也自有其渊源。当年，与欧洲老大陆相比，美洲这个新大陆尚属蛮荒之地，但在 1789 年美国建国以后的那几十年里，工业飞速发展,经济建设一路高歌猛进,经济实力也渐渐迎头赶上欧洲老牌工业国。可是，正是在那几十年的飞速发展中，美国的现代化进程却付出了牺牲自然环境的沉重代价，其自然资源遭到了掠夺性开发，生态环境遭到极大破坏。修建横跨美国大陆的铁路，一方面为美国经济的发展做出了巨大贡献，另一方面却让曾经在大陆上到处漫游的野牛加速消失。面对这种现象，一批有识之士便开始积极奔走，为保护自然而大声疾呼。在美国人民认识到日益逼近自己生活的生态问题之后，大约在 19 世纪 50 年代至 20 世纪 20 年代这 70 年间，美国社会逐渐兴起了一场声势浩大的自然保护运动，其影响之大，覆盖面之广，持续时间之长，均令世界瞩目。这场自然保护运动在客观上促成了自然文学在美国的蓬勃发展，此间不仅大家辈出，而且还逐渐形成了美国文坛上的“自然文学”这一特殊文体。到了20世纪下半叶，环境保护主义运动在美国达到了鼎盛时期，同时也在全世界范围内不断扩展，随着这一运动的不断深化，自然文学愈加受到人们关注，并形成了一个庞大的作者群体，这些作家以大自然为写作对象和主题，着重以科学的方式来揭示和探讨人与自然的关系，号召人们走进荒野，倡导人们与大自然建立亲密联系，保护大自然的完整和野性，呼吁人们以一种更平等也更和谐的方式来处理人类与大自然之间的关系。

尽管有些文学史家把约翰·史密斯（John Smith,1580–1631）的《新英格兰记》和威廉·布拉福德（William Bradford,1590–1657）的《普利茅斯开拓史》认为是自然文学最早的雏形，但真正意义上的美国自然文学的先驱，当属博物学家威廉·巴特拉姆（William Bartram,1739–1823）。巴特拉姆出生于自然文学世家，他的父亲是“美国植物学之父”——约翰·巴特拉姆。威廉·巴特拉姆从小便受家学的熏陶，一边徜徉在父亲的植物园中，一边倾听鸟语、嗅闻花香。从严格意义上讲，威廉·巴特拉姆算得上是美国自然文学中的第一个大家，在其代表作《旅行笔记》中，他以细致而生动的笔触描述了尚处于原始状态的美国东南部的自然风景，用亲身感受讲述了那里的自然荒野之美。这部著作于1791年一问世，便在欧洲反响强烈，颇得好评，即使像柯勒律治那样的浪漫主义大作家也对其大加赞赏。最重要的是，他在《旅行笔记》中告诉我们，地球上的一切生物都绝非呆若木鸡，相反它们都非常聪明："如果留心一下任何动物，就会发现它们的效率高得让人震惊。它们行动前会精心策划，而且富有恒心、毅力和计谋。"这样的观点，无非是要让我们去尊重自然。

但真正形成团体而投身于自然文学的作家，则是美国文学史上那批著名的超验主义者。超验主义的领袖拉尔夫·沃尔多·爱默生（Ralph Waldo Emerson, 1803–1882）在他著名的《论自然》中阐述了自己对自然的观点，他不仅认为"自然是精神之象征"，还认为"我们从自然中学到的知识，远远超出我们能够任意交流的部分"，对后世影响甚大。而超验主义的另一位主将亨利·大卫·梭罗则更是身体力行，他在爱默生的影响下深入自然，一个人来到寂静的瓦尔登湖，搭建起小木屋，把自己的灵魂寄托在湖泊和山林之中。那时，他或在荒野中散步，或在树林中观察，或在湖畔沉思，悠然地描写自然之美，同时把人与自然的关系都隐没在那些朴素的文字中。根据《美国遗产》杂志 1985 年的一项调查显示，在"十本构成美国人性格的书"中，梭罗的《瓦尔登湖》位居榜首，可见其影响之大。除了《瓦尔登湖》，梭罗还有许多涉及自然的散文和日记，用淡淡的笔调娓娓倾诉自己的自然情怀，比如他的长篇散文《秋色》《散步》等便是这方面的杰作。爱默生和梭罗自不待言，在超验主义阵营中，还有一位中国读者几乎都不知道的女作家——玛格丽特·富勒（Sarah Margaret Fuller, 1810–1850），她是这个阵营中的女性佼佼者，在一个寂静的夏天，她摆脱了尘世喧嚣，把自己的灵魂彻底浸入一湖湛蓝的水中，以优美的笔调写下了一部自然散文集——《湖上夏日》。而在同时期，大诗人惠特曼亦深受爱默生的影响，除了《草叶集》，他的散文集《典型的日子》体现了自然之灵，尽管这部作品以日记的形式写成，字里行间却让作者那种静静观察、倾听、体验自然的形象跃然纸上。

19 世纪的最后 20 年里，美国自然文学界出现了两位大师——“两个约翰”:“鸟之王国中的约翰”——约翰·巴勒斯（John Burroughs, 1837–1921）和“山之王国中的约翰”——约翰·缪尔（John Muir, 1838–1914）。“两个约翰”分别奔走于美国东部和西部，为建立和谐的自然秩序而努力。巴勒斯是博物学家、鸟类学家，生活在东部的卡茨基尔山区，擅长描述鸟类生活，各种鸟儿在他的文字中栩栩如生；缪尔则是地质学家，也是一个永远在路上的行走者，这位“美国国家公园之父”以描写美国西部山区风景见长，山峦与森林在他的笔下熠熠生辉。“两个约翰”著述颇多，成就巨大，产生了深远的影响。稍后的女作家玛丽·奥斯汀（Mary Austin, 1868–1934）则独辟蹊径，她避开自然文学中通常描写的山水，却深入美国西部沙漠，以女性细腻的笔触向人们展示了荒漠之美及其灵性。19 世纪至 20 世纪之交是美国自然文学的一个高峰，许多作家和博物学家纷纷投身于自然文学创作，就连西奥多·罗斯福——老罗斯福总统那样热爱自然的政治家也客串了一把，推出了好几部具有影响的著作。

到了 20 世纪上半叶，美国自然文学界似乎有些沉沦，这是因为两次世界大战的战火纷飞，让人们更关注社会问题，而无暇顾及自然生态，因而此间自然文学大作相对不多。然而到了 20 世纪中期，美国出现了两位极有影响的自然文学作家：奥尔多·利奥波德（Aldo Leopold, 1887–1948）与蕾切尔·卡逊（Rachel Carson, 1907–1964）。他们本来与文学无关，但日益严重的自然生态问题赋予他们向公众宣传保护自然的重大责任，才动笔写起书来。奥尔多·利奥波德本来是林业学家、生态学家，长期致力于土地研究，在1949年他去世后才出版了代表作《沙乡年鉴》，这部著作的文笔异常优美，富于诗意，向读者完整地传达了自己的土地伦理观，引起各方面的重视，成为美国自然文学史上的里程碑。蕾切尔·卡逊是海洋学家，1962年出版了《寂静的春天》一书，她在其中以通俗的语言向公众揭示了现代文明进程对生态环境造成的恶果，对近半个世纪的美国人的自然生态观念产生了巨大影响。

从20世纪六七十年代到现在，随着自然环保运动的蓬勃发展，自然文学也不断深入、扩展，在美国呈现出百花齐放的繁荣局面，其间景象纷纭、作家众多、作品不断且各具特色：爱德华·艾比的《大漠孤行》、玛洛·摩根的《旷野的声音》、约翰·海恩斯的《星·雪·火》、巴里·佩洛斯的《北极梦》、杰克·贝克隆德的《与熊共度的夏天》……

自然文学几乎均以散文写成，有抒情，也有叙事，语言流畅、精彩，情节引人入胜，适合大众阅读，这也是它长盛不衰的主要原因之一。此外，它还有一个引人注目的特点，就是其作者也许并非专业作家，大多是博物学家、环境保护主义者，甚至还有政治家，他们写下的文字几乎都是作者亲历记，绝非道听途说或虚构作品，均为可读性和故事性极强的散文，同时又融文学性、科普性、知识性、趣味性为一体，深受读者喜爱。

近十年来，随着国人对自然的认识渐渐提高，自然环境保护在中国也得到一定的发展和深化，然而国外在这方面远比中国走得早，也走得远，自然及自然文学类作品非常发达，而自然文学虽在国内有一些介绍，但其深度和广度均还不够，仅就美国自然文学而言，目前已经介绍到中国的作品，也是寥寥可数。本丛书的宗旨就是填补这一空白，计划收入那些在中国未曾出版过的，也颇具收藏价值的外国自然文学作品（以自然文学大国美国为重点），突出作品的原创性、故事性、科普性和可读性。它们既是文笔优美的文学作品，也是趣味性极强的科普读物，对于加深中国读者对自然的认识具有莫大的帮助。目前，国民对自然的兴趣方兴未艾，绿色环保和认识自然也作为常识而进入了大、中、小学课堂，不过，多数国民对自然的认识还停留在初级阶段，或者不得要领，还存在着很大的限制性和片面性。因此，阅读自然文学作品就成为帮助其重新认识自然最主要、最有效的方式之一。本丛书恰好能满足广大国民在这方面的需要，可以帮助他们加深对动物、植物、季节及山川风物等自然细节的认识。出版本丛书的主要目的，借用美国自然文学家巴勒斯的一句话就是："我的书不是把读者引向我本人，而是把他们送往自然。"更重要的是，由于本丛书行文流畅，内容有趣，融故事性和科普性于一体，因此适合男女老少阅读。

我们相信，在正处于经济飞速发展，生态问题不断恶化之后又逐渐得到重视和解决的中国，出版本丛书对协调人与自然的关系将具有非常积极的意义。

译序

董继平

美国建国 200 多年来，出现过多位杰出的总统，他们在执政时期，在对内、对外政策上均有过重大建树，因此被世人铭记。除了华盛顿、林肯那样大名鼎鼎的美国总统之外，第 26 任美国总统西奥多·罗斯福可以说是多才多艺，他不仅是一位英勇善战的战士，还是一位出色的学者，在某些方面鲜有人能与之比肩。在美国人民的心中，罗斯福的功绩可谓彪炳千古。

西奥多·罗斯福（Theodore Roosevelt, 1858–1919）出生于美国纽约的一个富有家庭，其父亲是银行家。在兄妹四人中，他排行第二。罗斯福毕业于哈佛大学，他是二战期间的美国掌舵人、第 32 任总统富兰克林·罗斯福的远房堂叔，又是富兰克林·罗斯福夫人的伯父，所以现在人们通常把他称为老罗斯福总统，以区别于后来的富兰克林·罗斯福总统。罗斯福少年有为，23 岁即进入纽约州议会，并成为共和党领袖之一。

美国与西班牙的战争爆发后，时任海军部要职的罗斯福不满足于在后方作壁上观，于是组建了一个兵团，成员由他当年的西部牛仔老朋友和东部的常青藤老校友组成，号称“美国第一志愿骑兵旅”，赶赴古巴作战。在古巴的两场战斗中，该旅英勇杀敌，战绩显赫。从古巴凯旋归来后，罗斯福再度进入纽约政界。1898 年当选为纽约州州长。1900 年大选，共和党推举他做麦金莱的副总统候选人。麦金莱赢得大选后，罗斯福也随之担任了副总统。1901 年 9 月，麦金莱总统不幸被无政府主义者刺杀身亡，罗斯福随即补位登上总统宝座，成为美国历史上最年轻的总统。在 1904 年的总统大选中，罗斯福一举成功，赢得了大选。1905 年，日俄战争爆发，罗斯福从中斡旋，成功调停，从而获得 1906 年诺贝尔和平奖，成为第一个获此殊荣的美国人。第二任总统期满后，罗斯福没有再谋求连任。卸任后，他到非洲和南美洲进行探险，到欧洲旅行。晚年时，尽管罗斯福疾病缠身，但仍保持着乐观的生活态度。1919 年 1 月 6 日，罗斯福在自己的居所内平静地去世，享年 60 岁。

罗斯福在总统任内，制定了许多造福于美国人民的政策，政绩显著，有口皆碑。可以说，罗斯福是第一位对环境保护有着长远考量的总统，他执政七年，采取一些有利于国家经济建设和资源保护的措施。比如将 7800 公顷土地转化为国有，从而为后代保存了大量的国家森林、公园、矿藏、石油、煤田和水力资源。1904 年 3 月 14 日，他在佛罗里达州设立了第一个国家鸟类保护区，是为野生动物保护系统的雏形；1905 年，他又敦促美国国会成立美国林业服务局，管理国有森林和土地。罗斯福当政时期，美国设立的国家公园和自然保护区面积共 1.94 亿英亩（约 78.5 万平方公里），超过了所有前任总统所设立的国家公园和自然保护区面积的总和，其中著名的有大峡谷国家公园。他还常给《户外生活》（*Outdoor Life*）杂志撰稿，昭示自己的自然保护理念。他在一篇文章中这样写道："我们的发展与永久性财富的资源保护息息相关。"他当政时期努力制定的若干保护法令，对后来的美国自然保护起到了决定性作用。美国的自然资源至今保存较为完好，罗斯福总统可以说是功不可没。

20 世纪初以前，美国盛行狩猎之风。当时参加狩猎的人主要出于两种目的：一是专业猎人，他们多半为生活所迫，以狩猎动物、贩卖野兽皮毛为生；二是一部分有钱人，他们将狩猎作为户外体育运动，通过野外追逐、长途跋涉来锻炼身体，有些地区还专门成立了狩猎俱乐部。大名鼎鼎的西奥多·罗斯福——老罗斯福总统即属于后者。罗斯福当年可以说是个狩猎狂，扛着猎枪四处漫游，其足迹不仅踏遍美国，还远至非洲大草原和南美亚马孙丛林。

1909 年 3 月，罗斯福卸任后不久，在安德鲁·卡内基基金会的资助下，率领一队人马离开纽约，浩浩荡荡前往非洲探险，此行的目的是为美国史密森尼学会和美国自然历史博物馆收集动物标本。随行团队中不乏史密森尼学会的科学家，由当时美国的著名猎人、探险家弗里德里克·塞鲁斯担任领队。在非洲，他们一共捕获了 11397 只大大小小的动物，小到昆虫，大到河马和大象，其中 512 只动物为大型动物，包括 6 只珍稀的白犀牛。大量动物及动物皮经过处理后被运往华盛顿，由于其数量之巨，将这些标本全部安装完毕耗费了数年时间。尽管此次探险活动是以科学的名义进行的，但实际上是一次狩猎活动。对这次非洲之行，罗斯福还专门写下了《非洲猎物小径》一书，详细地描述了当时追逐猎物时令人激动的场面等。

1913 年，在美国自然历史博物馆的资助下，罗斯福又深入南美巴西亚马孙河热带雨林探险，为美国自然历史博物馆提供新发现动物的标本。抵达南美后，探险队的目的发生了变化，从原来的单纯收集动植物标本，进而探索困惑河（Rio da Duvida）的源头。罗斯福率领的探险队由十六位成员组成，包括罗斯福的一个儿子、美国自然历史博物馆的工作人员、巴西军队的一个中尉和医生等人。在探险途中，罗斯福不幸染上了疟疾，并持续发烧。在配给食物有限的情况下，他担心自己会拖延整个探险的日程，要求独自留下。但是他的儿子坚持带他前行，队医也对他悉心照料，终于把他从死亡边缘救了回来。后来，他将此次探险的经历写成了《穿越巴西荒野》一书，结果十分畅销。

罗斯福博览群书，博学多才，除了在历史等方面的建树外，他还是一位博物学家、狩猎探险家。他把自己早年在野外长途跋涉、追踪猎物的经历都写成文字，留下了若干卷狩猎记，其中以冷抒情的笔调来描写他的狩猎过程，从现在的观点来看，某些场面近乎残忍，但那毕竟是历史。难能可贵的是，他在总统任期内颁布了种种法令来保护美国的自然资源，其中就包括那些曾经倒在他的猎枪下的野生动物。罗斯福的野外狩猎著述颇为丰富，大部分收入了《罗斯福文集》。除了上面提到的《非洲猎物小径》和《穿越巴西荒野》，尚有他在美国各地的野外生活及狩猎记多卷，包括《猎熊记》《一个牧场主的狩猎旅程》《牧场生活与追猎》《荒野猎手》《一个美国猎人的户外娱乐》等，其中记录了他在野外生活与狩猎过程的细节。他还与人合作编著过一部关于美国鹿类家族的博物类科普书籍。

《猎熊记》是罗斯福记述野外生活和狩猎的代表作之一。本书共九章，多以不同的动物为题，叙述了罗斯福本人在野外生活及狩猎过程中的经历。罗斯福早年当过牧场主，野外经验十分丰富，因此，读者可以从中看出他描述野外环境的纵横捭阖的文字本领。其中，他不仅描述了狩猎美洲野牛、黑熊、大灰熊、美洲狮、野猪、狼等动物的经历,而且还像博物学家一样,对各种动物的分布和习性做了详尽的介绍。在他的文字中，我们不难看到当年美国西部荒野的雄奇风景，既有野牛成群，如云飘过一望无际的大平原的宏大场面，也有猎人徒手与猛兽搏斗的惊心动魄的细节描写，还有对平原、山林、湖泊等地貌的抒情性叙述。同时，他对当年生活在美国西部的印第安人、猎人和牛仔等也颇为了解,并对这些人物进行了深入细致的描述,文字具体而翔实。因此，本书现在仍然不失为研究当年美国西部风物的一份原始资料。

最让人感到意外的，还是罗斯福的文笔。作为一个政治家，他能竟敢劫夺过路的猎人背上的猎物；得克萨斯的野猪成群结队，无端对农夫群起而攻之；狩猎中，猎人对各种猎犬正确配搭使用，对大型猎在书中叙述得如此清晰、流畅，的确难能可贵。其语言生动有趣，个性分明，展现了一个野外随笔大家的风范。若不是罗斯福本人对野外环境及野生动物有十分透彻的了解，是很难做到出神入化的。在他的笔下，我们不难看到成千上万头受惊而奔跑的野牛越过辽阔的大平原，一路扬起的尘土遮天蔽日；山林中走投无路的大灰熊背水一战，发起勇敢的冲击；饥肠辘辘的美洲狮胆大妄为，竟敢劫掠过路的猎人背上的猎物；得克萨斯的野猪成群结队，无端对农夫群起而攻之；狩猎中，猎人对各种猎犬正确搭配使用，对大型猎物进行围捕；以及西部牛仔精湛的骑术和牧牛术。

尽管罗斯福的野外生活与狩猎都已成为历史，但他当年制定的自然保护政策却惠及千秋万代的美国人。

猎熊记

contents

第 1 章　美洲野牛的故事

The Bison or American Buffalo

美国野牛的消亡——我的弟弟和表弟踏上去得克萨斯狩猎野牛的旅程——在布拉佐斯河畔狩猎的艰难困苦——猎杀很多野牛——追踪四头公野牛——野牛大惊跑——野牛偶尔发起冲击——化险为夷：开枪用子弹分开冲击而来的野牛群——印第安科曼奇族的武装袭击——阿肯色河畔的巨大野牛群——克拉伦斯·金的探险经历——山地中的野牛——正濒临消亡——狩猎山地野牛——发现野牛踪迹——巧妙娴熟的追踪技术——六头野牛组成的小牛群——在峡谷中扎营

修建横跨美国的铁路，导致野牛急剧减少

当我们在 1776 年成为一个国家时，美洲野牛（bison）——人们开拓荒野时第一种消失的动物，流浪到了标明宾夕法尼亚、弗吉尼亚和南北卡罗来纳等州西部边界的群山之巅。它们曾经成群出没于如今属于俄亥俄、肯塔基和田纳西等州的地方，但到了 19 世纪初，它们被驱赶到密西西比河那边；在接下来的 80 年，它们生活在大平原上，形成了最与众不同也最有特色的生存特征。它们为数众多，漫山遍野，让人难以置信。巨大的野牛群由成千上万头野牛组成，从加拿大萨斯喀切温河（the Saskatchewan）漫游到格兰德河（the Rio Grande），而且还向西漫游到落基山脉。它们成为骑马的印第安部落、法国混血人的古怪群体或者生活在雷德河（Red River）

的混血人的种种谋生手段，也成为不屈不挠的代表性流浪者——白人猎手和设置陷阱捕猎者的生计来源。于是野牛的数量便慢慢减少，但是直到内战爆发之前，野牛数量减少的速度还是非常缓慢的，它们并不是被定居者消灭的，而是被铁路和猎取野牛皮的猎人消灭的。

内战结束后，横跨美国大陆的铁路这一巨大工程的建设呈现出无限活力，全速向前推进。这些铁路对于猎人们不可或缺，为其提供了前所未有的廉价的交通工具；同时，市场对野牛皮制成的长袍的需求十分旺盛，原来数量巨大的野牛又相对容易猎杀，于是吸引了一群又一群冒险者千里迢迢赶来狩猎，掀起了一场世所罕见的野牛大猎杀，结果在极短的时间内，这种为数众多的大型动物就被消灭了，这是前所未有的——好几百万头野牛遭到了杀戮。在那场大规模杀戮开始之后的 15 年内，巨大的野牛群体被消灭了。如今在美国大陆上，据说很可能只剩下 500 群野牛，而且自从 1884 年以来，已经没有一群野牛的数量超过 100 头了。

随着太平洋联合铁路（the Union Pacific Railway）的修建，野牛的第一次大减少也来临了。中部地区的所有野牛都被消灭殆尽了，其他野牛则分裂成北方和南方两大群体。南方大群体大约在 1878 年首先遭到消灭，北方大群体直到 1883 年才被消灭殆尽。我自己对野牛的经验并不多，主要是在后来的岁月中才经历的，那个时候，小群野牛漫游在我在小密苏里河（the Little Missouri）上的牧场附近，此外还可以见到一些零星的野牛，关于这些，我在其他文章里有所叙述。可是我的两个兄弟却比我幸运得多，在一望无际的野牛群还黑压压地覆盖在大草原上的时候，他们就加入了追逐这些贵族般的野牛的狩猎行列，去追寻他们年轻人的冒险经历去了。

两个富有冒险精神的年轻人参加狩猎队

在 1877 年的头两个月，我的弟弟埃利奥特还是一个不到 17 岁的年轻小伙子，他携手同伴，朝着得克萨斯北部的斯台克德平原（Staked Plains）的边沿挺进，去射猎野牛。那时正值南方野牛群体濒临死亡，在这段时间里的两年内，除了一些零星散落的小型群体，原来的巨大的南方野牛群体已不复存在。与他同行的是我的堂弟约翰·罗斯福，他们与另外六个冒险者一起出发去漫游，这支狩猎队伍都由年轻人组成，他们频繁去边境，都经济拮据，但都很勇敢，充满活力，热衷于能让自己兴奋的事物，富有冒险精神。我的弟弟在这群人中最年轻，经验也最少，但他正值青春期，正茁壮成长，体格强壮而健康，非常喜欢拳击、摔跤、赛跑、骑马和射击等运动；而且他还曾经给猎人当过帮手，射猎过鹿和火鸡。他们赶着两辆四轮草原马车前进，四匹马拉动一辆马车，他们的餐具、弹药、被褥和其他用具统统装在马车上。此外，这支狩猎队还有六匹坐骑——全都是毛发杂乱、蓬松的北美野马；还有三四只猎犬——塞特猎狗和杂交的灵猩，跟在马车后面一路小跑前进。

每个人都要轮流担任马车夫和厨师，每人两天，而且总有两个人留下来看守马车或营地，以防发生意外，另外六个人则通常两个人一组外出狩猎。这次探险，一是作为户外运动，达到锻炼身体的目的；二是希望获得一些经济利益——在购买马匹和马车之后，大家都囊空如洗，不得不依靠贩卖野兽皮——如果他们来到靠近边界的贸易站，还贩卖野味——以此维持生计。

他们在那一年的1月2日起程出发，朝着布拉佐斯河（the Brazos）源头的索尔特叉流（Salt Fork）挺进，那里可是狩猎的好去处——巨大的野牛群漫游的中心。起初那几天，他们在有人定居的荒野边沿徘徊，仅仅射杀到了一些小型猎物——鹌鹑和草原禽类，然后他们开始射杀火鸡、鹿和羚羊。他们用这些猎物来交换面粉,或者在牧场和邋遢落后的边境小镇换一顿饭吃。有几次，这些年轻猎人迷了路，不得不在开阔的野外过夜，但如果能找到牧场，他们便在牧场里睡觉。镇子里和牧场上到处都是言行粗鲁的顾客，我弟弟的所有同伴都是身强力壮、头脑发热的年轻人，行事冲动，结果他们卷入了几场野蛮的战斗，幸好没有人受重伤。我的弟弟草草地写了一些日记，那些日记条目简短得让人吃惊。有几次，他在日记中提到他们要么到达了休息地，要么到达了一个村落，要么到达了另一支与他们竞争的野牛狩猎队的营地，他用词简洁：“大战一场”或“大困境”之类；可是这些日记表现出了这群年轻人勇敢的一面，他在1月20日的日记中这样写道：“在路上——穿越贝尔纳普（Belknap）——太活跃，因此保持朝布拉佐斯河前进——天色已很晚了。”不同的野牛狩猎队相互之间极为嫉妒，也不那么友好，每支狩猎队都自认为对自己最初发现的狩猎范围拥有专属权，有好几次这种感觉来临，给我的弟弟和他的同伴们招惹了很大的麻烦。

当他们慢慢赶着沉重的马车朝狩猎地进发时，沿途遭受了在大平原上旅行时的那种艰难困苦。正如得克萨斯的大多数冬天一样，那里的天气忽而极度酷热，忽而又极度寒冷，很少下雨，结果导致他们常常找不到水源，以致严重缺水。有两次，他们不得不穿越荒凉的不毛之地，那里的水潭干枯了，他们渴得要命。第一次，他们的马匹状况还良好，稳步前进，仅仅偶尔短暂停留，这种情况持续了 36 个小时——他们在那段时间里穿越无水的荒野。我弟弟的日记这样写道：“1 月 27 日——大狩猎——无水，今天凌晨 3 点我们离开了奎因碉堡（Quinn's blockhouse）——整夜都在前行——酷热。28 日——无水——酷热——7 点我们找到了水，到 8 点时来到斯汀金溪（Stinking Creek）——大家齐声欢呼。”第二次，马匹非常虚弱，行进缓慢，狩猎队在 48 小时的旅程中滴水未进。“2 月 19 日——艰难跋涉，前进了 34 公里——路况糟糕——寒冷之夜，无水，狼群一路尾随，追踪我们的鲜肉气味而来。20 日——在大草原上前进了 30 公里，再一次只有泥淖，无水，寒冷得厉害——渴得要命。21 日——行进了 48 公里，抵达克利尔堡（Clear Fork），有了淡水。”

我年轻的弟弟匆匆记下这些潦草的日记条目时，他认为，如果记录任何艰难困苦或遭受的痛苦都是怯懦的表现，可是每个平原居民都会理解他们所处的真正痛苦：连续一天两夜，还包括另外两个白天部分时间的艰苦旅行，没有水，甚至还头顶凛冽的天气。在最后的若干公里旅程中，马匹蹒跚前进，步履艰难，只能拖动载重量轻的马车了，因为那时他们只剩下一辆马车了，大家都疲乏不堪，嘴唇焦干，几乎说不出一句话来，于是一言不发地拖着沉重的脚步前进。我自己在北方的狩猎和经营牧场，北方的水源更多，因此我从未遇到过相似的经历。我曾经率领一支队伍在36小时内穿越一片无水的荒野，可是老天有眼，夜里下起了大雨，让马匹吃够了湿漉漉的水草，补充了大量水分，而我站在雨中，还穿着雨衣，也喝够了水。对于我个人，我只有一次无水而跋涉了长达26小时的经历。

身材硕大的狼钻进营地，跟几只狗发生混战

狩猎队把永久性营地扎在布拉佐斯河的一条峡谷中，那条峡谷以布兰科峡谷（Canyon Blanco）而著名。在旅程的最后几天里，他们沿着河流行进，穿越了一片猎人真正的乐园：干旱驱使所有的动物来到更大的水道边饮水，原野上密密麻麻挤满了猎物。一整天，马车所经之处，两旁都有大群的羚羊在吃草，同时，无论什么时候，只要他们接近峡谷边沿，一群群鹿就从点缀在河边的树林中惊走；鹿甚至还常常从树林中出来，同羚羊一起在大草原上漫游。这些猎

物并不怕人，因为无论是印第安猎人还是白人猎人，都一心以野牛为追踪目标，直到那些身材魁梧、毛发蓬松的野牛群被消灭为止，因此，猎人根本没把这些更小的猎物放在眼里，于是鹿和羚羊之类的动物很少受到骚扰。

有一次，狩猎队吃完了新鲜野味，我的弟弟便外出狩猎，他仅仅埋伏在一个位置上就射杀了五只羚羊。当时他隐蔽在背风方向，枪响之后，那些羚羊看着自己的同伴倒下，却似乎相当迷惑，而不是恐慌。正如大家所期待的那样，那里的猎物异常丰富，灰狼和丛林狼（coyote）也特别多。夜里，狼群围绕在营地四周，整整一夜都不停地尖叫着合唱，痛哭般地号叫。有一天夜里，它们竟然来到离营地如此之近的地方，以至于狩猎队不得不系住马腿，并派专人守护马匹。还有一次，一只身材硕大的狼竟然钻进了营地，但被几只猎犬紧紧围住了，那只狼大声号叫起来，与几只狗发生混战，扭斗成一团，滚到了一个正在睡觉的人身上，最后，那牙尖齿利的觅食者摆脱了狗群，溜之大吉，仓皇地消失在夜色之中。

还有一天晚上，他们被一个截然不同的来访者——一个突如其来的印第安人惊得目瞪口呆，那家伙从正慢慢合拢的黑暗中突然现身，走进营地，在火光圈中蹲下来，一边神色严峻地自我介绍："我是通卡瓦人"，一边毫不客气地从吊锅里舀起炖肉，狼吞虎咽地吃了起来。他属于对白人友好的印第安通卡瓦(Tonkaway)部落，听了他的介绍，大家才迅速恢复了镇定，而那来访者一直镇定自若，坐在篝火边儿不停地吃着，最后吃得实际上只剩下残羹剩饭了。他的出现所引起的惊慌很自然，因为那时印第安科曼奇（Comanche）部落正在大肆袭击狩猎野牛的白人猎人，那些野蛮的印第安人要么伏击他们，就是洗劫他们的营地，发生过不少流血冲突。

他们的营地驻扎在一个深潭或水坑附近。两边的绝壁像墙壁一样高高升起，在绝壁坍塌、不再陡峭之处，时常有巨大的野牛群出没，一代又一代野牛从那里经过，在小道上留下深深的垄沟，一眼看上去，经过那里的野牛露出的背部，仅比周围的泥土高一点儿。在底部，在镶嵌在这峡谷般的山谷边沿的悬崖顶上的某些地方，生长着一丛丛纠缠的树木，大群大群的野火鸡（turkey）居住在那里。我的弟弟曾经朝着一对巨大的野火鸡开了两枪，结果令人非常满意。那是黄昏时分，那两只野火鸡掠过他的头顶，从一道悬崖飞到另一道悬崖，他手持一支口径为 9.65 毫米的巴拉德步枪，就在那两只野火鸡沉重地展翅飞掠之际，他连续开了两枪，一举把它们击落。当然，这主要是因为他的运气好，但也表明了他的射击技术精湛。那支巴拉德步枪是一种非常精确、携带方便的小型武器，最初属于我，是我拥有和使用过的第一支步枪，我曾经用它射杀过一只鹿——那是我射杀的唯一大型猎物种类；后来当我的弟弟去得克萨斯狩猎时，我便把那支枪送给了他。当时我们认为，那支枪性能良好，足以射杀野牛或别的猎物，但不知道它还有更多的好处，当我的弟弟来到大平原上，他便发现自己必须配备一种更重和更致命的武器，而那支巴拉德步枪便有了用武之地。

扎营之后，狩猎队便松开马匹，它们在艰难的长途跋涉中不幸掉了不少肉，此时它们可以静静地吃草，恢复体力。始终留在营地的那两个人看守和照料它们，除了很少几次，狩猎队只用它们来驮运野牛皮。营地看守者还临时担当起厨师的职责，尽管咖啡和面粉最后都用完了，但各种野兽的鲜肉却是异常丰富。营地从来就不乏野牛肉、鹿肉、羚羊肉、火鸡肉、草原松鸡肉、鹌鹑肉、野鸭肉和野兔肉。根据当时的具体情况，这些鸟肉被煮成一锅；当捕猎鹿或羚羊时，猎人们便驱赶着狗穷追不舍，把那受伤的动物撵得精疲力竭。但猎人们全部的注意力几乎都放在野牛身上，在营火四周闲荡一晚上，裹着长袍和毯子酣睡一夜之后，他们在破晓之前就起床，匆匆吃一点儿早餐，便两个人一组穿过寒冷的黎明出发去狩猎了。那里的野牛十分丰富,第一天他们便猎杀了20头，可是野牛群并不安定，始终在移动，有时在营地边儿就能看见漫游的野牛，但有时得走上一整天才能发现它们的身影。

用眼睛侦察野牛并不困难——而这正是追踪生活在森林中的猎物的主要麻烦。在大草原上，一头野牛并不努力地隐藏自己，猎人极目眺望之处,就能看见它那黑黝黝的庞大躯体若隐若现。有时，它们三四头形成一小群，有时其群体又多达两百来头，偶尔还可发现数千头的庞大群体。一些孤零零的老公牛被驱逐出群体，这种情况很常见。如果是在崎岖的地面上，在山丘与沟壑之间，从背风方向接近它们并不困难，因为野牛对气味十分灵敏，只有从背风方向悄悄靠近它们,才不会被发现。但野牛的视觉则不那么好，在一段距离开外，它们的目光很不容易进行观察——它们的头部长满了那些悬垂的粗糙毛发，遮挡了视线。

通常情况下，如果它们处于开阔、起伏的大草原上，那么要悄悄靠近它们就困难得多。每个洼地、每个土丘和每丛鼠尾草都用来作为掩护，猎人趴在地面上，穿过草丛蜿蜒着匍匐前进，也许还不得不手脚并用，爬行上四五百米，全然不顾四周多刺的仙人掌。一旦足以靠近毫无察觉的硕大猎物时，他便开枪射击，但依然小心翼翼地隐藏着自己。如果硝烟被风吹散，野牛没有看见攻击者，它们通常还会傻乎乎地一动不动站在原地，直到猎人射杀许多头野牛。猎人射击时得小心，射击得不要太高，仅仅瞄准野牛肩头后面的部位，即野牛身体上面三分之一的地方就可以了，那样子弹才可能射穿野牛的肺部，一击即中。有时，即使野牛看见了猎人，它们也可能仿佛是糊涂和惊慌了一般，乱挤成一团，盯着一阵阵硝烟；可是一旦它们意识到自己面临着危险，通常会撒蹄便跑，笨拙地奔驰。一旦奔跑起来，它们就会一口气跑出很多公里才停下来，因此徒步追逐它们，会让人劳累不堪。

成千上万头野牛冲过来，两位猎人危在旦夕

一天早晨，我的弟弟和表弟留在营地当看守。他们无所事事地坐在那儿晒太阳，暖和身子。就在那时，四头来到水潭饮水的野牛紧紧吸引了他们的注意力。这些野牛沿着一条猎物小道——悬崖中的一道深辙走了下来，面对他们就座之处。他们埋伏在那里

观察，丝毫也不敢动弹，害怕被发现。野牛们走到水潭边儿开怀畅饮，喝饱之后，伫立了片刻，细细的水流从它们的嘴里流了出来，它们还摇晃着短短的尾巴拍打身侧，享受着初升太阳洒下的明亮的温暖。然后，随着一阵阵柔软泥淖的溅落声和汩汩声，它们离开了水潭，笨拙而又灵活地爬上了悬崖。

野牛一转身离开，我的弟弟和表弟便飞也似的跑去取枪，可是等他们回来时，野牛们已经越过了悬崖顶。于是，这两个年轻猎人便迈开大步，攀登上悬崖去追踪野牛，他们发现，等他们爬上崖顶时，他们的猎物并没有停留，而是缓慢地大步奔跑起来，径直越过大草原，无疑是想重新汇入它们刚才脱离的那个野牛群体。商量片刻后，两位猎人便开始追踪，激动得忘记了一切——根据规定，作为营地看守人，他们应该坚守自己的岗位，不得擅自离开营地。他们一边不停地小跑，一边用目光追踪着野牛，直到他们越过一个山丘之后，才找到野牛的行踪。那里的草丛很深，在他们最初行进的七八公里，没遇到什么困难，一直不停地前进，仅仅不时扫视着猎物的踪迹。当太阳升起,天气渐渐变得暖和起来，他们便开始气喘吁吁了，越过粗糙的草原草地的斜度上下奔跑之际，大粒汗珠滚下他们的面庞，他们不时把步枪从一个肩头转移到另一个肩头上。但由于训练有素，他们不需要停下来休息。

终于，他们到达了连绵的光秃地面，那里没有草丛，由于太阳的暴晒，野牛的踪迹渐渐模糊了，他们不得不缓慢行进，仔细地检查野牛那沉重的蹄留在土壤中的模糊痕迹，从众多以前的老蹄印中找到自己正在跟踪的猎物踪迹来。虽然这种工作单调乏味，可是到了他们再次踏上草地的时候，他们完全缓过劲儿来了。他们看见，在离草地边沿仅有几百米的地方，在一个微微的洼地，那四头野牛刚刚汇入一群有五六十头野牛的群体之中，那群野牛根本没注意到刚刚加入群体的那几头野牛，只顾低头吃草，而刚刚重新加入进去的那四头野牛也立即开始贪婪地吃起草来。低语着商量了一阵之后，两位猎人便爬了回来，绕了一个大大的圈子，那样他们就来到野牛群的背风方向，那里与地面上一个微微的隆起处形成一条直线。然后，他们爬上这个隆起处，透过一蓬蓬高大茂密的草丛窥视，看见了一百多米开外的那些毫无察觉的家伙。他们一起开火，两个人都重创了各自的目标，当那群野牛还处于仓皇之际，他们又冲上前去追击那些撒蹄奔跑的家伙——它们被其他野牛阻挡，仓皇而又惊慌，最终他们又射杀了三头野牛。

还有一次，我的弟弟和表弟几乎遭遇了可怕的死亡，几乎被一大群迎面惊跑而来的野牛踩死，差点儿送了小命。野牛群中的每一头野牛都屈从于这些无法控制的恐惧，为之所左右，一旦受惊，它们全都疯狂起来，以密集的群体向前冲击，势不可当。马匹，尤其是饲养的家牛，常常都有这种惊跑，这是牛仔们不得不永远要当心的危险。一群惊跑的马在恐惧中疯狂地奔跑，扫上山谷，如此猛烈地撞向一块岩石或一棵树，它们前赴后继，以至于下面死伤累累，同时幸存者还不停地狂奔，撞翻马车、毁坏帐篷，一个陷入这种狂奔中的徒步者很少有生还的机会。野牛的惊跑则更是厉害，或者说在过去更厉害，因为野牛群数量巨大，野牛本身身体沉重，在一阵没留意的恐惧的暴怒之中，它们跳下悬崖下面的河流之中，撞倒一切挡道的东西。就在这一次，我的弟弟和表弟在回营途中，刚刚登上一道长长的、低低的隆起之处，便听见远处传来一阵低低的隆隆声，那声音犹如遥远的雷霆，由远而近，越来越大，他们不知道究竟是什么，便匆匆赶往隆起之处的顶端，当他们来到顶端，短暂地停下一看，不看则已，一看便吓得要命：他们面前的整个草原上密密麻麻地挤满了狂奔而来的野牛！

后来他们得知，另外两个猎人在七八公里之外朝那群野牛开枪射击，结果让这一大群野牛惊跑起来，其他野牛也汇入这群野牛的奔跑之中，全都疯了似的不停地奔跑，惊慌得无法控制。

这两位惊慌得要命的猎人远离崎岖的地面或其他庇护之地，而那群庞大的疯狂向前冲锋的野牛从不到四百米之遥的地方朝他们径直冲了过来。它们冲过来了——成千上万头野牛，其正面的阵形约有 1.6 公里宽，在它们雷鸣般的奔跑之下，大地颤动起来，野牛越来越近，它们那蓬松的前额透过扬起的一股股干燥尘土若隐若现。两位猎人知道，他们唯一生还的希望就是分开这一大群野牛，尽管这个群体的正面如此宽大，但群体却并不很深。如果他们失败了，便难逃那野蛮的铁蹄，难免被踩死。

等到那些发疯的野牛进入比较近的范围，他们抓住机会，一边举起沉甸甸的后膛装填式步枪迅速开火，一边声嘶力竭地大叫。开始时，他们的行动似乎并不奏效，那一线野牛依然稳定地向前朝他们冲来，随后又猛烈地摇摆着，枪响之后，冲在前面的两三头野牛立即饮弹倒下，而它们的同伴则前赴后继，疯狂地尽力朝旁边闪开。然后，野牛锋线上慢慢出现了一个狭窄的楔形裂口，就在野牛群接近两位猎人时，那裂口慢慢扩大了——那群狂奔的野牛由于面对敌人射来的枪弹而收缩阵形，拼死努力避开受伤的邻近同伴可能带来的危险。两位猎人加倍射击，不停地大喊，但他们几乎被野牛蹄扬起的尘土所窒息了，透过阵阵烟尘，他们看见一条黑黝黝的庞大身躯的洪流从两边驰过，他们处于仅有一支步枪长度的狭缝之间。不久，危险就过去了，两个人孤零零地留在平原上，还心有余悸。那群野牛，留下五头被子弹击毙或击伤的同伴，全部都猛烈地冲向地平线。

巨大的公牛转身，狂怒地向前冲锋

又一次，我的弟弟和一个朋友外出，他们朝着一小群野牛开枪射击，那群野牛中有一头老公牛，硝烟一起，那老公牛便率领整个野牛群径直朝他们冲了过来。那些野牛很可能只是受惊奔跑，并没有什么敌意，尽管如此，等他们射杀了那头老公牛之后，其他野牛才从旁边驰过，他们毫发无损。

但是，野牛有时也发起最为果断的冲击，在那样的情况下，它们就是猎人最危险的大敌了。我的表弟是一位勇敢而坚定的猎人，他在跟踪一头受伤的母野牛攀上一道绝壁或沙崖时，几乎丧生。当他刚一登上顶峰，便遭到那头母野牛的野蛮冲击，仅仅是他的猎犬突然赶来，才救了他一命——他翻滚到地上才得以逃脱，幸无大碍，仅有几处擦伤。要不是他的猎犬狂吠着突然冲过来吸引那野牛的注意力，他早已命丧黄泉。

我的弟弟也遇到过野牛冲击。当时他正在猎杀一头大公牛——那是他们狩猎队猎杀的体形最庞大的野牛。他独自外出，看见不远处有一小群野母牛和牛犊，一头硕大的公牛伫立在它们中间，相比之下，那公牛魁梧的身材犹如巨人一般。野牛附近的地面上没有可以藏身的破裂处，也没有树木和灌木，可是我的弟弟绕了半个圈子之后，设法迎风爬到了草原地面上一个微微隆起之处的后面，一直来到离那群吃草的野牛不到七十米的范围内，那些家伙还毫无察觉。在他埋伏之处与那头大公牛之间，有一些母牛与牛犊，因此他不得不等到野牛移动位置。野牛向前迈步吃草，这就让他可以准确地射击。不时它们朝前面移动得足够远，因此被他看得一清二楚。他射出的第一颗子弹恰好击中了那头大公牛的肩头，野牛群因此受惊，四处观望，可是大公牛却仅仅抬起头来，向前迈出一步，尾巴卷到了背上。此时他又开了第二枪，这一枪也漂亮，几乎击中同一个部位，只听见那厚厚的牛皮上传来“啪”的一声，但见那纠缠的牛毛上尘土飞扬。那头巨大的公牛立即转过身来，狂怒地向前冲锋，同时那群野牛则朝相反的方向逃去。光秃秃的大草原上没有什么隐蔽处，想要逃走是徒劳的，因此我的弟弟给步枪重新装填上子弹，等到那头公牛冲到离他不远处才举枪瞄准射击。要么是他当时很紧张，要么是那头公牛正在跳越某个障碍物，射出的子弹有些跑偏。不过，弟弟的运气好，那颗子弹射断了公牛的一条前腿，那巨大的野兽轰然倒地，还没重新站起来，便被弟弟射杀了。

就在这次的经历过了两天之后，一群全副武装的印第安科曼奇族人沿着河流扫掠而来，他们“惊吓”了一个邻近的营地，杀死了一个人，还让另外两个人受了伤；同时，弟弟这支狩猎队的八个冒险者只剩下三匹马，其他的马都逃走了。带着剩下的三匹马和一辆马车，他们启程踏上回家的路。旅程艰苦而沉闷乏味，他们迷了路，时常处于流沙和倾盆大雨的危险之中;他们忍受着口渴，头顶凛冽的天气，鞋子磨破了，脚被仙人掌刺伤，走路像瘸子一样。不过还好，他们最终安全抵达了格里芬堡（Fort Griffen），当他们得到一些面包时，那种欣喜若狂的劲儿就别提了——在这次狩猎旅程的最后两周里，他们已经没有一点儿面粉或蔬菜了，甚至也没了咖啡，仅以鲜肉“直接”维持生活。不过，这是一次非常有益健康，也是令人非常愉快和激动的经历。我毫不怀疑，参加这支狩猎队的每个人都不会忘记他们在布拉佐斯河畔的这次伟大的野牛狩猎之旅。

庞大的野牛群以雷霆万钧之势奔来

19 世纪 50 年代初，我的朋友——弗吉尼亚的 W・H・沃克将军（Gen. W. H. Walker）在阿肯色河（Arkansas River）上游地区也经历过野牛的冲击。那时，那个地区给人的印象是漫游的野牛多得如云。沃克与一支侦察队在河岸上扎下营来，便外出试图射猎一些野兽来权充肉食。放眼望去，很多野牛依照自己的习惯大群散落在草地上吃草。当他离河流还有两三公里路程的时候，一阵隐约的隆隆声从远方传来，越来越近，引起了他的注意，他看见在离河流远远的南边，一大群野牛惊跑过来，直奔他这个方向而来。他知道，要是在旷野中被惊跑的野牛群赶上，那么他生还的机会就十分渺茫了，于是他立即拔腿向河边跑去。经过拼死的努力，他终于抵达了陡峭河岸上的破裂处，就在野牛群也几乎赶到的同时，他在一小片断崖顶上找到了安全的藏身之所。从这个有利的地点，他可以看见整个平原：透过阵阵扬起的尘土，棕色的野牛集群一望无际，一直延伸到遥远的地平线边沿上，这庞大的野牛群以雷霆万钧之势,发出惊涛骇浪一般的吼叫声奔涌而来。营地大约在 1.6 公里之外，幸好也安然无恙——这惊跑的庞大野牛群刚刚从营地边沿掠过。沃克瞄准机会脱身，一路躲避野牛，最后安然回到了营地，那天下午，他都看着巨大的野牛群成群结队朝着河流一边的断崖边沿猛然冲去，直奔而下，匆忙涉水而过，又爬上对岸的断崖，再度在平原上疾奔起来，那些野兽强劲的蹄搅动河流，把原来多沙的浅溪变成了一派无休止的混乱景象。夜幕降临时，驰过的野牛数量显然还没有减少，那天夜里，野牛发出的吼叫声表明它们依然还在继续渡河。接近黎明，野牛的声音才终于渐渐停息下去，沃克将军有些恼怒地起身，因为他本来打算猎杀一些野兽权充侦察队的肉食供应，他猜想现在不会有野牛留在河流南岸了。令他惊讶的是，当他在断崖上信步，眺望平原，他看见居然还有一群群野牛遥远而辽阔地点缀在平原上，安静地吃草。显然，尽管在头天下午和夜里的惊跑中，肯定有成千上万头野牛渡过了河流，但在河流两岸还留有许多野牛。现在，瘠地驯鹿（barren ground caribou）是我们能看见的唯一具有如此庞大规模集群的美国动物了。

1862 年，克拉伦斯・金（Clarence King）先生骑马沿着横贯大陆的小径穿越堪萨斯州时，穿过一个庞大的野牛群，在与一头公牛的遭遇中，他不幸受了重伤。那时，那群庞大的野牛正在朝北方移动，金先生估计，那群野牛的覆盖面积应该有近 50 公里宽，110 多公里长。这一数字是粗略估计，是他斜刺里横穿那个庞大的野牛群，因此了解了往北走经过一个特定地点需要花多少时间之后做出的。当然，这个巨大的野牛群也并不是一个坚固的大型野牛群体，而是由小一些的野牛群体组成的，那些小群体大小不一，一群群点缀在一望无际的大草原上。金先生当时骑在一匹有些难以驾驭的烈马上，途中他跟随在一小群野牛后面，开枪射伤了一头大型公牛，没想到那家伙发起疯来，步步紧逼他，他无法躲避那个垂死挣扎的家伙的有力冲击——它径直朝他冲来，跃到空中，用它那厚重结实的前额沉沉地砸中马鞍后部，他的坐骑被猛然掀翻在地，马匹的背部被砸断了，金先生的腿也同样断了，同时，那头公牛在他们上面翻了一个筋斗，再也没有站起来。

在从科罗拉多一直向北，穿过加拿大阿尔伯塔的落基山深处，以及远在萨斯喀切温那边的亚北极区森林中，总能发现一些野牛，当地人称之为山地野牛（mountain bison）和林地野牛（wood bison）；确实，这些动物在老猎人的术语中常常叫做“bison”，尽管他们从来不用这个词称呼平原野牛，而仅仅把平原野牛叫做水牛。山地野牛和林地野牛形成了以前生活在平原上的普通野牛的一个变种，总体上，它们的颜色要暗一些，毛发更长更粗，结果它们给人的印象就是身体更重、四条腿更短。有时人们说它们形成了一个单独的种类，可是从我自己有限的经验和对自己所见过的许多野牛皮革的比较来判断，我认为它们实际上是同一种动物，两个相当难区分的所谓变种中的许多个体。实际上，如今黄石公园中依然保护着中等野牛群体，它们无忧无虑地生活着，由山地野牛和平原野牛的变种构成——还有大角河（the Bighorn）、比格霍尔河（Big Hole）、上麦迪逊（Upper Madison）和上黄石（Upper Yellowstone）山谷的所有野牛群体也都如此，它们的习性与皮毛介于两者之间。

然而，这些林地野牛与山地野牛的习性可以让自己逃避猎人的捕杀，在一定程度上，这是平原野牛永远无法实现的，因此，猎人要在山地和林地间捕杀野牛，比起在平原上总是困难得多；这个原因与麋鹿（elk）的情况恰好相同：在平原上，麋鹿完全被消灭了，但在落基山的许多森林里的僻静处却依然丰富，大量出没。树林对野牛呆滞的视力没有特别损害，而在平原上，视力呆滞对所有动物的安全都是一大危险，特别有害——在平原上，视力比任何其他感官更有用，对动物有更大的帮助，平原上真正的猎物是雄叉角羚（pronghorn）——视力最敏锐的美国动物。另一方面，野牛的听力在平原上用处很小，却在树林中有很大的帮助。野牛的嗅觉在平原和山地上所起的作用是相同的。

尽管在森林和山地捕猎野牛总比在平原上要困难，然而现在这种处于野性状态中的动物却濒临灭绝，困难无限地增长。在自然选择的无情进程中，肩扛猎枪的猎人成了中介物，这个自然选择过程让最后的幸存者为生存而绝望地挣扎，只有那些最机警的野牛和那些感官最灵敏的具有天赋的野牛才能生存下来。从平原上的大屠杀中残存下来的野牛个体还在做最后的苟延残喘，这种情况是真实的，在哈纳迪先生如画般的描述中得到了充分的展现，他描述的是他在 1886 年对依然生存在密苏里河与黄石河（the Yellowstone）之间，沿着大德赖河（the Big Dry）零星分布的野牛发动的战役。现在平原和草原上的野牛已经消失了，只剩下些它们在山峦和北方森林中的极少数兄弟，因此它们几乎不能被认为是美国猎物了。可是，任何有幸发现这些动物的人，如果他希望捕猎到一头野牛，肯定都会竭尽全力地工作，展示自己的狩猎技艺。

发现一小群野牛的蹄印，我们开始追踪

1889 年秋天，我听说极少数野牛依然留在威斯登河（Wisdom

River）源头附近。我大喜过望，满怀信心去了那里狩猎。那里有大量其他种类的猎物出没，可是我们没有看见一丝野牛的踪影。不过，同一年几天之后，就在我并没有想到要看见野牛的时候，我却偶然遇见了这些巨大的野牛。

我们所能说的是，事情发生在爱达荷，就在蒙大拿边界线之南，在怀俄明边界线以西大约 40 公里处。我们带着一小队驮运货物的骡马在高高的群山中扎营。就在那一天，我们出去寻找驼鹿（moose），可是却不见驼鹿的踪迹，于是不得不攀登到更高的山峰上去狩猎山羊。非常幸运的是，与我同行的老猎人正遭受风湿病之苦，因此他没带猎枪，仅仅携带了一根长长的拐杖。我之所以说幸运，是因为要是他带了猎枪，那就无法阻止他向野牛那样的猎物开枪了，他连母野牛和牛犊也不会放过。

正当下午，我们越过树带界线上面的一道岩石嶙峋的低低山岭，欣赏我们脚下异常美丽的盆地或圆形山谷：四壁是陡峭的群山。它的上端有一个小湖，一边毗邻着一片翡翠般的草地，另一端则以皱着眉头的松林边缘为标志，那片松林连绵延伸，覆盖了山谷的其余地方，高高地悬垂在形成小湖水流出口的峡谷两边。而湖泊那边，地面在一道关隘中隆起，显然在过去的日子里时常有众多猎物出没，它们的踪迹沿着那片地面呈 Z 形密集地分布着，像猎物踪迹经常显示出来的那样，每一条踪迹都渐渐消失在几百米开外，然后在另一个不同之处重新呈现出来。

我们朝着这些猎物踪迹迈开了脚步，一找到第一条猎物踪迹，那位老猎人便强烈地惊叹起来，俯下身去检查那条踪迹。泥土中准确无误地留下了一小群野牛的蹄印，显然是在几个小时前才刚刚留下的。经仔细检查踪迹，我们发现那群野牛一共有六头，其中的一头大公牛和两头牛犊，它们经过这里去了那个小湖。

我们立即转身沿着那条踪迹追踪。点点踪迹通往那个小湖，野牛们在那里散开，啃吃鲜嫩的绿色草叶，也喝足了水。然后，野牛蹄印重新聚到一起，这表明那些野牛集合起来离开了那里，以纵队形式走进了森林。显然，它们在清晨从邻近的某道山谷越过那个猎物关隘，来到了水潭，喝足水、吃够草之后便进入松林去寻找某个地点午休。

那是一个非常寂静的日子，离白天结束差不多还有三小时。我那沉默的同伴一言不发，以他那鹰眼般的热情扫视着整个荒野，此外还趴下来或跪下来仔细检查野牛们的踪迹，然后起身向前追踪，还用手势招呼我跟上去。片刻之后，我们就进入了那片树林，如释重负地长叹了口气——在草地上的时候，我们永远无法断定的是，要是那些野牛碰巧躺在某个可以居高临下地瞭望的地方，它们是否可能会看见我们呢?

那老猎人完全振奋了起来，他展示了自己是技艺非常娴熟的猎物追踪者。森林的特征对我们非常有利，那里相当开阔，多数地方没有下层灌木丛和倒下的树木。正如落基山里的大多数森林一样，那里的树木也很矮小，不仅与太平洋海岸的巨大丛林相比如此，与西北部的森林相比也如此。地面上覆盖着松针和柔软的青苔，因此我们很容易不发出一点儿声响而悄然行走。有两三次，我不小心踏上了一根小枯枝，或者是我的鞋子上的钉子在石头上发出了轻微的叮当声，那老猎人都转过身来，皱着眉头，对我露出一种不耐烦的神情;可是当他慢慢行进，继续停下来向前面观望，还俯身检查猎物的踪迹，我都发现沉寂地行走很容易。除了当他蹲下身子利用某个遮掩物来遮蔽自己，以及我紧跟着他的脚印前进的时候，我都跟在他后面，走在一边。我根本没有察看那猎物踪迹，而是一直朝前面观察，希望能随时看见猎物。

很快，我们就找到了那些野牛在白天的休息之地，那里位于一座小山上，森林开阔，有许多倒下的树木。野牛们离开那里之后，起初在青草丛生的小山底部和周边散开吃草，然后一如既往以纵队前进，离开了那里，直奔森林中的一个小水潭。饮完水之后，它们又离开水潭，朝着盆地口的峡谷走下去，它们的踪迹沿着陡峭的山丘侧边前行，点缀在开阔的林间空地旁边，小溪中断之处的大瀑布发出一阵阵咆哮，从下面传上来。我们在这里加倍小心地行走，因为野牛留下的踪迹已很新了，它们再次分散开来开始吃草，这说明离我们很近了。当踪迹越过林间空地时，我们通常避开那些蹄印，让自己躲藏在树林之中。

我瞄准那头野牛的肩头后面，扣动扳机

终于，在接近一处这些林间空地边沿时，我们看见另一边的

年轻树木中发出了颤动，那里离我们大约 45 米远。透过浓密的常青灌木丛构成的安全遮蔽处窥视，我们迅速辨认出了三头野牛，其中有一头母牛和一头牛犊，还有一头一岁大的小牛，在林间空地的另一边，在林地边缘的树木下面贪婪地吃草；它们的头颅都朝向山冈上。很快，另一头母牛和牛犊跟着它们走了出来。我不想开枪射击，想等待着大公牛出现，我知道那家伙正陪伴着我们看见的这几头野牛。

因此我有好几分钟观察着这些巨大的、笨拙的、蓬松的野兽，它们一点儿没察觉到我们的临近，毫无意识地在开阔的林间空地上吃草。黝黑的松林在它们身后升起，在林间空地的左边，地面裂开，形成了一个深坑的侧边;那道大瀑布就在深坑深处浪沫飞溅，发出雷鸣般的咆哮。远处，巨大的群山高耸，落日给群山顶峰涂上一抹深红色。当我凝视那些野牛，同行的那位老猎人百感交集，他半是热情的激动，半是忧郁的情感，因为那些野牛属于命定的几乎消失殆尽的动物种类。确实，现在和将来都很少有人有机会看见这些最强壮的美国野兽了——它们充满野性的活力，被围绕在它们遥远的山峦之家的辽阔的荒凉之中。

终于，当我唯恐其他野牛会引起警惕而渐渐开始非常焦虑时，那头公牛也同样出现在林间空地边缘，伸出脑袋站在那里，在一棵年轻的树上擦着自己的喉咙，导致那棵树猛烈地摇晃。我低低地瞄准，对着它的肩头后面部位扣动扳机。随着一声枪响，所有野牛没有像通常在猎物中间十分常见的那样给吓呆了，而是片刻也没停留，全都转身加速向前奔逃。随着它们的逃离，林间空地下面和远处的年轻松树枝条噼啪作响，摇晃了起来，仿佛是一阵旋风吹了过去，再过片刻，它们就逃到了一个山顶上，那里的斜面非常陡峭，密密麻麻地布满了大圆石和枯树。它们不计后果，从那里迅速跳下去——对于这些表面上如此笨拙的野兽来说，它们落下去时能脚踏实地的稳定性简直可以说是奇迹。一股尘土扬起，遮蔽了它们的通道，在尘土的遮蔽下，它们匆匆消失在森林中，全都不见了身影。可是那泡沫般溅洒的斑斑血迹却泄露了那头受伤公牛的踪迹，我们一路小跑着紧追不舍，在森林边界那边大约 45 米远的地方，我们发现了那头完全黝黑的公牛尸体，它一动不动地直挺挺躺在那里——那可是一头十分出色的老公牛，尽管已经年迈，但依然充满了活力，长着一对锋利的大角、沉甸甸的鬃毛和闪着光泽的皮。当我摸索着检查它的时候,我感到了一种最欢欣的骄傲:因为我获得了一件从今以后只有极少数猎人才能获得的战利品。

那天晚上，要处理那头野牛已经太晚了，于是我割下了牛舌，还割下足够的牛肉来为晚餐和第二天的早餐备用，然后我们攀登着下山，来到急流附近，搜索一阵之后，找到一个扎营的好地点。这一天的艰苦跋涉让我又热又脏，我脱下衣服一头扎进溪流，冰冷的水让我不断喘气。然后,我们搭起了一个微微的单斜面灌木帐篷，把大量枯木拖到一起，让它们足够能燃烧一整夜。我们砍下长长的桤木细枝，在一些被扒开的余烬前面坐下来，把牛肉放在烤架上烧烤后便狼吞虎咽地吃了起来。夜幕降临了,一阵寒风吹上山谷,急流咆哮着掠过我们，在我们兴致勃勃地谈起白天的历险和成功之际，汹涌的水流声淹没了我们的交谈声。同时，篝火燃起熊熊火苗，像跳舞一般闪烁，连续不断地生动地闪烁，照亮四周幽暗的森林。

第 2 章　黑熊的故事

The Black Bear

黑熊的习性——黑熊在美国大地上坚守自己的地位——老猎人——带猎犬猎黑熊——汉普顿将军的狩猎经历——被逼上绝路的黑熊——一只捕捉耗子和花栗鼠的黑熊——黑熊偶尔袭击农场——黑熊的体重——我所猎杀的黑熊

追猎黑熊，偶尔会陷入危险的境地

除了白尾鹿（whitetail deer），黑熊（black bear）是美国最常见和分布最广的大型猎物。在新英格兰北部、阿迪朗达克山（Adirondacks）、卡茨基尔山（Catskills）、整个阿勒格尼山脉（Alleghanies）上，以及南方那些州的沼泽和藤丛中，黑熊依然丰富，频繁出没。在密歇根北部、威斯康星和明尼苏达等州的大森林里，还有在整个落基山脉和太平洋沿岸那些树林覆盖的山岭上，都能见到它们的踪影。在东部的猎物中，黑熊的地位仅次于鹿而名列第二。黑熊和鹿是老猎人追踪的主要目标，即使在野牛和麋鹿这两种大型森林之主还依然向东分布到弗吉尼亚州和宾夕法尼亚州的那些一去不返的日子里，黑熊与鹿也比野牛和麋鹿要丰富。狼与山狮（cougar）始终太稀少，也太胆小而难得一见，因此不能为猎人们带来多少利益。黑熊是一种胆小、怯懦的动物，尽管它有时也捕猎定居者放养的羊、猪甚至还有牛，但总的来说它是素食者，还十分喜欢劫掠定居者种植的玉米和西瓜。黑熊肉非常美味可口，黑熊的皮毛通常也很有价值，但追猎它的过程令人激动不已，偶尔还会陷入有些危险的境地，却又足以令人着迷，因此猎人们总是热切地追踪它。尽管在人们稀稀拉拉定居的地区，它们的数量已大大减少，可是它们依然坚守着自己的地位。美国动物学上一个悬而未决之谜，就是这样一个事实：比狼更容易遭到捕杀，也不及狼多产的黑熊，在这片土地上应该比狼坚守得更好，并没有衰落下去，这种情况与欧洲那边的情况相反，在欧洲，棕熊通常都是在狼被消灭之前被消灭的。

在东部的一些荒野之处，比如在缅因州北部、五大湖北部地区，田纳西州东部和肯塔基州的山峦中，弗罗里达州和密西西比州的沼泽中，偶尔还有荒野老猎人的代表人物逗留，这些人住在荒野中的木头小屋里面，他们徒步狩猎，偶尔带上一只追踪犬来帮助他们。在缅因州，他们像捕猎熊和鹿一样，依然喜欢捕猎驼鹿、驯鹿（caribou）；但在别处，熊和鹿，偶尔还有山狮和狼，则是他们追踪的猎物。如今，尽管在所有地区都还有大量生活在偏僻林区的开拓者，他们曾经以大量狩猎和设置捕兽陷阱而闻名于世，但随着这些老猎人去世，其地位无人取代。这样的老猎人很少出现在定居点上，除了到那里用自己猎获的兽皮来交换弹药和其他物品，他们过着与世隔绝的孤独生活，这样就使自己的个人特征逐渐养成了一些特性和怪癖。在东部各州的大多数更荒野的地区，人们依然保留着对某个这样的老猎人的回忆，他的一生中长期独自生活，对那些正在消失的猎物发起一次又一次攻击，年长的定居者谈笑着回忆起他的怪僻、勇气、刚毅和在森林中的知识，而且他还由于猎杀了那个地区的人们看见的最后一只狼或者熊，或者山狮，因而广为人知。

这些老猎人所依赖的主要武器通常是步枪。直到今天，人们偶尔还能发现某个老猎人使用前填式猎枪，比如在本世纪中期使用的基特·卡尔森式猎枪。然而对于枪的使用也有例外。在内战结束后的那些年里，威尔伯·沃特斯（Kit Carson）是弗吉尼亚州西南部和田纳西州东部最著名的猎人之一，他有时被人们称为“白色顶端的猎手”，他经常带着猎犬，用刀子捕杀黑熊。他的一生都是在狩猎中度过的，而且其狩猎生涯非常成功，捕杀了他那个地区的最后一群狼，他还捕杀过无数的熊，除了偶尔被反抗的猎物咬一口或抓一下之外，几乎没受过什么重伤。

在南方那些州里，居住在更荒野的地区的种植园主总是习惯于骑着马、带着猎犬追踪黑熊，他们当中的一些人豢养着一群群正规的猎熊犬。这样一群猎熊犬不仅包括纯种猎犬，而且还包括杂交猎犬，以及一些嗅觉灵敏、行动敏捷、撕咬凶猛的猎犬和狸犬。它们追踪熊迹，把熊逼得走投无路，可是并不试图把熊杀死，尽管猎犬群中有那些大型搏斗犬，如果一次放出三四只这种搏斗犬，它们很容易就可以制服一头黑熊；可是这些南方的猎熊犬群中的猎犬却并不适合干这种工作，如果它们试图逼近黑熊，那家伙必然会大施淫威，毫不手软地攻击它们，用爪子把猎犬的内脏挖出来，或者用它的前爪死死抓住猎犬，咬穿它们的脊骨或腿。骑手们跟在猎犬后面穿越藤丛，还试图截断熊的去路，让自己驻扎在他们认为是熊的必经之路的开阔地点上，由此他们才可能朝着熊开枪。他们所使用的武器是步枪、霰弹猎枪，偶尔也使用左轮手枪。

汉普顿将军喜欢用刀猎杀黑熊

然而，猎人有时也使用猎刀来猎杀黑熊，韦德·汉普顿将军（General Wade Hampton）捕杀的黑熊很可能比在世的所有美国人都要多，他经常使用猎刀，用这种武器杀戮了三四十头黑熊。他所采用的方法是，当他发现猎犬把黑熊逼上了绝路，他就走上前去鼓励猎犬继续攻击那被团团围住的黑熊，而猎犬就会立即一拥而上，死死咬住那头困兽，然后他就会趁机冲上去把猎刀插进黑熊肩头后面的部位，从他伫立之处猛然拉动刀子，划开一个大伤口。尽管捕杀了这么多黑熊，他只受过一次伤，那一次他的前臂被撕伤，伤势还相当严重。很多其他猎人使用过猎刀，可是也许都没有像汉普顿将军那样使用得如此频繁——因为他总是喜欢那种钢质物件，在内战时期，他使用“白臂”刀的技艺可真让人大开眼界。

汉普顿将军总是带着一大群猎犬狩猎，那些猎犬有时由他自己控制，有时由他手下的黑人猎人控制。他有一次就带着 40 只猎犬出猎。他发现，他的猎犬合起来也不能杀死一头肥大的熊，可是它们偶尔也杀死 3 岁的幼熊，或者瘦弱的熊。在他的生活轨迹中，他亲自猎杀或者与人联手猎杀过 500 头熊，其中至少有三分之二是由他亲手猎杀的。就在内战爆发前的那一年,在密西西比州，他有机会在 5 个月内就猎杀死 68 头熊。有一次他在一天之内就连续猎杀了四头熊，另一次一天猎杀了三头，一天之内杀死两头熊则是家常便饭。他亲手猎杀的最大两头熊的体重分别达到了 185 公斤和 186 公斤，那两头熊都是在密西西比州猎杀的。可是他至少见过一头被杀死的熊，那家伙比这两头熊要大得多。这些数字是当时把这些猎物过秤时记录下来的实际重量。他猎熊的大多数地点都是在密西西比州北部，他的一个种植园就坐落在那里，靠近格林维尔（Greenville）。在他断断续续狩猎的半个世纪中，在这个地区，他了解到两个猎人在追逐黑熊的过程中严重受伤的例子。在这两个例子中，猎人都没有经验：一个是撑筏人，当时那个撑筏人顺着河流而下；另一个猎人则来自维克斯堡（Vicksburg）。他无法了解后一个例子中的细节，但知道那个撑筏人过于靠近一头被逼得走投无路的黑熊，那家伙突然冲破猎犬们的重重包围，直奔他而去，把他掀翻在地，然后扑在他身上，深深地咬进了他的大腿，咬穿了股动脉，致使他流血至死。

可是一头黑熊通常并非是令人敬畏的强大对手，尽管它有时会发起冲击，但它更喜欢咆哮着威吓，虚张声势，而不是真的要伤人。但我自己曾经亲眼见过一个人被处于这种情形的黑熊所伤害。那是一个印第安人，他追猎一头遭到他的枪弹击伤的黑熊，在一片密林中竟然如此靠近那个受伤的家伙，结果那家伙伸出爪子一下就打掉了他手中的枪，他被迫拔出刀子同它搏斗。那头熊张牙舞爪地冲向他，可是在短兵相接的格斗中，却未能将那印第安猎人掀翻在地，于是便后腿站起，前爪紧紧抓住自己的肩头，显然它并无要抱住猎人的意图，仅仅是试图把那猎人吸引到可以咬到敌人之处。那猎人拼死反抗，自由而舒展地挥舞刀子，力图逼退那头熊伸过来的头颅；不过那头熊因流血过多，身体虚弱了下来，最终在能够危险地伤害猎人之前精疲力竭地倒了下去，可是它却非常严重地咬伤了猎人的左臂，它的爪子还在他的肩头上挠出了长长的伤痕。

黑熊与大灰熊一样，攻击的方式也各有不同，甚至大相径庭。有时它们冲过来用利齿猛咬，有时又挥舞前爪予以打击。我手下有两个牛仔，他们本来是缅因州人，我在那里就熟识了他们，他们喜欢设置陷阱来诱捕黑熊，而且捕捉到很多。他们使用钢夹，把钢夹用链子拴在沉重的木头上，阻止落入陷阱的黑熊逃之夭夭。当他们发现那些猎物的时候，它们总是紧紧地缠绕在某棵树或某一丛灌木上动弹不得，通常几乎精疲力竭。这两个牛仔要么用一把口径为 8.1 毫米的手枪，要么用一把短柄斧去结果猎物的性命。可是有一次他们遇到了麻烦。那一次是一个牛仔鲁莽地接近一头被夹住的黑熊，正准备把短柄斧劈向那猎物的脑袋，可是那猎物却设法让自己的部分身子摆脱了链条，对着他自由舒展地迅速地挥舞前爪，幸亏他及时往后一跳，才逃脱那熊爪的扫掠，仅仅被撕破了衣服而已，然后他勃然大怒，就用手枪朝那个家伙射击。黑熊十分胆怯，但嗅觉非常敏锐，因此就像它们通常所表现的那样，在浓密的森林或灌木丛中,猎人很难将它们直接活生生捕猎。然而，猎人很容易设置陷阱来捕猎它们。因此除了有一次例外之外，这两个牛仔一直用这种方式来捕猎黑熊。那次捕猎是在冬天，当时其中一个牛仔在一棵巨大的原木空洞中发现了一个熊穴，一头母黑熊和两头发育良好的幼黑熊正蜷伏在里面过冬，在那三头熊咆哮着冲出来时，那牛仔便拔出手枪把它们全都给射杀了。

那家伙用力过猛，跌了个仰八叉

在黑熊遭到大肆捕猎的地方，它渐渐养成了昼伏夜出的习性；可是在人迹罕至的更荒凉的森林中，尽管它们不那么喜欢正午的酷热，我却见过它们不分昼夜都在出没。观察它们进食和处理自己生活的日常事务，你会发觉这种动物相当滑稽可笑。

我曾经在一处树林边静静埋伏了半小时，观察一头黑熊大约在270 米开外穿越一处开阔的林间空地。它处于很好潜步追踪的野外乡间，可是风势对我却并不那么有利，我等待它移动——结果证明我等待得太久，因为它受到了什么东西的惊吓，在我能朝它开枪之前就匆匆逃窜了。当我最初看见它的时候，它拖曳着脚步前行，还在地面上立定不动，看起来就像是一头巨大的猪，然后它开始翻动石头和倒下的木头寻找昆虫、小爬虫等类似的东西来充饥。它伸出前爪轻轻一掴，便可以把一块中等尺寸的石头翻转过来，然后把鼻子探进那下面的空洞里，全然不顾把它晒得头昏眼花的阳光，狼吞虎咽地吃起那下面的小动物来。它还可能拖动大木头和岩石，用双爪拉动着前进；它行动笨拙，但用力过猛，让自己拉着的大木头和岩石滑脱，向后一仰，翻到地面上，跌了个仰八叉。在一些木头下面，它显然发现了一些耗子和花栗鼠（chipmunk）；然后，等那木头一翻过来，我就看见那家伙在周围跳动，样子灵敏得奇异，当那急匆匆奔跑的小小的啮齿动物掉头转身之际，它到处轻轻拍击，直到终于用爪子摁住那企图逃脱的小东西，然后用铲子般的爪子把那食物舀进嘴里大嚼起来。有时，很可能是当它嗅闻到了下面有耗子，它就会用一只爪子小心翼翼地翻动木头，却高高举着另一只爪子，准备好对猎物予以打击。它还不时会停下来朝四面八方嗅闻，正是在这样停下来嗅闻了一次之后，它突然拖曳着脚步逃进了树林。

黑熊通常以浆果、坚果、昆虫、腐烂的动物肉等为食，可是它们不时也喜欢杀戮体形较大的动物。实际上，它们的食物各种各样，没有规律，兼而食之，这不能不让人好奇。如果能捕捉到鹿的话，它们也决不会放过，可是通常鹿的奔跑速度太快，让它们望尘莫及。它们最喜爱的猎物是猪、羊，尤其是猪，因为熊似乎对猪肉的胃口特别好，特别让它开胃。我还曾经两度听说黑熊猎杀家养的牛。

一次，其牺牲品是一头陷入泥潭的公牛，那头熊全然不顾那不幸的受害者不停的吼叫，故意将那头公牛活生生地吃了。另一次是一头母牛，在一片偏远的草地边沿的某一丛灌木中，那头母牛遭到黑熊的突袭，并惨遭杀戮。在春天，尤其是在漫长的冬眠之后，黑熊饥饿不堪，此时它们特别喜欢攻击大型家养动物。虽然在它们出现的最初的那些日子里，它们刚刚才脱离了斋戒，吃的食物并不多，偏爱青草和其他香草的嫩苗，或者是蛙类和小龙虾之类的小型动物，但过了不到一两周，它们便似乎被那种贫乏的狼吞虎咽的饥饿战胜了。它们甚至会攻击和制服驼鹿这种令人敬畏的强大斗士，在驼鹿经过之际从埋伏处突然扑出来，让对手措手不及——因为要是在开阔地进行面对面的公平决斗，一头雄驼鹿的确堪称对手，可能会击败黑熊。

一个我可以相信的老猎人告诉我，他曾经在早春的雪地上见过两头驼鹿正一路小跑，一头黑熊突然扑向它们，那黑熊没能扑到自己垂涎三尺的猎物，驼鹿也迈开大步匆匆逃走，留下的步距显示它们受到了彻底的惊吓。还有一次，他看见一头黑熊把一头驼鹿赶进了一个湖泊，驼鹿涉水走出了一段距离，被逼到了绝路上，于是便勇敢地掉过头来，向它的追逐者挑战，黑熊则不敢在水中逼近那头驼鹿。有人告诉我很多例子——但我不敢保证是真实的，这些例子讲的都是饿疯了的黑熊不顾一切扑向被逼上绝路的驼鹿，可是它们的进攻非但没有奏效，反而被那猎物可怕的前蹄踹倒在水下面，在那种搏斗中丢了性命。一个伐木工人告诉我，他曾经看见一头显然是受惊过度的驼鹿，一路小跑着穿过一片沼泽，一头黑熊很快就尾随其踪迹而来，追逐中几乎撞上了这个伐木者，那家伙显然脾气不好，咆哮着吓唬他，还两三次假装要发起冲击，最后才决定离开，悻悻而去。

在猎人或伐木工人不在家的情况下，黑熊偶尔也会造访他们的营地，有时还可能在那里大施淫威，到处翻腾，把营地弄得一塌糊涂，吞食可以吃掉的一切，尤其是把甜食吃个精光，而且可恨的是，它们还把自己不能吃的一切东西都弄得乱七八糟。黑熊的体形平均为大灰熊体形的三分之一强，可是，正如它本身所表现出来的那样，这种动物的不同个体的体重也大相径庭。我亲眼所见的最大的黑熊是在缅因州，其体重达到了 157 公斤；可是我却拥有一个完全真实的记录:缅因州一头大黑熊的体重竟然达到了 180 公斤，而我的朋友——哈特·梅里亚姆告诉我，他曾经见过几头在阿迪朗达克山中被射杀的黑熊，其体重均约为 159 公斤。

我本人只亲手射杀过一两头黑熊，这些猎物都是我对它们并没有什么特别兴趣时偶然获得的，当时我正在追逐其他猎物，却不料中途碰上了这些送上门来的家伙，因此也就“顺手牵熊”，就在它们有机会逃跑或拉开架势进行搏斗之前开枪把它们给射杀了。

第 3 章　大灰熊的故事

Old Ephraim, the Grisly Bear

北美洲猎物之王——大灰熊之变种——老猎人的观点的价值甚少——大灰熊与黑熊相比——大灰熊的身体大小——大灰熊旧时的习性——大灰熊现在的习性——大灰熊杀戮马匹——山地母牛殊死抵抗大灰熊的进攻——大灰熊杀戮猪、羊——大灰熊偶尔袭击猎物——大灰熊杀戮野牛、麋鹿和驼鹿——大灰熊吃腐尸——老公熊猎杀幼熊——大灰熊通常以树根和植物为食——大灰熊喜欢浆果——大灰熊的敌人——大灰熊的巢穴——大灰熊喜欢在水中打滚嬉戏——设置陷阱捕猎大灰熊——带着猎犬捕猎大灰熊——通常用猎枪射杀大灰熊

灰熊与黑熊截然不同，相差甚远

在北美洲的猎物当中，温带猎物之王——大灰熊对猎人最危险。在落基山中和大平原上，如今还残留着一些旧时设置陷阱捕猎野兽的猎人，这种动物在他们当中有时以“老以法莲”（Old Ephraim）闻名，有时又以“穿鹿皮鞋的乔”而闻名——后面这种说法暗示着大灰熊留下的那种古怪的半人类的脚印，看起来似乎就像是某个穿着鹿皮鞋行走的畸形巨人留下的，故此得名。

大灰熊的体形与颜色大相径庭，性情与习性也相去甚远。在积雪封冻的小木屋中，在营地的篝火边，老猎人们娓娓叙谈到很多关于大灰熊的趣闻。他们坚持认为大灰熊有很多种类；大灰熊不仅有黑色的，还有棕色、肉桂色、灰色、银色的，还有仅仅在当地才为人所知的其他种种名字，比如山岭熊（range bear）、弓背熊（roach-back）和花面熊（smut-face）。可是，尽管大众观点与此相反，很多老猎人在对待自然史上的要点时却非常不可信。他们通常仅仅熟悉自己猎杀过的各种特定动物的情况，单独研究那种动物的习性，因此才得出了这种观点：一旦猎杀某种动物，他们就仅仅检查其身体状态及皮毛，除了很少的例外，他们完全不能判断或鉴定特殊动物种类的身份或差异。当人们问他们时，他们不仅提出完全不可能的理论和实际情况来支持自己的观点，甚至他们还很少同意自己的观点。一个老猎人会断言真正的大灰熊仅存于加利福尼亚，他根本不顾这样一个事实：早在探险家刘易斯（Lewis）和克拉克（Clarke）在上密苏里地区的平原荒野上探险时，两位探险家就最初用大灰熊这一名字来给他们发现的这种体形硕大的熊命名了，那里的大灰熊的闻名，要先于加利福尼亚的大灰熊 25 年；另一个猎人不管在哪里发现了体形硕大的熊，都会把任何身上有斑纹的熊统统称为大灰熊。还会跟同伴争论上好几个小时，争论的焦点是体形硕大但非极端的那种熊，究竟是属于大灰熊还是银尖熊（silver-tip）。在俄勒冈州，肉桂熊（cinnamon bear）是小型黑熊发育的一个阶段；在蒙大拿州，它则是大型山地银尖熊（mountain silver-tip）的平原变种。

我亲眼看见过在舌头河（Tongue River）上游被猎杀的两头熊的熊皮：一张是公熊皮，另一张是母熊皮，它们显然刚刚才交配过。然而，一张熊皮显然是银尖熊的，另一张则是肉桂熊。我在比格霍恩山（the Bighorn）上猎杀过一头体形很大的熊，几乎所有见过这张熊皮的老猎人都无法判断出它究竟是什么熊，成了悬而未决的谜。很少有两个老猎人观点一致地认为它是一头大灰熊、银尖熊、肉桂熊或者花面熊。任何在脊背和肩头上通常长着长毛的熊，尤其是在春天皮毛蓬松时遭到猎杀，都立即会被称为弓背熊。更有甚者，一般狩猎作家在文字中也加入了那种“老猎人”似的喜欢幻想的成员的描述，这归咎于这些不同的熊在方方面面不同的特性。一个作家谈论弓背熊拥有出色的威力，解释是一头熊在早春时由于饥饿而喜欢贪婪地猎食。第二个作家坚持认为加利福尼亚大灰熊是唯一真正危险的熊，同时还有一个作家则坚决主张加利福尼亚大灰熊的凶猛程度无法与他称之为“更小型”的银尖熊或肉桂熊媲美，如此等等，众说纷纭，喋喋不休，没完没了。所有这些说法不过是一派胡言而已。

不过，要确定在美国到底存在着多少种熊或变种，却并非易事，一套很大的熊皮和颅骨并不能显示出最为广泛存在的不同个体之间几乎全部的过渡形式，这一点甚至就连我自己也无法确切地判定。然而，的确有两种截然不同的熊，两者相差甚远，其差异犹如麋鹿与骡鹿（mule deer）之间的差异一样，它们同样生活在落基山森林中最为浓密的地区。一种是小型的黑熊，这种熊的平均体重约为 90 公斤，长着精美的有光泽的黑色皮毛，前爪只比后腿略长一点儿，实际上前爪上的毛发常常长到了它们的爪尖上。这种熊是爬树者，也是在大平原以东唯一能找到的熊，同时也大量出没于落基山森林覆盖的地区，在美国各地树林最密集的地区都十分常见。另一种是大灰熊，这种熊的体重为黑熊的三四倍，其皮毛粗糙，颜色有灰色、部分灰色或棕色等不同色调。它不是爬树者，前爪很长，比后腿要长得多，分布于密西西比河以东的大平原到太平洋海岸地区。这种熊一般栖息在低地和山峦中，生活在密林和贫瘠的平原上，那里唯一的隐身处是沿着溪流两岸生长的矮小灌木丛。这两种熊在每个方面都截然不同，它们的差异完全不在于地理因素，因为它们经常生活在同一个地区。我就这样发现它们同时生活在比格霍恩山，两种熊都有自己极端的外形，同时，我射杀的标本没有显示出熊的过渡形式的迹象。身材魁梧的大灰熊——那种爪子长长的野兽，还有它那身体小一些，皮毛有光泽，爪子短一些，善于爬树的兄弟，就在这些山峦的同一片荒野上漫游，可是它们的习性却截然不同，几乎没有什么相同之处，犹如驼鹿和驯鹿之间的差异一样。

另一方面，当调查一大群生活在相隔甚远的地区的熊时，就会发现各种不同的显著标记变化无常，也显示出一种倾向——一种熊渐渐消失在另一种熊中，我无法准确地判定那种倾向究竟有多强烈。两种熊的差异似乎迄今为止也没有完成，或多或少有未完成的联系，当注意大灰熊的时候，仿佛它的个体特征尚不稳定。在遥远的西北部，在哥伦比亚河（the Columbia）盆地，“黑”熊也常常是棕色的，还有各种其他颜色。我见过两只黑熊幼崽的皮：一张熊皮是黑色的，另一张为棕色，这两头幼熊都是在沿着同一道堤坝追猎时被射杀的。当这些棕色的熊的皮毛比平常粗糙时，人们便很难区分它们的皮和大灰熊的某些变种的皮。而且所有熊的体形都相去甚远，我见过体形很大、前爪较短的黑熊或棕熊，它们的体重与一些体形较小但完全发育成熟、前爪较长的大灰熊完全相同，甚至有过之而无不及。这些体形硕大、前爪较短的熊非常不愿意去爬树，几乎就像年轻的大灰熊一样，它们对爬树这门技艺十分笨拙，简直是“门外汉”。在大灰熊中间，皮毛颜色和质地也很不相同，即使在同一个地区的熊中间也是如此——生活在密林中的熊的色调当然就最为丰富、最为华丽，而生活在干燥的平原和山峦中的熊的色调则要浅一些，似乎色调褪得比较厉害。

天气一寒冷，大灰熊便寻找冬眠之所

一头发育成熟的大灰熊的体重通常为 220~320 公斤，可是也有例外，特殊的个体无疑达到了 540 多公斤。加利福尼亚的熊据说是最大的，我认为是这样，可是我无法十分肯定——无论怎样，我检查了一些发育成熟的加利福尼亚熊的熊皮，它们并不比我在落基山北部所见过的很多熊的体形大。阿拉斯加熊，尤其是生活在阿留申半岛上的熊，体形甚至更大。我见过动物标本剥制师韦伯斯特(Webster)先生拥有的一张熊皮，比一般的北极熊要大得多，那头熊活着的时候，如果身体状况良好，其体重可以在 635 公斤以下。[1]即使当熊长到半大程度，根据它们当时肥瘦的情况，其体重的差异也十分惊人。在这个方面，熊更像猪，而不像任何其他动物。

现在，大灰熊这种野兽主要生活在高高的丘陵和树林茂密地区，可是这完全是因为它得知自己必须依靠遮蔽物来躲避人类、保护自己,因此就放弃了在开阔地带生活。从过去的日子几乎到现在，在少数非常偏僻、人迹罕至的地方，它在平原上随心所欲地漫游。仅仅是出于天生恐惧的小心谨慎,使它紧紧依附于遍及平原、荒野，生长在大片河底的浓密灌木丛。在那片土地上，没有肩扛猎枪的猎人让它烦恼、让它害怕时，它就信心百倍，四处漫游，无拘无束，很少寻找遮蔽处让自己躲藏起来，除非遇上突变的天气，或者是因为那遮蔽处里碰巧有它喜爱的食物，它才逗留在那里久久不去。如果它心情好，它会在起伏不定或崎岖不平的大草原上漫游好多天，搜寻可以食用的根、挖掘囊地鼠（gopher），或许还追踪巨大的野牛群，要么它可以在河岸溃决处的不利条件下捕猎一些粗心大意而落伍的野牛，要不然就饱餐那些意外死亡的野牛的尸体。

老猎人——那些逝去很久的时代的幸存者，在他们生活的时代，一望无际的野牛群聚集在高高的平原上，遭到野性的印第安部落和几乎不那么野蛮的白人所追踪，这些老猎人告诉我，他们在这样的情况下遇见大灰熊，这些熊通常习惯于睡在一片繁茂的鼠尾草丛中，睡在一个溃决处的裂缝中，或睡在一块大圆石的蔽障处，即使在光天化日之下也到处寻找食物。上密苏里盆地的熊的皮毛颜色如此浅，以至于早期探险者经常间接地提到它们是灰色，甚至是“白色”的,开阔地赋予了它们这种特殊的生活。直到今天，在遥远的北方，大灰熊的那个紧密的亲属——著名的瘠地熊（bear of the barren grounds）依然还这样生活着。我的朋友——马里兰州的罗克希尔先生，是第一个探索西藏东部的白人，他描述了在那里的荒凉高地上生活的大熊，如同大灰熊一般，两者习性相似。

然而，大灰熊这种野兽十分精明，像其他熊一样，它显示出了适应各种变化的环境的能力。在大多数地方，它成了一种出没于遮蔽物之中的动物，其行为方式诡计多端，在一定程度上很机警，依附于山峦上最深的密林和平原上最纠缠杂乱的密丛。因此它坚守自己的地位的情况比野牛和麋鹿那样的猎物要好得多。它为数不多，比以前更为罕见，可是它的身影依然还没有从它以前出现的范围内消失；当然，靠近大城市的地方除外。

在大多数地方，大灰熊在寒冷的季节都要冬眠，或者像老猎人们所说的“蛰居”，这一习性正如黑熊。可是，生活在最遥远的南方的大灰熊，也跟黑熊一样，一年四季都在温和的气候中到处漫游。大灰熊很少选择它那黑熊小兄弟最喜爱的巢穴——树木或倒下的圆木空洞来做自己的冬眠之所，相反，它在地面上寻找或挖掘某个洞穴般的洞来过冬。这个洞有时位于河底微微隆起的小丘里，但多数情况位于山坡上，要么很深，要么很浅。在山峦上，它的洞通常是天然的岩石洞穴，可是在丘陵地带和平原上，大灰熊通常不得不选择某个洼地或缺口，挥舞它那硕大的爪子挖掘成自己所喜欢的地洞。

在寒冷的气候来临之前，大灰熊就开始变得不安起来，四处漫游，寻找好地方来“蛰居”。在大灰熊找到适合自己口味的地方之前，它经常会连续尝试和放弃好几个洞穴或部分挖掘成的地洞。它总是努力地选择一个极不容易被发现或遭到外界骚扰的地点，极度小心地工作，避免在挖掘洞穴时留下明显的痕迹，因此人们常常难以发现它的洞穴。

一旦进入洞穴，大灰熊要在昏睡状态中度过最寒冷的月份。然而，有时即使是在最寒冷的月份里，它的睡眠也是轻微的，如果受到打扰，它会立即离开巢穴，根据当时面临的具体情况，要么准备好进行战斗，要么撒腿逃逸。有很多次，当一个猎人偶然发现大灰熊的冬眠之居时，就暂时离开了那里，因为猎人以为自己的行踪没有被熊发现，可是当他返回来再次寻找那个冬眠者，却仅仅发现那狡猾的家伙一直都在警惕着危险的来临，一旦察觉到危险就逃之夭夭了。但是在非常寒冷的天气中，几乎无法把冬眠的熊从沉沉昏睡中唤醒。

熊待在洞穴中的时间长短，当然与季节的寒冷程度和纬度与经度息息相关。在最遥远的北方和最寒冷的地区,所有的熊都要“蛰居”，在一种昏睡状态中度过半年；相反，在南方地区，只有带着幼崽的母熊和肥硕的公熊才冬眠，但时间也不过几周而已，而且只有在天气特别寒冷时才去冬眠。

饥肠辘辘的大灰熊会大肆杀戮牲畜

当大灰熊最初离开巢穴时，它的皮毛的状态十分良好，可是它迅速消瘦下去，营养不良，直到秋天才恢复到良好的状态。有时，大灰熊在从冬眠中出来之后的好几天内都没有露出饥饿不堪的迹象，但是很快就变得饥肠辘辘，对食物贪婪无度。在早春那些日子里，树木还处于完全荒瘠的状态，毫无生气，积雪依然深深地堆积在大地上，大灰熊，这饥饿之兽，因为经历了冬季漫长的斋戒而发狂，身体虚弱，此时它比以往任何时候都喜欢吃肉。正是在这段时间里，它最容易成为捕猎肉食的猛兽，要么大显威力捕食其他野生动物，要么捕食定居者放养的羊群和牧场主的牛群。然而，大灰熊在这个方面颇为反复无常：一些大灰熊被证实为捕猎者，屠杀牛群；其他大灰熊则安分守己；还有一些大灰熊有时捕猎，有时不捕猎，行为捉摸不定，它们的攻击变化多端，几乎难以解释，因季节和地区不同而不同。

例如，迄今据我所知，在整个 1889 年这一年中，在我那位于达科他西部的小密苏里河畔的农场附近，没有一头牛被熊咬死；然而我碰巧得知在同一个季节里，在蒙大拿州西部的比格霍尔盆地（Big Hole Basin）里，大灰熊却颇具破坏性，人们放牧的牛群频频遭到它们的攻击。

在 1888 年春天和初夏，我牧场附近的大灰熊没有杀戮放养的牛，可是在那一年的夏末和初秋，一头魁梧的大灰熊突然喜欢屠杀放养的牛了。我们从它留下的踪迹来判断，那个家伙体形很大，这个残忍的家伙把自己的巢穴构筑在我牧场房子下面大约 20 公里之遥的某一片辽阔的灌木丛中，它越过河流两岸崎岖不平的荒野来回巡游，寻觅食物。在浆果成熟时节，它开始了屠杀，直到野李子甚至银水牛果成熟了很久以后，它还在继续施行它那破坏性的野蛮行径。我认为，诱发它胃口大开的原因是一头母牛，那不幸的家伙在溪床上陷入了泥潭，并死在那里，那之后不久，我们发现那头大灰熊一直守在那里饱餐那母牛的尸体，而且吃得精光，然后，我们发现它开始在牲口群中大肆掠杀。这个家伙似乎毫不在乎牲口的体形大小和力气，统统予以掠杀，它的牺牲者包括一头大型公牛、一头阉割过的年轻肉牛，还有母牛、1 岁的小牛和憔悴而虚弱的落伍者“生面团”，那是很晚才被一个得克萨斯牧牛队带到这里来的——因为那一年南方牲口过分拥挤、过度放牧，再加上干旱肆虐，许多牲口群从遥远的南方山岭被驱赶到北方，来到了这里。

从那头狡诈的老灰熊留下的踪迹来判断，它不仅异常凶猛，而且还十分狡猾，通常在牛群走到河边饮水时埋伏以待，在牛群来到河边的沙洲上饮水之前，它选择某一丛浓密的下层林丛和交错纠缠的三叶杨作为自己的藏身之处——那里是牛群的必经之路。有时在牛群穿过河底上低矮浓密的隐蔽处一路吃草之际，它便对那些毫无戒备的牲口发起突然袭击。袭击者既可以在无数条牛道旁埋伏以待，又可以隐身爬向某头只顾低头吃草的牛，当离猎物仅有几米时，它便迅速起身，飞速扑向那惊恐万状的猎物。尽管大灰熊与大型猫科动物相比显得有些笨重，但它的行动却比人们所想象的要迅速得多，与它通常那种动作迟缓的步态相比简直有天壤之别。在一两个例子中，那头大灰熊显然紧紧抓住它的牺牲品的腰部，对着其腰背部予以狠狠一击,使其丧失逃跑的能力。至少在一个例子中,它跃起来，用前爪紧紧抓攫着猎物的头部，同时用锋利的獠牙撕开猎物的喉咙，或者咬碎猎物的颈骨。它的一些牺牲品还在远离河流的地方便惨遭杀戮，杀戮现场是在荒地上弯曲的灌木丛生的深深的冲沟里面，那里的地面起伏不平，让它容易潜步追踪猎物。一些牧场主因为丢失了牛羊而怒火中烧，急切地追猎这个狡猾无比的敌人，但屡屡出击，又屡屡无功而返，最后一个牧场主把毒药撒在一头动物尸体内，最终才以这种并不光彩的方式猎杀了那个捕猎其牛羊的家伙。

克拉伦斯·金先生告诉我，说他在加利福尼亚州曾经目击过一头大灰熊猎杀一头阉割过的肉牛。当时那受害者正在一小片牧草地上低头吃草，那头大灰熊悄悄爬了过来，突然跃起，冲破挡在自己前面的部分围栏。那头牛见势不妙，开始奔逃，可是大灰熊冲过来，凭借四五次跳跃就赶上了它，用一只爪子对着它的身侧便是狠狠一击，显然把它的好几根肋骨从脊骨上打断了下来，以这种打击痛快地结果了那受害者的性命。

比起长有犄角的牛来，马也频频沦为这种大灰熊的牺牲品。当马在某个山中的牧草地或丘陵间低头吃草时，大灰熊常常从一处空旷地的边缘突然跃起来扑向它们，马似乎并不怕其他什么动物。不管大灰熊对牛和马的袭击是否得手，它一般都能全身而退，脱离战斗。可是情况也并非总是如此，它对那些可能成为其猎物的动物的蹄或犄角也敬畏三分。有些马似乎根本不知道如何进行战斗，但另一些马既迅疾又刻毒，在大灰熊面前证明了自己是非常可怕的敌手：它们甩动尾巴，踢踹前蹄。在其他地方，有人给我讲过这样一个例子：一匹牡种马击退了一头偷袭的大灰熊，还狠狠地踢破了那家伙的髎。

有一次，在离我的牧场很近的地方，我手下的一个牛仔准确无误地发现了一头长有犄角的山岭母牛挫败一头偷袭的大灰熊的证据。那是在早春，当时那头母牛带着它刚生下的孩子在毗邻灌木丛的山谷中吃草。留在潮湿的土壤上的蹄印非常清晰，显示出那里发生过的一切：那头熊显然从它藏身的灌木丛中突然冲出来，很可能只想抓住那牛犊，那头母牛没有逃跑，而是转过身来勇敢地面对入侵者，那企图捕猎的大灰熊的速度减缓了下来，然后便开始围绕着它垂涎三尺的“晚餐”兜圈子，那头母牛也毫不示弱地面对它，紧张地来回移动，因此它那锋利的犄角划破了地面，它的蹄把地面践踏得到处都是深深的印痕。最终它疯狂地发起反击，不顾一切地向敌人冲过去，吓得那头大灰熊转身逃之夭夭。究竟是大灰熊害怕母牛的冲击，还是有人正在接近现场，惊扰了它的“美梦”，倒不得而知，但不管怎样它都没有卷土重来。

大灰熊喜欢埋伏以待，发起突然袭击

比起它的黑熊小兄弟来，大灰熊甚至更喜欢羊和猪。它潜伏在定居者的房子周围，等到夜幕降临之后，便会翻进羊圈或猪圈，紧紧攫住一只无助的、咩咩叫唤的绵羊，或者一只尖叫的、挣扎的、长满刚毛的猪，拖着猎物越过围栏，直到猎物断气。在搬动猎物的时候，大灰熊有时用牙齿咬住猎物的身体，像狼拖拽猎物那样迈开四足前行。然而，它用前面的单臂或双臂抓攫一只动物，笨拙地用三足或双足前行，采用这种方式把猎物举起来放到岩石上，又推过岩石，推到木材下面。

当大灰熊能捕捉到家畜时，它很少去骚扰猎物，家畜并不那么机警，也更为无助。大灰熊身体沉重而笨拙，不太利于它在生活中去掠夺那些胆怯的林地动物。然而，它那巨大的力气和那种坚决的性情，弥补了它在同那遭到它打击的猎物进行短兵相接的搏斗中缺少的敏捷性，它的困难在于抓攫猎物，而不在于杀戮猎物。因此，当一头大灰熊开始杀戮猎物的生涯，它很可能去攻击野牛、驼鹿和麋鹿，但很少有能力去捕捉鹿，而它能捕捉到的羊和羚羊也就更少了。实际上，更小型的猎物通常对生活在自己附近的这个邻居很少流露出害怕，并且当它们能一目了然地看见大灰熊时，尽管也小心谨慎，不让那家伙靠得太近，但还是继续低头吃草。在一头熊筑巢的同一片密丛中，人们常常可以发现白尾鹿安闲自在地吃草，但如果那里有狼或山狮的临时居所，那么它们立即就会逃之夭夭。

不过，它们有时对这种自认为准确的感觉也假想得太多。在上面我提到的发生在我的牧场附近的那场大灰熊屠杀牛群的事件发生的几年前，要么是出现在牛群中间的同一头大灰熊，要么是另一头趣味相似的大灰熊，开始了捕猎。那头野兽生活在同一片连绵的辽阔的密丛中，那密丛覆盖了三四公里的河底和注入河流的小溪口，那家伙突然对当时大量出没于浓密的遮盖物中的白尾鹿发起了袭击。这个蓬松的、笨拙的大家伙狡猾得足以杀戮好几头精明的白尾鹿。我一直没能查明这场袭击的准确进程，但那头大灰熊显然是在猎物小道上埋伏以待——那里恰恰是白尾鹿漫游的必经之路。

在过去的日子里，无数野牛在大草原上自由自在地低头吃草，就像大灰熊现在骚扰牧场主放养的牛群一样，这个家伙有时骚扰野牛群体。在所有猎物中，野牛最容易接近，而大灰熊追寻着母牛、1 岁的小牛或牛犊，常常能接近某头离野牛群偏远的落伍野牛。在浪费了捕猎野牛群中的虚弱者的大好机会后，它竟然会对强劲有力的公牛毫不犹豫地发起攻击。早期猎人有幸亲眼目睹到最壮观的场面，也许就是一头饥肠辘辘的大灰熊和一头强劲有力的公牛之间发生的战斗，这种场面总是难得一见。然而，如今在难以抵达的山峦僻静处，野牛最后的极少数幸存者甚至也正在消失——它们一度在那里寻求躲避敌人的最后的安全之所。

现在，当这种大熊处于捕猎的情绪中，在所有野生猎物中，麋鹿最有可能沦为大灰熊的牺牲品。麋鹿生活在大灰熊出没的地方，在一些地点，它们非常丰富，它们不像鹿那样胆怯和活跃，同时也没有足够的力量来击退如此笨重的敌人。它们生活在遮蔽处，这就总是给捕猎者提供了潜步追踪和偶然发现它们的良好机会。几乎是一年四季，大灰熊都会来饱餐麋鹿的尸体；如果在食物供应短缺的早春，或是在浆果歉收的秋天，它们有时就不得不大开杀戒，填饱自己的饥肠。我曾经两次偶然碰见显然是被大灰熊猎杀后吞食的麋鹿尸体。我从未听说过麋鹿与大灰熊搏斗的事情,然而，如果在短兵相接而走投无路时，一头处于发情期的雄麋鹿可能会奋起反抗，成为大灰熊难以控制的敌人。

一头雄驼鹿甚至更为强大，令对手敬畏，它可以用它那可怕的前蹄——它真正的自卫武器，对敌人实施闪电般迅疾的打击。我怀疑，要是任何猛兽要对这些林地巨人之一发起冲击，当它的犄角发育成形，而且如果它正处于自卫状态，准备战斗，那么无异于是自讨苦吃。不过，在高高的落基山北部，在驼鹿与大灰熊共生的湿淋淋的森林中，驼鹿有时沦为大灰熊那种笨拙的威力的牺牲品。一个十几年前在怀俄明州西北部的杰克逊湖（Jackson Lake）畔过冬的老猎人告诉我，当山上的积雪很厚的时候，驼鹿来到山下的湖泊西端地区建立自己的宿营地。冬天它们很安全，没有野兽什么的骚扰它们。可是到了早春，一头大灰熊从巢穴里爬出来，这个家伙不安地漫游，显然饥肠辘辘，它在许多地方都发现了驼鹿留下的踪迹。它在荒凉的、积雪成堆的树林中几乎没找到什么食物，于是它很快便开始对驼鹿大开杀戒，并且一举得手，杀戮了两三头。它通常埋伏以待，在驼鹿离它的潜伏处最近的地方经过时便出其不意地跳将出来，扑向那可怜的牺牲品。在这个季节里，即便是公驼鹿也虚弱无力，当然也没有长成犄角，几乎更无战斗的欲望。

在每个例子中，大灰熊的奔扑无疑是凭借自己的凶猛和速度，这样常常就掩饰了它表面上的笨拙，它以此来击倒受到惊吓的猎物，在那可怜的家伙还没来得及自卫之前便不知不觉地制服了它。在一个例子中，大灰熊没有扑中驼鹿，受到惊吓之后，驼鹿便奋蹄匆匆逃走，几次巨大的跳跃便跳到了几十米开外，然后才恢复其常态小跑步伐。追踪这些踪迹的老猎人说，他以前根本不相信任何动物在跳跃中可能迈出这样大的步幅来，看来那逃跑的驼鹿是受惊过度，狂于奔命。

大多数时候，大灰熊以昆虫和植物为食

不过，大灰熊并非通常的杀戮者，它们仅仅是偶尔为之的食肉野兽，牛群和大型猎物的攻击者。尽管它的实际动作比它的体格所暗示的表面笨拙的力气要迅疾得多，也不管它那令人吃惊的突然和速度的冲击力量，然而它还是完全缺乏山狮和狼那样的摧毁者所表现出来的柔韧的灵敏；正因为缺乏这种敏捷性，它在捕猎过程中难以有更大的作为。它更喜欢饱餐它偶然遇见的意外死亡的动物尸体，或者是被其他猛兽或猎人猎杀的动物尸体，而不是亲自去猎杀。这个家伙是非常污秽的进食者，对腐尸胃口极好，不仅如此，它还令人厌恶：它喜欢吃同类的肉。比起任何其他诱饵来，一头鹿的尸体几乎会把一头熊兄弟更容易地诱惑到猎人埋伏的地点，马的尸体则例外——那上面似乎有人类的气味。

这些体形硕大的熊始终让自己仅仅满足于它们的同胞兄弟的尸体。一头黑熊如果被一头体形硕大的、饥肠辘辘的大灰熊抓住，那么几乎就难以逃生了。一头老公熊如果发现幼熊处于劣势，便会伺机杀死并吃掉幼熊。在 1891 年的早春时节，黄石国家公园就发生过这样一个相当著名的案例。在我的一个朋友——埃尔伍德·霍弗尔（Elwood Hofer）先生写给另一个朋友——华盛顿的威廉·哈莱特·菲利普斯（William Hallett Phillips）先生的信中，他对这件事做了详尽的叙述。霍弗尔是一位老山民，我本人曾经同他一起狩过猎，所以可以确信他的陈述非常可信。当时，他正在黄石公园为划时代的国家博物馆收集动物，待在高塔瀑布（Tower Falls）附近的燕西旅馆里，写信的日期是 1891 年 6 月 21 日，其中部分文字如下："我有一头极好的大灰熊或弓背熊幼崽，准备第二天早晨将它送到斯普林斯（Springs）去，工作队就在这里。我听见外面一阵喧闹，出去一看，发现那头幼熊已经一命呜呼。一头留下的脚印约为 24 厘米的老熊将它杀死，并吃掉了它的部分身体。昨天夜里，另一头老熊来到这里，那家伙留下的脚印约为 21.5 厘米，扰乱了燕西的挤奶工作。你知道小木屋如何伫立在这里吗？在大客厅与老房子之间，有一个搭乘点，那头小熊就是在那里被杀死的。在附近的一条小溪旁边，有一间挤奶室，昨天夜里另一头熊到了那里，毁坏了那里的一切东西，除了少数被压平的桶、平底锅和木板，什么也没留下来。当时我正睡在老木屋里面，听见马口铁器皿咔嗒作响，但还认为没什么事儿，只猜想是一头奶牛或一匹马四处走动时踢到了那些铁器引起的。我并不在乎牛奶，可是那该死的家伙竟然将我埋在老水沟里面的幼熊残骸挖了出来，它还拜访了储藏肉的老房子，可是一无所获。在黄石公园的这个地区，熊非常密集，而且非常鲁莽、冒失。我把猎物送给了安德森上尉，听见他说干得漂亮。”

大灰熊喜欢吃鱼，在太平洋沿岸的山坡上，有大量大马哈鱼溯流而上，向产卵地洄游，那些熊就像任何其他动物一样，旅行了好几百公里，聚集在河边让自己饱餐跳上岸来的大马哈鱼。当大马哈鱼密集成群的时候，一头涉入水中的熊可以左右逢源，大肆捕食那些送到嘴边的鱼。

大灰熊通常所吃的食物主要还不是肉和鱼。大多数时候，这种体形硕大的熊在地面上挖掘，是一种吃昆虫、嫩根、坚果和浆果的动物。它那危险的前爪通常用来翻动石头，击碎腐烂的木头，因此它才可能会舔食麇集在一块石头或一根木头下面的阴暗的昆虫部落。它挖掘根部可食的植物——卡马夏（camas）的根、野洋葱（wild onion）和偶尔无法逃脱的不幸的花白旱獭（woodchuck）或囊地鼠。如果食物非常丰富，那么熊就非常懒散，但它们通常被迫勤勉，必须努力工作，要收集足够的蚂蚁、甲虫、蟋蟀、金龟子、嫩根和坚果来满足那样巨大的食欲。填饱那样巨大的胃口，可不是一件轻松的活儿。当然，一头熊工作的迹象，显然是毫无辨别经验的人所无法看见的。一个人决不可能想象大灰熊的力气究竟有多大，除非亲眼观察它为获取一顿早餐而忙忙碌碌地工作：

击碎粗壮的木头，纯粹凭借力气翻开大圆石。它总是表现出一种喜剧的样子来，同时还伴随着一种强壮可怕的外貌。它会拖动和拉动，时而用一只爪子，时而用双爪，时而又用四只爪子，时而用后腿，等等，总是努力翻动大木头或大石头，一旦成功，它就跳上前去把口鼻伸进潮湿的空洞里面，舔食那些受惊的耗子或甲虫，那些可怜的小动物也因为突然被暴露在光天化日之下，麻木得依然一动不动，难免成为大灰熊的果腹之餐。

熊的食物真正丰富的时节是浆果成熟的季节。那时，它们贪婪地吞食越橘（huckleberry）、蓝莓（blueberry）、基尼果（kinnikinnic berry）、银水牛果（buffalo berry）、野李子（wild plum）、接骨木果（elderberry），还有好几十种其他果实。它们常常折断一片浆果地上的所有灌木丛，以半奢侈半费力的贪婪采集浆果，腰部坐在地上，大嚼起那些果子来，简直像是用灵巧的爪子把浆果扫到了自己的嘴里。在享受这种盛宴时，它们如此专注于甘美的果实，以至于对自己的安全渐渐放松了警惕，而且它们还几乎在正午时分的光天化日之下进食，同时在某些密丛中，尤其是在浓密的山楂（mountain haw）丛中，它们在折断枝条时发出如此喧闹的声音，因此要悄悄接近它们相对容易。进行埋伏狩猎的猎人，如果在秋天发现一个可以接近的浆果覆盖的山坡，那么他就幸运了，因为熊频繁出没于那里，可是通常来说，如果一丛丛浆果生长得并不够密集，就会使猎人有更多机会接近那里。

像大多数其他野生动物一样，熟悉了人类居住地的熊是昼伏夜出的野兽，至少在黄昏或黎明时分才出现。可它们决不是像大型猫科动物和狼那样真正喜欢夜行的动物。在它们知道几乎没有猎人的地区，在阳光下自由自在地漫游，在凉爽的气候中甚至喜欢在阳光下打盹儿午休。在它们遭到大肆捕猎的地方，它们最终完全颠倒了自己的天然习性，整个白天都沉沉睡觉，只有在夜幕降临之后到日出之前的那段时间里,才离开巢穴到处冒险漫游。然而，在那些依然有熊大量出没的更为荒野的地方，这还并不是那里的熊的习性。在那些地方，它们在最酷热的时候睡觉，或者至少是休息，在夜色正浓时再次睡觉，除非天上有一轮圆月。大约下午 3 点，它们开始漫游、觅食，在太阳挂在地平线上之后不久，它们就结束了早晨的漫游活动。然而，如果月圆，它们可能会彻夜进食，然后在白天的时候就很少漫游了。

当我接近时，那家伙从水里爬出来溜掉了

除了人类，发育成熟的大灰熊几乎不怕任何敌人，不过在早春，经历了冬眠时连续不断的饥饿，大灰熊的身体十分虚弱，如果它们生活在遥远的西北部山峦中的僻静处，甚至这些身体庞大的野兽也得提防极度饥饿的大型森林狼（timber wolf）群。在落基山北部，这些森林狼是最可怕的敌人，极度饥饿时，它们常常聚集在一起，成群结队，毫不犹豫地突袭黑熊和山狮，在它们的攻击之下，就连发育成熟的大灰熊也不安全，除非它背靠一块岩石，那

样它就可以阻止那些贪婪的家伙从后面偷袭它。一个我熟识的小牧场主生活在靠近弗拉特海德湖（Flathead Lake）的地方，有一次，他在4月发现一群大型森林狼猎杀了一头体形较大的1岁大灰熊。对于刚出生几个月的大灰熊，山狮和狼则会以大欺小，猎而食之；同时所有狐狸、山猫（lynx）、狼獾（wolverine）和捕食鱼类的鸟都会抓走非常幼小无助的大灰熊幼崽。以前那些讲到狼害怕吃大灰熊猎杀的猎物尸体的故事，纯粹是一派胡言。狼是狡猾的野兽，如果它们认为有一头熊隐藏在附近，而且随时有可能冲出来扑向它们，那么它们肯定不会轻易接近那头动物尸体，但在通常情况下，它们不仅会饱餐大灰熊的牺牲品的尸体，而且还会饱餐被猎人射杀后留下的大灰熊尸体本身。当然，狼只会在饥饿得不得不为果腹拼命时才会去攻击大灰熊，甚至在付出了惨重的生命代价后才获得胜利。如果一头饥饿的大灰熊把狼或山狮，或任何其他小型食肉类动物逼到无法逃脱的绝路上，会当即吞而食之。

大灰熊偶尔在洞穴筑巢，在那里度过正午时分，可是这种情况很罕见。它通常躺在一个地区树林中浓密的枝条最为交错纠缠的隐身处，它有一些凭借喜好而选择的地方，往往是年轻树苗密集，地面点缀着大圆石和倒下的木头之处。常常，尤其是处于一种不安的情绪中或过度漫游荒野时，它仅仅构筑一个临时之床，只躺在那里休息一两次，它可能会重新构筑一个更为永久的巢穴或一系列巢穴，在每个巢穴中都要连续待上很多个夜晚。它的巢穴通常构筑在离它进食之地有一段距离的地方，可是生活在非常荒凉、人迹罕至的地区的熊则更为胆大，它们可能会躺在一头动物的尸体旁边,或者躺在一片浆果地正中央。上面提到的那头猎杀鹿的熊，显然就把它的两三个猎物拖回到自己的巢穴，那巢穴就位于一层难以渗透的厚厚的银水牛果和矮小的白桤木下面，其边沿的一边是一道溃决的岸，另一边则是一道多瘤的三叶杨构成的墙。这个巢穴周围四处散落着鹿和一头阉割过的肉牛或小母牛的尸骨，臭气熏天，令人作呕。当我们找到这个巢穴时，我们还以为可以轻易地猎杀那头大灰熊了，可是那凶猛而狡猾的家伙肯定是看见了我们，或者是嗅到了我们的气味，早就溜之大吉了——尽管我们在那里耐心地埋伏了很久，那家伙也没回到自己的居所来，即使我们后来频频设伏，也始终没有发现它的踪影。

熊喜欢在水中打滚嬉戏，无论是在湍急的普通河流边的沙滩上，还是在池塘泥泞的边缘，还是在清澈凉爽的山泉的软泥般的青苔中，它都喜欢翻来滚去，让自己尽兴。在一个炎热的 8 月的下午，就在我在爱达荷州的庞多雷湖（Pend'Oreille Lake）附近爬下一道陡峭的山腰时，我听见下面不远处传来一阵碰撞声，这表明有一头大型野兽在那里行走。我匆匆赶往声音传过来的地点一看，才发现自己打搅了一头大熊，它当时正在那里安闲地洗澡，结果被我的不期出现搅了局。那浑浊的水显示，当我接近的时候，那家伙便匆匆忙忙从水里爬出来溜掉了。泉水从一座高高的花岗岩山底部喷涌而出，形成了一个小潭，水面仿佛是被打碎的水晶，微微闪烁着。被水浸透的青苔在四周形成一层厚厚的湿淋淋的垫子，犹如漂浮的沙洲从小潭边缘凸出来，喜水的蕨类植物来回摇曳着。上面，巨大的针叶树展开了枝条，喃喃低语，遮蔽了光线，挡开了暑热，其棕色树干犹如从地面弹跳起来的扶壁圆柱一般。在远处荒凉贫瘠的山腰上，则酷热得难以忍受。那位熊先生竟然找到了这个地点，还用清新的泉水洗濯自己那臃肿的身体，不能不说是一个小小的奇迹。

熊是一种孤独的野兽，尽管在它们最喜爱的某个进食之地——那个地方的浆果通常十分丰富、密集，或者是在一条大马哈鱼成群结队游动的河流的岸边，很多熊可能会像一群牲口那样聚集起来，但这种群集也不过是临时凑合而已，一旦这些群集的熊填饱了肚子，便各自分道扬镳了。公熊总是出于爱好而独居，它们只有在发情季节才寻找母熊配偶。然后，为了追求母熊，两三头公熊才可能碰到一起，向母熊求爱，如果棋逢对手，一场野蛮的战斗便在所难免，因此很多老公熊的头部常常有它们的同伴留下的伤疤。在这样的时候，它们脾气暴躁，仅受一点儿刺激便会攻击人类或其他动物。

在冬眠的巢穴中，母熊每次产下一至三只幼崽。那些小家伙身体很小，也很无助、脆弱，一段时间后，当幼熊可以跟在母亲后面行走时，母熊便离开了它的冬天之家。整个夏天和秋天，幼熊都跟母亲待在一起，到寒冷的气候开始时才离开，此时，它们已经发育成熟了，因此，尤其是一头老公熊如果加入进来，熊的一家可能就有了三四个成员，仿佛形成了熊的一个小小群体。有一个小牧场主，他生活在离我这里大约有20公里处的小密苏里河畔，他曾经在一道峡谷中的浆果地里发现了一头母熊带着三只半大的幼熊进食。他开枪击中了那头老母熊的背骨，那受伤的熊随即发出几声高高的咆哮和尖叫。一头幼熊奔向母亲，可是它的同情心用错了地方，好心没得到好报，那受伤的老母熊对着自己的孩子便是狠狠地一掴，将它打翻在地，这可能是出于发泄愤怒，也可能是母熊误认为自己的伤痛肯定来自它的一个孩子无缘无故的攻击。那猎人随即射杀了一头幼熊，其他两只见势不妙，便匆匆逃走了。当熊聚集在一起的时候，其中一头被子弹射伤，可又看不见真正的袭击者，它通常会将牙齿和爪子落在自己无辜的同伴身上，显然它将自己受到的伤害归咎于后者。

追猎者设置陷阱，用钢夹捕猎大灰熊

捕猎熊有很多方式。一些大灰熊是被人用毒药猎杀的，可是只有那些其牛羊饱受熊攻击之苦的人才使用这种方法，其实胜之不武。此外，比起狼来，熊更难以毒杀。它们最频繁地遭到猎杀的方式，是落入捕兽夹，有时是落入死亡陷阱——其原理是每个美国乡村男孩都熟悉的小小的菲格尔4型捕兽夹，有时是落入可以活捉野兽的用木头搭成的围圈，但通常是落入巨型钢夹。在一些州里，政府为捕杀极具破坏性的大灰熊而设立专项奖金，在很多地方，尽管大灰熊熊皮的价值远不及黑熊皮，但它也有一定的商业价值，市场价格不菲。为获得奖金或者为获取熊皮而追猎大灰熊的人，还有将大灰熊视为家畜死敌的牧场主，一般都使用钢夹来捕猎大灰熊。那种夹子非常结实，安装时，力气小了相当困难，那钢夹通常用链子系在一根横木或圆木上，尽管无法立即阻止被夹住的大灰熊前进，可是却妨碍和牵制它的速度，不断让它缠绕在树桩之类的东西上面。大灰熊一旦被夹住便立即逃跑，狂咬夹子和横木，可是它留下了一道明显的痕迹，人们早晚发现它拖着链条和横木缠绕起来。尽管熊比山狮或山猫难以诱捕，可决不像狼或者狐狸那样如此难以诱捕。在荒野地区，一个技艺娴熟的设陷阱者常常可以捕捉到很多熊，而且相对容易得手。可是，一头狡猾的成年大灰熊很快就会识破这种诡计，意识到这种暗藏的危险，之后就几乎不可能再诱捕到它了，它完全摆脱了危险境地，而且还找到了某种方法来获取诱饵后全身而退，毫发无损，要不然它就故意先弄得夹子弹跳起来，使之失灵。我听说过很多熊凭借滚过夹子而弄得夹子弹跳起来——夹子的钢腭无法伤及那巨大浑圆的身躯。在诱捕过程中，一匹老马是最常见的诱饵。

当然，追踪熊时，纯粹作为害兽或因为皮毛的缘故去诱捕熊是可以的。然而，偶尔有猎人仅仅为了运动或娱乐消遣而采取这种方式，决不应该这样做。对于运动，射杀一头落入陷阱的熊完全是一种毫不光明正大、缺乏运动员风度的行为。有时，有人大力提出一种借口，说是大灰熊“危险”，这有些滑稽好笑。无疑，在异常的例子中，对于在屠宰场中敲翻阉割过的肉牛的屠夫，大灰熊确实有“危险性”。在猎人走近的时候，一头仅仅是脚趾被夹住的熊可能会猛扭出来，挣脱陷阱，痛苦得发狂，愤怒地攻击他;或者，如果钢夹和横木很轻，熊就会拖着身上的束缚溜走，如果立即追踪它，就可能在某一片密丛中找到它，它依然很自由，狂暴不已，但是即使这样，那野兽也残废了，尽管痛苦和愤怒得发狂，猎人也很容易瞄准它开枪，结果它的性命。同时，发现这可怜的家伙时，它通常已经耗尽了最后一口气，奄奄一息，紧紧地束缚在一棵树上——钢夹和横木都卡在那里，由于它的牙齿狂暴地猛咬那残忍的钢夹和链条，树木因而断裂了，只剩下了残桩。一些设置陷阱者用左轮手枪射杀被夹住的大灰熊。因此显而易见，这项运动通常并不危险。我自己手下的两个牛仔——西韦尔和道，他们本来是缅因州人，曾经在那里设置陷阱捕猎过好一些黑熊，他们总是用一把短柄斧或一把口径为 8.1 毫米的小小的左轮手枪射杀它们。有一次，其中一位牛仔西韦尔鲁莽地手持短柄斧靠近被夹住的熊，由于距离太近，差点儿被那头表面上奄奄一息的熊的利爪抓伤。

然而，孤身一人设置陷阱的捕熊者面临着一种真正的危险，那就是被自己的钢夹夹住。钢夹的巨腭很容易松动、弹跳起来，一旦被夹住，很难掰开。如果任何粗心的过路人踩到那巨腭之间，他的腿就会立即被那钢齿死死咬住，难以脱身，其结果是不言而喻的，他很可能死在那无情的钢齿不断咬紧的巨大折磨下——那钢齿十分厉害，会不断刺入疼痛的肌肉和断裂的骨头之中。如果在设置或安装钢夹时手臂被夹住，其命运就可想而知了，根本用不着说，即使是最强壮的人绞尽脑汁，也无法从那钢齿下脱身。曾经有过很多骇人听闻的描述，一些只身前去设置捕熊陷阱的山地猎人莫名其妙地失踪了，很多年后，人们才在偏僻的荒野上发现他们，却成了一堆腐骨，破碎的前臂骨依然还被那钢夹的利齿紧紧咬住。

一拥而上的猎犬减缓大灰熊的速度

如果为捕猎大灰熊而专门训练猎犬，那么猎人无疑可以使用猎犬来成功地狩猎大灰熊，可是迄今为止人们并没有这样训练猎犬，尽管猎犬有时在狩猎大灰熊时作为猎人的助手，但它们并未发挥更大的作用。据说,有时用很小的猎犬来捕猎大灰熊效果最好,可是这仅仅是指在捕猎那些从未遭到过追猎的大灰熊而已。在这样的情况下，一头大灰熊有时会十分恼怒那些跳跃的、狂吠不已的小型㹴犬或杂种小狗，它可能会试图去抓住那些猎犬，这样就给了猎人蹑手蹑脚靠近它的机会。可是当它迅速意识到猎人才是自己真正的敌人那一瞬，它便再也不理会那些小狗了，因为它们虽然把自己逼上绝路,但不能阻止自己逃逸。在南方,用于捕猎狐狸、鹿、野猫（wildcat）和黑熊的普通猎犬，效果仅仅稍好一点儿。我认识一两个猎人，他们在不同的时候试图带着一群习惯于追猎黑熊的猎犬或杂种小狗去狩猎大灰熊,却始终没有成功。在很大程度上，这很可能是因为他们狩猎的荒野的自然状态不佳——那里是辽阔无边的大片森林和峭壁重重的崎岖山峦，但他们失败的原因也归咎于他们的猎犬——在遭到追猎的大灰熊想要突出重围的时候，它们无力阻止猎物逃跑。大灰熊多次被逼到角落，但它总是处于某个难以攀爬的地点，那样猎犬们永远无法控制它，直到猎人赶上来。

尽管如此，一群训练有素、英勇无畏、身手敏捷的大型猎犬无疑也能把一头大灰熊逼得走投无路。这样的狗是大型杂交猎犬，这些猎犬有时用于在西弗吉尼亚的阿勒格尼山峦的狩猎之中，它们不仅专门为阻止大灰熊逃窜而受过训练，而且也受训于在大灰熊逃窜时紧紧咬住猎物的跗骨，这些猎犬要么掀翻猎物，要么围绕着它不断转动、周旋。在大灰熊面对一只能施展诡计的机警而强大有力的猎犬时，即使对手很少在乎纯粹的狂吠和偶尔的撕咬，它可决不能予以漠视。我也毫不怀疑，狩猎大灰熊时也可能使用一群凶猛的猎犬，训练它们径直冲向猎物，向钳子一样紧紧压制住猎物，那样就能完全控制大灰熊了，当然，即使它们无法咬死猎物，却也能把它撕咬得喘不过气来，那样就很容易猎杀它了。在南方那些州里的五六个狩猎例子中，猎人使用了所谓的大型寻血猎犬——根本不是纯种寻血猎犬，而是体形硕大的猛犬，由于跟凶猛的古巴寻血猎犬杂交，它们拥有了良好的嗅觉能力——本身就拥有了制服山狮和黑熊的能力。

我自己的先辈们——在我母亲家族中的祖先的狩猎历史上不乏这样的例子，18 世纪下半叶和 19 世纪上半叶，他们生活在佐治亚州和如今成为亚拉巴马州与佛罗里达州边界的土地上。这些大型猎犬只有凭借整体力量，一拥而上缠住猎物才能取胜；如果它们退缩不前，或者孤军深入去猛咬猎物，那么山狮或黑熊便会轻而易举地将它们各个击破。面对像大灰熊那样体形如此硕大的可怕猎物时，无论一只猎犬身体有多大，性情有多凶猛，都无法战胜大灰熊这个强大的对手，除非它们结成一个整体，一拥而上冲向猎物，才会占得先机，而且在第一次冲击时便紧紧咬住猎物的头部或喉咙。如果猎犬退缩不前，或者猎犬数量不足，或者它们没有紧紧咬住猎物的头部，那么大灰熊便会不费吹灰之力将它们一一杀戮。仅仅放出一两只猎犬冲向大灰熊，无疑是一种谋杀。我知道，有一个猎人两次带着一只大型牛头犬与他的猎犬群结伴追猎一头大灰熊，结果都惨遭失败。一次，当那只大型牛头犬死死咬住大灰熊的面颊时，那家伙还在小跑，没怎么改变步态就伸出一只前爪扫落了咬住自己面颊的牛头犬，并击断了它的背部。另一次，大灰熊被逼上绝路，当猎犬咬住它的耳朵时，它抬起爪子，把那只猎犬的身体送到自己的嘴边，仅仅咔嚓一口便把那原来还异常凶猛的猎犬给活生生地撕碎了。

捕猎时，一小群猎犬必须依靠它们的活跃性，而且还必须通过猛咬大灰熊、避开对手的反击来减缓猎物的速度，妨碍其逃逸。我所听说过的唯一单兵作战，在阻止大灰熊逃跑的过程中真正发挥了重大作用的猎犬，是一只大型的墨西哥牧羊犬，它的主人一度是猎人塔泽威尔·伍迪（Tazewell Woody）。那是一只身手敏捷的猎犬，其双腭强劲有力，聪明能干，性情凶猛、果断。在它的帮助下，伍迪猎杀过三头大灰熊。它对大灰熊发起的攻击既小心翼翼，又凶猛异常，在大灰熊奔逃时毫不犹豫地冲上前去，钢铁般地死死咬住其跗骨，短暂地阻止了大灰熊逃窜，但可贵的是，就在愤怒的大灰熊转过身来咬它时，它会放开猎物，躲闪到一边。它如此活跃而机警，因此总能让自己免遭大灰熊杀戮；它也如此强劲，对大灰熊猛咬，因此大灰熊无法加速逃脱它所发起的攻击。结果，如果那只猎犬与猎物短兵相接，斗得不可开交时，伍迪总能靠近猎物开枪射击。

猎熊之前，要找到大灰熊最喜欢的进食点

然而，迄今为止活跃在山地追猎大灰熊的猎人，与那些设置陷阱捕猎的人截然不同，他们几乎单单依靠猎枪作为狩猎武器。以我自己为例，我猎杀过的大灰熊大约有一半几乎都是在意外情况下偶然碰见的，不期而遇使我收获颇丰，这个比例或许很具普遍性。那时猎人要么在追踪熊，要么在追踪黑尾鹿（blacktail deer）或麋鹿——在多数大灰熊出没之地常见的猎物，要么仅仅是在荒野上旅行或探索金矿。突然，他来到一道溃决的岸边，或者来到一道山峦的尖锐凸起之处的周围，或者来到一道深壑中如同墙壁一样团团围住的悬崖侧翼，要不然就来到他穿过大树追踪的模糊的猎物小径，他从一边急转到另一边，避开一块岩石或一大片倒下的树木，他突然惊讶地看见：一头大灰熊正在挖掘植物根或大声咀嚼浆果，或者沿着小径懒散地前行，或许从它一直躺着的那片郁郁葱葱的

繁茂的植物丛中突然起身；要不然就是大灰熊在开阔的林间空地或光秃的山坡上被发现后受到了监视。

在正确伏击猎物时，找到大灰熊最喜欢的某个进食地点是很有必要的，那里有很多植物的根或结出簇簇浆果的灌木丛，要不然就用一头动物尸体来引诱大灰熊进入伏击圈。在普通情形下，用“诱饵”来引诱大灰熊是唯一的方法，为猎杀大灰熊提供了一种恰当的可能和机会。大灰熊十分狡猾，其嗅觉最为灵敏，在它们遭遇过猎人追猎的地方，这些家伙仅仅躲藏在浓荫深处，即使身手不凡的伏击型猎人也一筹莫展，几乎根本不可能接近它们。

尽管如此，猎人在地形有利的情况下常常能潜步追踪，找到并猎杀大灰熊，在结满浆果的时节，尤其是在早春，积雪尚未从群山上融化，饥肠辘辘的熊被迫从山上下来四处游荡，不时在开阔处寻找食物，此时是猎杀大灰熊的大好时机。在这种情形下，伏击的猎人在早早的黎明便开始活跃起来，秘密地快步走向某个高高的观察点，从那里俯视大灰熊的进食之地，在此之前，他就在那里发现了猎物出没的踪迹。利用这个有利地形，他用自己敏锐的眼睛或者有效的望远镜远远近近地扫视荒野，他必须把耐心和良好的视力与无声然而迅速穿越长距离地带的能力结合起来。在他突然发现一头熊之前，他可能已经花去两三个小时，静静地坐在那里仔细观察大片辽阔的荒野，或者他即使在一个特定的地方无论怎样仔细搜索，最终也可能一无所获，然后还必须离开那里，前行到差不多十公里之外的另一个地点去继续搜索，他一边行进，一边机警地观察，在瞥见猎物的身影之前，他很可能已经像这样度过了好几天。如果熊在挖掘根，或者在光秃秃的山坡和台地上获取食物，猎人当然就相对容易看见它们。在这样的情形下，这种狩猎就最为成功。一旦看见了猎物，猎人可能会真正潜步追踪两三个小时，地面的自然状态和风向常常迫使猎人进行长长的迂回，也许一道冲沟、一块岩石或一根倒下的木头都让猎人有机会接近到离猎物仅两百米的范围之内，尽管猎人还有可能接近到更近的范围之内，但这样的距离已经让熊的目标很大了，大得足以让猎人准确无误地瞄准开枪。

一般来说，由于浆果生长之地常常位于密林中，或者被浓密的灌木丛遮盖起来，阻挡了视线，从良好的地点很少能俯视它们，因此浆果生长之地并不提供这样的良好机会。另一方面，正如已经说到的那样，熊在吞食果实的时候偶尔会完全丧失警惕，而且又不断发出折断灌木枝条的声音，所以一旦人们发现它们，就可以避开它们的警戒，朝它们爬过去。

---

①这种体形硕大的阿拉斯加熊和完全不同的瘠地熊（bear of the arren grounds）与真正的大灰熊相去甚远，至少它们的极端外形大相径庭。

第 4 章　追猎大灰熊

Hunting the Grisly

在山中扎营——第一场初雪之后——潜步追踪一头大熊——大熊之死——躺在营地中——潜步追踪并射杀一头享用驼鹿尸体的熊——在麋鹿尸体旁边伏击一头熊——等到傍晚时分熊才迟迟到来——随即遭到射杀——一次成功的狩猎之旅——一场争吵——我独自踏上回家的路——次日迷路——朝一头大灰熊开枪射击——熊发起的果敢冲击及熊之死——狩猎大灰熊的危险尽管被夸大了，但确实危险——罗杰斯遭遇熊的冲击——不同的熊的凶猛程度有所不同——梅里尔医生的奇异经历——塔泽威尔·伍迪历险记——大灰熊发起攻击的种种方式——例子——遭受熊攻击的死伤者——实例——惠特尼先生的经历——一头在围捕中被射杀的熊——旧时的熊十分凶猛——有时不受刺激也会主动发起攻击——一个法国设置陷阱捕猎者遭到熊的攻击——牛仔与熊——用左轮手枪射杀熊——杰克逊将军的屠熊绝技

我举起猎枪开火，击中那头大熊的肩后

在深秋或早春的野外，你可能常常在雪地上看见熊的踪迹。要么纯属巧遇，要么是在艰苦的狩猎过程中，或者是从灰熊饱餐过的某具动物尸体周围，你发现了这些踪迹。要追踪一头熊，你得极度小心，在这样的季节，它很容易在老远就看见猎人，这种猎物警惕性特别高，时刻戒备着追踪它的所有潜在敌人。

我曾经追踪并猎杀过一头大灰熊。那虽然是在早秋，但地面覆盖着积雪，灰白的天气预示一场暴雨即将来临。我在一个荒凉的山谷里扎下营来，呼啸的风吹个不停。我的营地位于高山，那里的地形分隔了鲑鱼河（the Salmon）与哥伦比亚河的支流克拉克河（Clarke's Fork）分叉处的源头。一整夜，我躺在前一夜停留过的

枞树丛中，在风吹落的树枝铺成的垫子上，紧紧蜷缩在野牛皮睡袋里面。一条山溪在我的身旁奔涌，冰层覆盖的岩石堵塞了溪床，飞溅的山溪发出细细的喃喃声，沿着裸崖疾驰的风发出大声的呻吟，抚哄我入睡。黎明时分我从睡袋中起身，抖掉结在睡袋上的白霜，枞树上落下的粉尘毫无生气，幽暗的早晨，空气凛冽刺骨。我一刻也没耽搁，便操起猎枪，戴上皮帽和手套，一边吃着昨夜晚餐剩下的鹿肉，一边大步走上侧边的一条溪谷。

经过两小时的艰难跋涉，我终于来到一个山嘴顶端。此时太阳已经升起，但躲藏在阴沉的云层后面。我来到分水岭前停下来，扫视四周那片荒凉得难以置信的风景：纵横交错的大山构成了落基山脉的骨干。在我极目可见之处，山岭和巨大的岩体崎岖不平，荒凉而杂乱，从我的脚下连绵伸向远方。我的身后，远远的下面，溪流犹如银色缎带曲折蜿蜒，两岸镶嵌着暗色针叶树和颤动的枯萎变色的白杨叶簇。谷底前面长满昏暗的常青植物，那里到处点缀着结着薄冰的黑色小湖；暗色云杉树也簇拥在更高的峡谷中，稀稀拉拉散落在山侧。积雪作堆状或条纹状，那里是风的势力范围，疾风吹得地面一片光秃。

我越过山岭和山谷行进了两个时辰。然后，在一些积雪深达十五厘米的散落的云杉丛中，我突然发现了一头大灰熊新近留下的纷乱踪迹。这头野兽显然不安地到处游荡，寻找冬眠的巢穴，但乐意采集途中遇到的唾手可得的一切食物。我立即进行追踪，上行到另一边，密切地警惕着前方。那头灰熊越风而行，这就让我非常容易追踪它。我疾行，却小心谨慎，那头灰熊正在横越大片光秃秃的地面，我必须不发出一点儿声响，好在满地的积雪掩盖了我的脚步声，而且让熊的踪迹如此清晰，让我几乎一目了然，始终把我的目光引向前方。

我小心翼翼地前行，来到一座顶端堆满碎石的山岭上，终于看见了我追踪的目标——一头银色皮毛的魁伟大熊。它停在一片开阔的山坡上，忙忙碌碌地挖掘隐藏在一些岩石下面的囊地鼠或松鼠。它似乎非常醉心于自己的工作，很容易让人潜步追踪。我悄悄溜回来，朝山嘴尽头跑去，10 分钟内就到达了一条溪谷，而溪谷的一条支流流经之处，离那头熊觅食处仅 60 多米远。溪谷中长满了密密麻麻的矮小常青植物，虽然我在一两个地方不得不躺下来匍匐穿越雪地，但这里让我非常容易隐身。当我到达目的地，那头熊刚刚找完食物，正准备动身离开。我轻轻吹了声呼哨，那头熊便停了下来，我举起猎枪开火，把一颗子弹射进那头大熊的肩后部位，然后把猎枪架靠在一棵矮小云杉的弯曲树枝上。随着枪响，那头熊迅速逃走，一声不吭，可是血液从它的伤口中不停滴滴答答洒下来，洒在雪地上，显得非常鲜明，这表明它受了致命伤，必死无疑。我沿着血迹追踪了几分钟，随后登上一道山岭顶端，看见那暗色的庞大躯体翻滚到一道低矮的岩壁下面，一头栽进岩壁根下的雪堆，一动不动躺在那里。

我听见细枝折断的声音，血液立即沸腾起来

伏击大灰熊的猎人通常施展的伎俩，就是对猎物施以诱饵，引诱其上钩。猎人在动物尸体附近埋伏以待，或者在他认为熊正在饱餐诱饵的时候悄悄接近猎物。

有一天，我在蒙大拿的比特鲁特山脉（Bitter Root Mountains）附近扎营时，发现一头灰熊正在饱餐一具驼鹿的尸体，那里离我安扎帐篷的林中开阔空旷地约八公里之遥。那天下午我便决定努力去猎杀它。我在营地待到大约 3 点钟，懒散地躺在常青植物枝条编织成的床上，一边贪婪地呼吸着枝条散发出的惬意气味，一边看着伫立在空地边沿的松树下用来驮运货物的小马，它们站在那里，不时尥蹶子，猛然甩动尾巴。周围寂静，天空蔚蓝；在下午的那个时辰，即使到了 9 月，太阳也炎热得灼人。营火中慢慢燃烧的木头升起缭绕的烟雾，一圈圈向上飘散。小小的花栗鼠从洞中疾速奔向我堆在地面上的包裹，又狂奔而回。一对土褐色灰噪鸦（whisky-jack）举止大胆，它们明亮的眼睛流露出毫不怕人的神情，四处跳动、振翅，采集碎食，发出各种各样的音符来，多半不和谐，但它们如此温驯，当我在太阳下打盹儿时，其中一只还飞来歇落在我展开的手臂上。

太阳偏西的时候，我扛起猎枪走进树林。起初我沿着山侧行进，然后越过一片被大风刮倒的树林走了近一公里路，枯木横七竖八，一派散乱的景象。我再从一条小溪边的谷底上行进，那里的

地面铺着一层湿透的青苔，犹如海绵地毯。小溪源头有一个池塘，睡眠覆盖着睡莲。我向上攀援，穿过一道岩石嶙峋的关口，进入一道高高的、湿淋淋的山谷，此处云杉丛生，偶尔有一条条带状的牧草地分开了连绵的树林。那具驼鹿的尸体就躺在这道山谷中，靠近山谷的上端。

我穿着鹿皮靴轻轻前行，穿过寂静的树林。黑黝黝的树枝下面，天色已近黄昏，空气中夹杂着一丝傍晚的凉意。当我接近那驼鹿尸体所在的树丛，我倍加小心地行走，十分警惕地观察和倾听四周的动静。不久，我便听见了细枝折断的声音，那声音让我的血液立即沸腾起来，我知道那头熊正在享用晚餐。不一会儿，我就看见了它那毛发蓬松的棕色形态：它正在竭尽全力大快朵颐，体态笨拙，扯动着驼鹿的尸体，从一边拖到另一边，试图把它埋藏起来，那份悠闲令人颇为惊奇。一旦它发怒，它就用爪子给予那尸体巨大的一掴，它的举止中流露出某种半幽默、半残忍的神态。我向前爬行了不到 40 米，可是它有好几分钟一直摆动着头颅，然后森林中有什么响动吸引了它的注意力，于是它侧对着我，静立着朝那边观望，把爪子插在驼鹿的尸体上。我抓住这个机会朝它的眼睛与耳朵之间的部位扣动扳机，非常漂亮地开了一枪，随着枪响，它就像一头遭到屠夫劈砍的公牛倒了下去。

如果就近有良好的隐藏处，最好是埋伏在动物尸体附近，以待大灰熊出现。有一天，在麦迪逊河（the Madison）的源头，我发现一头熊正朝我几天前猎杀的一头麋鹿缓缓走去，我立即决定在那头熊当天傍晚返回来享用麋鹿尸体时伏击它。那具麋鹿尸体躺在一道约 400 米宽的山谷中央，谷底长满高大的松树林，在山峦隆起的两个方向，长着一丛矮小的常青植物密丛，那就是麋鹿尸体所在处的具体标记，四周还散落着一些大块岩石，其中一块离那麋鹿尸体仅六七十米远，其形状非常便于躲藏。于是我攀上那块岩石，让自己天衣无缝地隐藏起来，岩石顶端还铺着一层柔软的松针，让我可以安闲地躺在上面。

一个个时辰过去了。树干上，一只黄色顶冠的黑色啄木鸟上上下下来回跑动了一阵，动作十分敏捷，然后便随一群山雀（chickadee）和五子雀（nuthatch）迅速飞走了。偶尔有一只克拉氏乌鸦（Clarke's Crow）在头上翱翔，或者在各处都依附在一根摇曳的松枝端上，啁啾，尖叫。一群群交喙鸟（cross-bill），摇摆着飞翔，哀伤地鸣叫，飞向附近的一小块矿石，用古怪的小嘴喙擦刮那里的泥土。

当偏西的太阳沉落到群山那边，这些鸟类的声音就渐渐消失了。大松树下,傍晚依然散发着原始荒凉的沉寂。悲伤感和孤独感，荒野的忧郁，符咒一般降临到我身上。当我一动不动躺在岩石上专注地凝视慢慢聚拢的幽暗，四周传来的每一个轻微的声响都让我的脉搏悸动起来。我开始害怕在大灰熊到来之前天色变得太暗，我无法开枪射击。

突然，那头大灰熊没有任何预兆就从灌木丛中走了出来，一路踏着松针，步伐如此迅速而沉寂，由此让它那庞大的身躯似乎很虚幻。它非常小心，不断停下来窥探四周的动静，还一度抬起前腿，立起身子来，面对着落日染红的西边久久地俯视山谷。当它到达那具麋鹿的尸体，我朝它的双肩之间的部位开了一枪，它应声而倒，在地上滚动着，发出野性的咆哮，那声音回荡在树林间。它立即挣扎着站了起来，试图蹒跚着离开，我又开了一枪，它再次倒了下去，大声尖叫，这样反复了两次。这头大灰熊是这样一种动物：每次被击中都要大声嚎叫，有时无法行走，尽管偶尔也会像它那些沉默的兄弟一样疯狂地搏斗。在这个例子中，我给它的创伤足以致命，它还没走到密林边沿就一命呜呼了。

那头熊闪现着白色长牙，径直冲过来

1889 年秋天的大部分时间，我都在爱达荷州的鲑鱼河与斯内克河（Snake River）源头狩猎，同时还沿着蒙大拿边界线狩猎，这条边界线从比格霍尔盆地和威斯登河源头一直延伸到红岩关（Red Rock Pass）附近，还延伸到亨利湖（Henry's Lake）以北和以西地区。狩猎季节的最后两周，我的伙伴是一位老山民，我在之前的文章里曾经提到过他，我无法断定他叫“格里菲思”还是“格里芬”，因为人们总是叫他“汉克”或“格里夫”。他是一位诚实而乖戾的老伙伴，也是一位技术娴熟的猎人，可是岁月不饶人，他饱受着风湿病折磨，他的性情甚至比体力下降得还快。他向我展示了各种不同的狩猎技巧——我以前从未在这样短的时间里看见过，在那之前和之后，我都未曾像这样成功地狩猎。

可是，由于他那种粗暴乖戾、喜怒无常的性格，这个家伙又非常不讨人喜欢。我常常不得不先起床，生火做早饭，而且他还喜欢吵架。终于有一天，当我离开距红岩关不太远的营地，他偶然发现了我的威士忌酒瓶，便大喜过望，抓起来一饮而光。我把这个酒瓶带在身边,纯粹是用于处理突发性紧急事件。当我回到营地时，他已然喝得酩酊大醉，一身酒气，醉醺醺的样子简直令人无法忍受，一番激动的争吵之后，我就离开了他，独自穿过树林走上了回家的路。我们本来有四匹驮运货物和用于骑坐的马，但我只挑选了一匹非常聪明而且温驯的小母马，即使不束缚它的腿，这匹马也总是待在营地附近，这种特征难能可贵。我也没有多拿什么狩猎装备，仅仅带上了我的水牛皮睡袋、一件皮外套、我的盥洗用具包、几双多余的袜子和几条手巾、一口煎锅、一些盐猪肉、一把短柄斧和被褥，用绳子和一根多余的包装带把这些东西牢牢系在马鞍上，轻装上路。我的弹药筒和猎刀都插在腰带中，罗盘和火柴总是放在衣兜里。我慢慢前行，通常无须牵住那当成缰绳用的套索，那匹小母马也十分听话，几乎像狗一样忠实地跟随着我。

这片荒野大部分相当开阔，我靠着山麓小丘前行，林中空地和草原隔断了松林。树木矮小，没有正式的小路，行进路线十分难行，开始时我一路顺利，到第二天才遇上了麻烦。那天下午，我沿着一条小溪前行，这条小溪沉陷在一道峡谷般的深壑之中，两面是陡峭的绝壁，马匹难行。我开始走上一道侧谷，打算跨越它源头的斜壁溪谷，走向另一道在峡谷下面延伸至山谷的溪谷。

然而在陡峭的山峦脚下，我陷入植物纠缠、蜿蜒曲折的山谷中，随着黄昏降临，我在一个小小的开阔地驻足扎营。那个地点十分宜人：旁边是一条淙淙流动的小溪，那溪水水晶般清澈，地面铺着一层柔软的、湿漉漉的绿色青苔，点缀着一种叫做基尼果的红色浆果。它边沿的林中地面干燥，我把水牛皮睡袋扔在一层散发着惬意气味的松针垫子上，打开行李，在一个平坦的地点展开被褥，系住那匹小母马的膝盖，拖来几根干木头，扎营仅用了片刻工夫，然后扛着猎枪漫步离开，穿过霜冻的夕幕，到附近去看看是否能打到一只松鸡来做晚餐。

我踏着松针默默地疾行了近一公里路，越过一连串狭窄的浅谷分隔的小山岭。那里的森林是黑松，在山岭上密密麻麻地长在一起，高高的树干纤细，而在山谷中，植物就更为开阔地分布着。尽管太阳已经沉落到群山后面，但对于射杀猎物仍有足够的光，但很快就消失了。

当我差不多想到自己应该折身返回营地时，我终于悄悄爬上一座山岭顶端，俯视距那里约 50 米之遥的山谷，我立即看见了某个黑黝黝的大物体若隐若现，再瞥一眼，就看见一头大灰熊低着头颅慢慢离开山谷，朝我缓缓走来。我朝它的侧腹开枪，我后来才发现，飞速的子弹射穿了它的一片肺叶。那头灰熊一被击中，便发出一声高高的呻吟，疯狂地向前疾奔，我跑出一条斜线，飞速下山去堵截它。跑了 100 多米后，它来到一片近 30 米宽，60~80 米长的桂树丛，停在那里没有离开。我跑到桂树丛边上停了下来，但不想冒险进入那一大片密密麻麻纠缠着的梗茎和叶簇。而且在我停下之际，我听见它从灌木丛深处发出哀鸣，那声音是奇特的、野性的，因此我开始环绕灌木丛边沿，踮起脚尖认真探寻里面的动静，看看是否能看见它的皮毛。当我来到灌木丛最狭窄的地方，它突然直接从对面离开，然后在山边高一点儿的地方转身，并侧对着我而伫立。它把头颅僵直地转向我，嘴边挂着一行行深红色的泡沫，眼睛犹如黑暗中的余烬闪闪发光。

我瞄准它的肩后部位开火，子弹有效地击碎了它的心尖或心脏下端，洞穿出一个大创口来。那头大熊立即转过身来，发出一阵阵狂怒和挑战的咆哮，非常刺耳，血液从它的嘴里泡沫般涌出，因此我能看见那头熊闪现着白色长牙，径直朝我冲过来，穿过桂树丛撞击着跃进，因此我难以瞄准。等到它来到一棵倒下的树前，当它爬到那棵树上，我便朝着它的胸膛开了一枪，子弹穿过了它的体腔，但它并没有转向或退缩，此刻，我知道我击中了它。它还是一如既往地稳定前行，接下来不到一秒钟，它就几乎扑到了我的身上。我又对着它的前额开火，但子弹射低了，射进了它那张开的血盆大口，击碎了它的下颌，并穿入脖子。几乎就在扣动扳机的同时，我跳到一边，透过朦胧，我首先看见的是它的爪子，它对我狠狠地施以侧击。它的冲击力让它的身体掠过了我。它打击的时候突然向前倾倒，一头栽到地面，口鼻部流出了一洼鲜红的血，可是它很快就恢复过来，向前跳动两三次，我抓住时机把两颗子弹匆忙塞进弹仓——我的猎枪只能装四颗子弹，全都射光了。然后，它试图再次挣扎着站起来，可是它的肌肉似乎突然泄了气，它的头颅垂下，像一只被射伤的兔子那样不停滚动，渐渐断了气——我射出的头三颗子弹给了它致命的打击。

时间已是黄昏，我仅仅剖开尸体，然后一路小跑回到营地。第二天早晨，我返回现场，努力工作了很久才剥下了熊皮。那张熊皮非常精美，看来这头大熊把自己的皮毛修饰得十分整洁，色彩鲜艳。不幸的是，我在打理这头熊的时候丢掉了熊头，后来不得不用一个石膏头颅来替代。这件战利品本身之美，还有我获得这件战利品的惊险经历，都让我格外珍视它，甚于陈列在我家里的其他猎物。

第一颗子弹没能射伤大灰熊，那就万分危险了

这是我唯一一次遭到大灰熊有规律地冲击。但总的来说，狩猎这些大灰熊的危险性被大大夸大了。美国建国之初，当白人猎人最初遭遇大灰熊的时候，这种动物是一种非常野性的野兽，即使不去招惹它，它也常常会发起攻击，是那时武器配备仅为前膛装填式小口径猎枪的猎人的劲敌。可是现在，以往的惨痛教训教会了猎人要小心。除了在最荒凉的野外，灰熊因为是家畜的危险敌人而遭到大肆猎杀，直到它学会了比鹿还要机警，也几乎学会了像最胆怯的猎物一样躲避猎人的出现。除了在几个罕见的例子中，它一般不会主动攻击人类，通常来说，即使它受了伤，它的目标

也只是逃跑，而不是奋起搏斗。

当灰熊被逼得走投无路，或者突然受到一阵无法控制的愤怒刺激，它依然可能是非常危险的敌人。要是在很远一段距离之外，猎人的第一颗子弹没能射伤它，那么通常就万分危险了，那受惊的野兽会飞奔而来；然而，追踪一头受伤而又焦虑的大灰熊直到密林深处则始终是危险的，那些习惯于在密林中猎杀这个美国猎物首领的猎人，无论在什么地方，千万不要放弃它留下的血迹，必须全力以赴施展狩猎技巧，一定要坚定刚毅，还千万不能过于缩头缩尾。熊的性情各不相同，甚至大相径庭，有时候，即使一头熊受到怎样的威逼，它也丝毫不会表露出搏斗的迹象；但通常在狩猎过程中，对于一头受到一两次刺激后退入密林的受伤动物，猎人必须得小心谨慎，这样一头困兽一旦转身，通常会一次次发起冲击，凶猛地战斗到最后，难以制服。透过下层丛林可以看到熊的那段短距离，熊的凶猛冲击，还有它那坚韧不拔的生命，都需要猎人在这样的情形下保持冷静，身手敏捷而准确无误，在这样的情况下，最好是两个猎人一起追踪受伤的熊。

然而在通常的情况下，好猎人不需要同伴，无论猎物躲藏在多么复杂的僻静处，他都会跟踪和攻击猎物，而不是丢失猎物；但如果他担心逃脱动物可能施以的可怕而致命的打击，他就必须小心谨慎地行动，打起十二分精神，坚定信念。有经验的猎人很少轻率行事，也从不掉以轻心，独自狩猎时，他会追踪一头受伤的熊进入密林，如果具备了耐心、技巧和对猎物习性的认识的训练，他就不需要帮手。但是，要说在任何情况下都可以尝试这种技艺，则是不负责任的。然而，在永远不去招致不必要的危险的同时，狩猎的最大热情又来自危险的存在，也来自随之发生的高品质的训练，以便去战胜危险，这是千真万确的事情。在美国猎人的生活中，最毛骨悚然的时刻，就是那些五官高度机警，神经紧张得到达临界点的时刻，他沿着血迹，独自追踪一头被激怒的大灰熊到森林深处，美国狩猎中的其他成功之举，都难以与采取这种方式获得的胜利相提并论。

大灰熊通常不会从超过大约 90 米的距离外发起冲击，可是也有例外。1890 年秋天，我的朋友阿奇博尔德・罗杰斯（Archibald Rogers）在黄石公园南部的怀俄明地区狩猎，当时他射杀了七头熊，其中一头是年老的公熊，那个家伙来到光秃秃的台地上挖掘树根食物时被发现了。那天时过中午不久，猎人们站在高高的山坡上，透过有效的望远镜观察了很久，才看清远处缓缓移动的黑影是一头熊，于是他们悄悄潜步上行，走到点缀在台地一边的树林边沿，可是不能离熊太近，必须保持在 270 来米之外，因为台地上一片光秃，没有遮掩物。几个小时后，因为无法靠得更近，罗杰斯有些绝望，便冒险开枪击伤了那头熊，尽管造成的创口不很严重，但那头受伤的熊几乎转身就要逃跑，罗杰斯跑上前去堵截它。那家伙一看见他，便立即转身朝他直奔而来，根本不理会他射出的第二颗子弹，显然是想发起有力的冲击。罗杰斯等到它进入 20 米的距离之内才射出第三颗子弹。

实际上，熊的勇气和凶猛也因个体而不同，很像人类或者西班牙斗牛，据说在二十多头公牛中才有一头适合于在斗牛场上进行格斗。灰熊要么即使受到威逼也不抵抗，要么可能会奋起反抗，毫不退缩，战斗到死，迎接任何命运，即使不刺激它，它也会发起攻击。因此在这种狩猎运动中经验有限的人，从他们每个人碰巧看见或者猎杀的两三头熊的行动中进行总结，常常对这种猎物的好战性情和能力直接得出结论。甚至老猎人（作为一个阶层，他们确实思想狭隘，固执己见）也常常像刚出道的猎人那样轻率地进行总结。某个猎人会把所有的熊都描绘得非常危险，而另一个猎人则轻描淡写，仿佛认为熊毫无危险，不过像兔子一样而已。我认识一个老猎人，他猎杀过二十只熊，却没有发现哪一只表露出搏斗的性情。另一方面，美国陆军中的詹姆斯·C·梅里尔（James C. Merrill）医生像我一样，对熊颇有经验，他告诉我说他曾经三次遭到熊发起的最为果敢的冲击，每次攻击都是在熊受伤或者遭到射击之前发起的，猎人在这种动物白天睡觉时打搅了它的睡眠，刺激了它，因此从二十步或三十步开外就飞速冲向猎人，幸好，这三头熊都在能造成危害之前遭到射杀。

在猎杀其中一头熊的时候，有一个值得注意的插曲。那是在比格霍恩山岭北部的山嘴，在一个老猎人的陪伴下，梅里尔医生攀下一道狭窄的深谷，谷底布满饱经风吹雨打的麋鹿痕迹。他们两人追踪着其中一条麋鹿的痕迹，刚一转过峡谷的一个角落，一头年老的母灰熊便立即向他们冲来，双方距离如此之近，仅仅是运气好，他们在匆忙中射出的一颗子弹击中了那头母熊，让它丧失了冲击力，那庞大的身躯翻下一道陡峭的绝壁消失了。后来他们发现那头母熊直接横卧在猎物小径上，躺在一片被风雨冲刷得光秃秃的平地上，那一小块地面看起来仿佛被挖掘过，又重新填埋，踩得紧实。他们好奇地看着那里，发现一端露出了一点儿皮毛，于是他们就挖掘下去，结果找到了一具发育良好的灰熊幼崽的尸体：它的头骨被压碎了，脑浆被吮食过，还有其他伤痕。这两个猎人久久思索这种奇怪的发现，搜肠刮肚猜测其意思，最后他们得出结论：很可能是某头年老的母灰熊或山狮捕杀了这头灰熊幼崽，吮食了它的脑浆，它的母亲回来赶走了凶手，埋葬了孩子的尸体，并等待着对第一个过路者施以报复。

那头熊如此之近，伍迪几乎可以摸到它了

老猎人塔泽威尔·伍迪，在落基山和大平原上30余年的狩猎生涯中，猎杀过很多大灰熊。猎熊时，他总是极度小心，在每一次受到冲击时，他总是伫立在某棵合适的树边，熊一冲过来，他就爬上树（然而我不赞成这样做），熊会仰望他，然后就往前扬长而去。有一次，当他与一个同伴在山中狩猎时，他的同伴在山谷下面，伍迪在山坡上，朝一头熊开枪射击。伍迪知道，受伤的熊跑上山来从后面扑到他的身上。当他转身，那头熊用爪子抓住他的猎枪，尽管他猛然扭动猎枪，但那头熊依然紧拽着不放，于是他扣动扳机，

把一颗子弹射进熊的肩头，因此那头熊用爪子把他打翻在岩石上。所幸的是，他倒在一堆雪上，毫发无损，同时那头熊继续前行，他们继续搜索，但怎么也没找到那家伙的踪影，无果而终。

对付一头流露出非常奇怪的轻率与胆怯的熊，他颇有一套经验。他与一个同伴扎营在小小的圆锥形帐篷或棚屋中，在营地前面生起一堆熊熊大火，那火光照亮了夜晚，地面的积雪约有 2.5 厘米厚。就在他们入睡之后，一头大灰熊靠近了营地，他们的狗直奔了出去迎战，他们听见狗在黑暗中四处吠叫，差不多叫了一小时，然后熊把狗赶走，径直闯进了营地，它接近火堆，拾起肉屑和面包屑，又扯下一块挂在树上的鹿腰肉来享用，一次次在圆锥形帐篷前面大大咧咧地走来走去，根本不理会蹲伏在门口小声交谈的两个猎人。有一次，那头熊竟然走得如此近，伍迪几乎都可以触摸到它了。最后他的同伴对着熊开火，击中了那个家伙的要害，它身负重伤，毫无报仇的企图便落荒而逃了。第二天早晨，他们追踪熊留在雪地上的踪迹，在 400 米或 1.6 公里之外的地方找到了它，那头受伤的熊躺在一棵松树附近，把自己埋在松弛的泥土、松针和积雪下面。伍迪的同伴几乎走到它的身上，用猎枪对着它的耳朵扣动扳机，轰开了它的脑袋。

在伍迪的经历中，他亲眼看见过四个人被熊严重地殴伤。其中的三个人都受了伤：第一个人的背部被严重咬伤；第二个人的手被咬掉了一部分；第三个人叫做乔治·道，那场事故大约发生在 1878 年的黄石公园，他当时牵着一头驮运货物的小马，在一条小路上穿越一片树林。就在那时，他看见一头带着幼熊的硕大母熊，便冲着它大叫起来，那头母熊掉头便逃，但其目的仅仅是去隐藏自己的孩子，等它藏好它们，一分钟后就卷土重来，朝他直奔而去。他那匹驮运货物的小马行动缓慢，来不及逃走，于是他也无法顾及了，就近开始爬树，可是还没等他爬上去，那头熊就抓住了他，几乎仅仅一口就咬掉了他腿上的一块肉，把他给拖了下来，再咬他、掴打他两三次，然后扬长而去。

人被熊杀死，伍迪只见过一次。他当年曾在一艘新贝德福德（New Bedford）捕鲸船上工作，生活五彩缤纷，那艘捕鲸船到过普吉特海湾（Puget Sound）的一个港口。捕鲸船向北行驶到阿拉斯加的一个地区，那里的熊很多，不仅到处出没，也很大胆。有一天，两个船员划着小船登陆，可是他们仅仅装备着鱼叉和长矛等武器，而且上岸后，两人分散在海滩上，其中一个法国人涉水捕捞贝类动物，突然，一头熊从灌木丛中现身，在分散在不同方向的两个船员之间左冲右突，伍迪说，但那头熊“仅仅是穷追那个法国人”，直奔他而去，那个法国人恐惧地尖叫，退到水中齐脖子深的地方，可是那头熊穷追不舍，也跳进水里，把他抓住，掏出了他的五脏六腑。与他同行的美国人朝着熊的屁股投出了一根射鱼的长矛，那头熊才蹒跚着转身逃之夭夭，消失在浓密低矮的灌木丛中。船员们勃然大怒，纷纷持枪赶到岸上，到处追踪那个凶手，可是无论怎样搜索，也不见其行踪了。

事实是，大灰熊通常尽可能避免战斗，常常表现出怯懦，但如果要随意对待它，那绝非安全之举。在它受伤和走投无路的时候，它通常会拼死搏斗，少数的熊则例外，仅仅受到一点儿刺激便会表现出狂暴的攻击性。

那头大灰熊突然跃起来扑向骑手

我生活在边境上的那些岁月里，曾经与很多遭受过大灰熊严重伤害的人接触过，其中有些人还落下了终身残疾。同时我也了解了大灰熊痛快杀死人的一些例子，这些意外事故通常都自然而然地发生在那些惹怒或创伤了猎物的猎人身上。

一头熊搏斗时，有时使用爪子，有时使用牙齿。尽管人们都相信熊往往是通过死死抱住敌人来将其杀死，但这并不属实，我从未得知有这样的事情发生。虽然大灰熊有时会用爪子吸引敌人靠近自己，可它那样做是为了更好地用牙齿咬死敌人，即使是抱住敌人，也是为了不让敌人逃脱自己的利齿。熊通常也不会站在后腿上前进，去攻击敌人，尽管要是人在浓密的下层林丛中靠近了熊，或者不小心与蜷伏在巢穴中的熊不期而遇，它经常会以这种姿态立起身子来予以打击。它还会立起身子来紧紧抱住骑在马背上的人。1882 年，一个骑马的印第安人就死于熊采取的这种攻击方式，事情就发生在如今我的牧场房舍伫立之处下面几公里的河底上，离小密苏里河与比弗尔河交汇处不远。当时那头熊遭到一群印第安人追猎之后，逃进了密丛深处，告诉我这个故事的人——

一个我后来与之做过一些生意，娶了印第安女子为妻的白人，恰好旅行路过那里，目击了这场意外。一个非常激动的印第安人骑马跃过密丛的尽头穷追猎物，可是正当他骑马前进之际，那头巨大的野兽突然跃起来扑向他，迅速得简直难以置信：它伫立在后腿上，举起它那可怕的前爪对着马和骑手便是狠狠一击，将之扫落在地，然后它转向那个倒地的印第安人，把他给活生生撕开了，尽管其他印第安人迅速赶来救援并杀死了那个施以突然袭击的家伙，但还是晚了一步，没能挽救他们同伴的生命。

熊主要倾向于依赖自己的牙齿或爪子来作为武器，这要看它做出的努力是要杀死敌人，还是让自己便于逃跑。在逃跑的努力中，它主要寄希望于自己的爪子。如果被逼上绝路，它当然就会为获得自由而左冲右突，在那种情况下，它会挥动巨大的爪子打倒任何挡道的人，然后逃之夭夭，可是不会停下来咬人。如果熊在密丛中睡觉或休息，突然有人不小心近距离撞上了它，搅扰了它的美梦，它就会通过同一条路线来追逐入侵者，它受惊而起，与其说是恐惧，还不如说是愤怒。此外，如果遭到人类和猎犬的近距离攻击，它还会左右挥舞爪子来保护自己。

有时，熊发起的所谓冲击，不过是它想要为逃跑而做出的努力罢了。在人们捕猎它的那些地区，熊像其他猎物一样，总是警惕着来自外界的攻击，而且总是时刻准备着逃得无影无踪。无论是在进食，还是在晒太阳，还是仅仅四处漫游的时候，它的脑海里似乎都有这样一个方向——通常是朝着最浓密的遮蔽处或最崎岖的地面逃亡——在那种环境中，如果受到骚扰，它就打算奔逃。当遭到射击，它便立即逃向这种地方。或者它如此困惑，在奔逃中简直不知道自己要逃向什么地方。在这两种结果中，尽管它最初并无冲击的意图，它也可能会几乎直接奔向猎人，或者从猎人身边掠过。在这样的情形下，它通常会不停地飞奔，并施以强劲有力的打击，那种打击可能会夺人性命。如果它的爪子很长，又十分锋利（比如在早春时，甚至秋天，如果熊一直在柔软的地面上活动，它的爪子就一直保持锋利），那么在打击时就非常有效，因为爪子的切削程度堪比钝斧。然而，在季节晚些时候，如果地面干燥而且坚硬，或者岩石嶙峋，爪子便磨损得很厉害，几乎磨损到指甲下面的嫩肉，那时，爪子的打击主要依赖于其侧面，即使在这种不利的情况下，一头大熊的重重一击也会轻而易举地击倒一匹马，或者击碎一个人的胸膛。大灰熊曾经以这种方式杀死了猎人霍弗尔的一匹马，当时霍弗尔射伤了一头匆忙逃走的熊，可不幸却接踵而来，那家伙跑过他拴马之处，很可能是出于惊骇而不是愤怒，它顺路抬起爪子击中那匹可怜的马，后来证明，那一击足以置马或人于死地。

如果一头熊想要对敌人施以伤害或发起冲击，它可不是逃跑，而是要进行杀戮，它的目的就是要跟敌人搏斗，或者把敌人打翻在地，把他咬死。它的冲击是它在向前疾驰时发起的，有时它闭着嘴巴悄然无声地冲过来，而有时则张开血盆大口，吐露着舌头和长牙，同时还连续不断地发出一种令人焦躁的野性的咆哮声来。有些熊根本不发出一点儿咆哮便径直冲过来；另一些熊最初做出一副威胁和恐吓的样子，即使在冲击中也会停下来咆哮，摇动头颅，撕咬旁边的灌木丛，用前爪敲击地面，在地面上敲出洞孔来。此外，还有些熊十分凶猛，它们一心发起十足的冲击，它们的生活的极端艰险使之特别危险。还有一些冲击的熊可能在遭到并不致命的一枪之后被驱赶回去，掉头便逃。大灰熊受伤之后，其行为也同样显示出各种不同的变化。一头大熊，常常在被子弹击中时完全沉默无声，毫不退缩，或者似乎毫不在意自己已经中弹，这种情况尤其出现在它发起冲锋的时候;同时，另一头大熊如果中弹，则会厉声高叫，四处翻滚，如果它发起冲击，即使它可能不会放弃攻击，至少也会暂时停下来哀鸣，或咬一咬自己的伤口。

大灰熊张开血盆大口，死死咬住老猎人

有时，熊仅仅咬上一口便会置人于死地。在 1886 年的春天或初夏，我认识的一个在狩猎生涯中最为成功的猎熊者，就这样在鲑鱼河源头的一条溪流上丢了性命。我始终不知道这个老猎人的真实姓名，因为大家总是叫他“老艾克”。他是一个神枪手，射击技艺非凡，用猎枪射杀过差不多 100 头熊，尽管时常遭到熊的冲击，却从来没有发生过意外，如此一来，他就有些掉以轻心了。出事那天，他遇见了两个探矿者，与他们结伴同行，突然他看见一头大灰熊从他前面的小径不远处跃过，于是便立即追踪而去，并迅速赶上了那家伙，那头熊一看见自己受到追逐，并没有匆忙加速逃

走，而是慢吞吞地懒散前行，偶尔还回过头来对着追逐者露出牙齿，咆哮一两声，但很快就钻进一丛浓密的云杉幼苗之中，就在那老猎人到达密丛边沿时，那头大灰熊突然凶猛地冲了出来，令老猎人措手不及，他在匆忙之中开了一枪，显然击伤了那家伙，可是并未击中要害，不足以阻止那家伙扑上前来，更没能削弱它的力量。就在老猎人的两个同伴奔上前来时，他们看见那头大灰熊张开血盆大口死死咬住了老猎人，强行把他按在地面上，于是他们大叫着朝那家伙开火，那家伙立即放下倒地的老猎人，快快退回到云杉密丛中，由于不明里面的情况，他们不敢追踪它进去。此时他们的朋友只剩下了最后一口气，奄奄一息：他的整个胸侧都被大灰熊一口咬碎了，肺叶从折断的肋骨之间露了出来。

然而时有发生的情况是，如果一头熊没有一口咬死人，它便会扑到受害者身上继续撕咬，直到把他咬死。通常在这样的情形下，如果受害者不能尽快得到救助，那么他必死无疑。即使他装死，鼓起勇气静静躺在熊的粗野虐待之下，也仅仅是熊有可能放过他而离开，也许只有在他处于半掩埋状态之后，熊才相信他只是一具尸体。只有在极少几个例外的例子中，英勇过人的人用刀成功地击退了熊的进攻，甚至还给予其致命的创伤，可是在大多数例子中，只身与一心要伤害人的熊短兵相接，那么通常则意味着死亡。

有时候，尽管熊心怀恶意，但其实心中也害怕，撕咬了一两口之后便离去了。被熊打翻在地的人在惨遭杀戮之前及时得到朋友的营救，这种情况也屡见不鲜，那硕大的野兽希望使用它那笨拙的武器，因此一头熊可能仅仅伸出它那强有力的前臂一击，便会杀死敌人——要么纯粹是靠肌腱的力量来击碎敌人的头颅或胸膛，要么用它那令人生畏的爪子撕开敌人的身体等；另一方面，像经常发生的那样，它仅仅是伸出爪子匆匆一扫，损伤敌人的外貌，或让敌人残废。我们常常看见逃脱大灰熊的利爪，但面容被抓伤得无法辨认的人，或者终身残疾的人，这种情况已不足为奇了。在蒙大拿州西部和爱达荷州北部，几乎每个年迈的居民都知道两三个遭受过熊的这种伤害的人。我在海伦娜（Helena）就亲自遇见过这样一个人，在密苏拉（Missoula）也遇见过这样的一个人，这两个人都至少活到了 1889 年，即我最后看见他们的那一年。其中一个人的头皮被一头熊的牙齿撕去了一部分，幸好当时那头熊已经年迈，因此其牙齿没有咬穿受害者的颅骨，否则后果不堪设想；另一个人的脸则被撕咬得面目全非，伤口从来就不曾愈合，完全变形了，因此只要人们瞥见他那不幸的丑陋面目时，便会骇得心惊肉跳。

这些意外事件中的大多数，都是在追踪受伤的熊或受到困扰的熊进入浓密的遮掩处时发生的。在那样的情形下，一头显然处于绝望的伤残状态或者濒临死亡的野兽，很可能会困兽犹斗，发起最后一搏，杀死一个或更多袭击者。1874 年，我妻子的叔父、美国陆军亚历山大 · 摩尔上尉（Captain Alexander Moore），还有我的朋友贝茨上尉（Captain Bates），与第二骑兵师和第三骑兵师的一些人一起，在怀俄明州的弗里兹奥特山脉（Freezeout

Mountains）附近侦察。一天早晨，他们在开阔的大草原上惊起了一头熊，那头熊跑向一条小溪，他们便全速追踪而去。在溪流中的一处，河狸（beaver）们建造起了一道堤坝，通常在这样的地方都生长着灌木丛和柳树苗。正当那头熊到达这小小的丛林边沿时，骑兵们射出的数颗子弹击中了它，它的两条前腿都被打断了。尽管如此，它还是设法用后腿推动着自己前进，半是滚动，半是推动自己进入那片密丛，那灌木丛尽管低矮，但却十分密集，完全遮住了它的身体。其实那密丛仅仅是一片灌木而已，方圆还不到20米。几乎就在那头熊翻滚进去的同时，领头的骑兵到达了那片密丛的边沿，其中一个叫做米勒的身强体壮的高大骑兵立即下马，准备在仅及腰高的低矮柳树苗中间向前推进。骑马赶到那里的一群人当中有摩尔和贝茨，还有两个著名的侦察兵——摩尔上尉的长期同伴布法罗·比尔（Buffalo Bill）、陆军准将卡斯特（Custer）的忠实追随者加利福尼亚·乔。加利福尼亚·乔一生中的大部分时光是在平原上和群山中度过的，当过猎人，还同印第安人作过战，当他看见那个叫做米勒的骑兵正要闯入密丛，便大叫起来，叫他不要进去，警告他要当心潜伏的危险，可是那个人是个毫不在乎的鲁莽的家伙，反而报以嘲讽，嘲笑这位老猎人过度害怕一头受伤的熊。于是加利福尼亚·乔便没有再努力去劝阻他闯入密丛，只是静静地说："很好，小家伙，那你进去吧，这可就不关我的事了。"然后米勒就跳下他们伫立的土堆，迈开大步进入密丛，双手斜持步枪。他几乎还没走出三步，那头熊便在他面前立起身子来，痛苦而狂怒地咆哮着。由于两者相距如此之近，米勒没有机会开枪。那头受伤的熊摇晃着站立在后腿上，向米勒跃起时，它的前臂无力地悬挂着。米勒揪住它的耳朵，努力将它推回去，他的力气很大，竟然阻挡了那巨大的熊头贴近自己的面庞，而且支撑着自己不被那头熊掀翻在地。可是那头熊左右扭动着头颅，不停地伸过来，米勒支撑不住，他的手臂和肩头终于被咬伤和撕开。另一个士兵见状便跳了下去，用一颗子弹结果了那头熊的性命，救出了战友。尽管米勒没被咬死，可是早已遍体鳞伤，难以恢复，还没送到医院就断了气。布法罗·比尔得到了那头熊的熊皮，我相信他现在还保存着。

那幼熊突然扑向他，然后钻进灌木丛消失了

在一些实例中，猎人追踪大灰熊进入浓密的藏身处，结果不是惨遭杀戮，就是严重受伤，这种例子尽管有限，但有增无减。我本人就知道猎人因为追踪大灰熊进入密丛而惨遭杀戮的八个例子。

这样的情况也时有发生：一头狡猾的老灰熊潜伏在离猎人如此之近的地方，以至于猎人几乎踩到了它身上，然后它突然发出一声高高的、咳嗽般的咆哮站起来，在猎人能够开枪射击之前便伸出爪子把他打翻在地，或者紧紧抓住他不放。还有罕见的一些情况是，一头既凶恶又狡猾的大灰熊故意允许猎人非常靠近自己，或者允许他经过自己的藏身之处，但就在那时，它会突然朝猎人发起冲击，其速度之快，令猎人措手不及，几乎没有时间开枪便被夺走性命。

在这样的情形下，猎人当然就面临着极大的危险。

然而，在普通情况下，即使是在灌木丛中，熊的目的也只是潜逃而去，而不是奋起搏斗，即使在对猎人最不利的情况下，也有很多熊毫无意外地遭到了猎杀。如果一头没有受伤的熊认为自己没有被人观察到，那么它不会轻易发动攻击。在浓密的藏身处，看见一头这种大型动物如何能够藏身，它在面临危险时会如何潜伏，真的很令人惊异。在我的牧场下面近 20 公里之处，有一些大型河底和小溪底，那里覆盖着一层辽阔的三叶杨（cottonwood）、白桤木（box-alder）、银水牛果丛、蔷薇丛（rosebush）、白蜡树（ash）、野李子和其他灌木丛。这些河底为大灰熊提供了栖息地，我曾经见过那些家伙的踪影，虽然我通常与一大群人结伴而行，我还是只身频频穿越那些灌木丛，实际上我们肯定已有多次非常接近猎物，却从未听到它逃离的声音。

当熊遭到猎人射击时，它们像通常所做的那样，肯定处于开阔的林地或者光秃秃的山上，所冒的风险就要小得多。数百头熊可能这样遭到猎杀，猎人面临的危险也相对较小。然而，在每一种情形之下，它们常常会发起冲击，有时其冲击还颇为成功。危险的趣味，尤其是对于装备着精良的连发步枪的人来说，仅够增添追逐猎物的热情而已。而主要的胜利喜悦在于智取机警的猎物和悄悄潜近猎物。通常唯一的激动在于潜步追踪的时候，一头熊一直把对外界保持着高度警惕放在首位，表现出逃之夭夭的最大的焦虑。但正如自然而然发生的那样，意外事故还是时有发生，然而这些意外通常是因为猎人的疏忽或者武器失灵造成的，而不是因为熊的威力。我曾经认识一个优秀猎人，那时他生活在比尤特（Butte），他在一片开阔的林地中射猎一头熊时，遭到了熊的致命伤害。当时他朝那头熊开了第一枪之后，那家伙便冲了过来，就在几乎要扑到他身上之前，却放慢了脚步，那猎人的枪卡壳了，他一边努力摆弄枪，让它发挥作用，一边慢慢后退，面对着那紧紧跟随在几米之遥咆哮着恐吓的熊。不幸的是，当那个猎人这样后退的时候，他不小心被身后的一根枯木绊倒了，倒在那根木头上面，于是那头熊立即跃过来，扑到他身上便是一阵狂咬，在其他人赶来营救之前，他已受了致命伤。

还有一些罕见的例子，就是人们并没有狩猎的时候，也沦为大灰熊的牺牲品。这种事情的发生，通常是因为他们毫无意识就招惹了大灰熊，让其恐惧而不是愤怒，于是便招致其攻击。在我自己的牧场附近，就发生过这样一个事件，导致受害者送了性命。当时受害者正穿越河流转弯处的一小片灌木丛，他在密丛中几乎撞上了一头熊，那家伙伸出爪子一扫，便打破了他的脑袋。在我知道的另一个例子中，受害者甚至没敢跟熊纠缠便浑身发抖地逃走了。那个人叫做珀金斯（Perkins），当时他正在庞多雷湖畔的一处山坡上的树林中采摘越橘，突然背后有什么东西狠狠地击打他，使他栽倒在地，这一扫让他差点儿没了气息，整个事情发生在一瞬间，因此他所能回忆起的仅仅是他被打倒时模模糊糊地看见了一头熊。当他苏醒过来时，他发现自己躺在山坡下面，惊恐万状，离他原来所在的位置有一段距离，原来提着的装越橘的桶也不见了，翻滚到了他下面近100米之处，尽管如此，这算是大幸了，要不然后果不堪设想；同时，熊留下的脚印显示，那个家伙因为毫不知情的受害者打搅了自己的白日梦，便予以匆匆的一击，然后尽可能迅速地逃上山去了。

一头带着幼熊的母熊的确像传说中那样，是危险的野兽。然而，即使在这样的情形下，不同的大灰熊以直接相反的方式行动。一些母灰熊，在自己的孩子还年幼的时候，形影不离地跟着爱子，似乎总是处于焦虑与猜疑性狂怒的临界状态，因此它们没受一点儿刺激也很可能攻击任何入侵者，甚至攻击无辜的过路人。其他母灰熊一旦受到猎人的威胁，便丢下它们的孩子，自己逃之夭夭，它们似乎只顾自己的安全，完全不顾孩子的安危，任其听天由命。

1882年，现在生活在纽约的卡斯珀·W·惠特尼（Casper W. Whitney）先生，经历了与一头母熊及其孩子的冒险，那次冒险十分异常。当年我和惠特尼都在哈佛大学，但后来他离开了哈佛，就像当时很多优秀的哈佛学生一样，去了西部从事牧牛工作。他在新墨西哥州的里奥阿里巴县（Rio Arriba County）经营一个牧场，而他本人还是一个敏锐的猎手，尤其喜欢追猎山狮、熊和麋鹿。有一天，他骑马经过一条多石的山间步道，看见一头幼熊从上面茂密的树林中观察着他，于是他就下马，试图逮住那个可爱的小家伙。他使用的猎枪是夏普式猎枪。正当他要接近那头幼熊时，他猛然听见了一声咆哮，随即便看见了一头老母熊的身影，于是他立即掉头跑上山去，伫立在一些颤抖的高高的白杨树下。他从这个地点举枪开火，重创了那头老母熊，然后，那家伙从60多米开外便开始发起凶猛的冲击，他再次开火击中了它，可是它还是像一道霹雳不停地狂奔而来，他拖拽着系在猎枪上的皮带，匆匆忙忙地爬上一棵白杨。那头受伤的熊跑到白杨树脚下，它立起身子来，朝着那纤细的树干又咬又抓，摇动了好一阵，他在树上再次开枪，用一颗子弹射穿了它的眼睛，但那颗子弹并没有射入那头熊的大脑，它从树边跃开了几米，然后围绕树干走了十几圈，仿佛是头晕眼花，或者是有些受到了惊吓。然后那家伙卷土重来，进行坚决的报复，它回到树边，再次立起身子，但这次它再中一弹，倒在地上断了气。于是惠特尼先生爬下树来，走向那犹如旁观者一般静静坐在一边观战的幼熊。开始这小家伙一动不动，等到惠特尼先生伸出手去捉它时，它才突然像一只愤怒的猫那样向他扑去，然后一头钻进灌木丛，消失得无影无踪。

1888年夏天，一个名叫查利·诺顿（Charley Norton）的旧时设置陷阱捕猎的猎人，在鲑鱼河中部分叉的潜鸟溪（Loon Creek）上，无端招惹了一头母熊及其孩子。那母熊径直奔向他，仅仅一掌便几乎打掉了他的下腭，但后来他渐渐康复了，在我最后一次听说他的时候，他还活着。

但就在接下来的那个春天，牛仔们驾驶着我自己的四轮马车在小密苏里河上进行围捕，杀死了一头母熊，它所做的搏斗并不那么厉害，不过比丛林狼要狂暴一点儿而已。那头母熊有两只幼崽，早春时它们来到远离藏身处的大草原上觅食，遭到了牛仔们的奇袭。当时一共有八个或十个人参加了围捕，他们形成一个长长的圈子出发，当然，他们在一秒钟内都准备好了自己的绳索，鞭策着暴烈的小马，朝着那头母熊奔驰而去，一边大叫，一边在头上迅速甩动索套。有一阵，那头老母熊试图咆哮着发出恐吓，做出缺乏热情的冲击性威胁；可是在这些呼叫着、挥舞绳索的攻击者的迅速冲击面前，它鼓起的勇气毫无作用，于是便撒腿溜之大吉，让留下的幼崽听天由命。然而，牛仔们哪里肯放过它，策马穷追不舍，追了近一公里，它慌忙逃进孤立的山丘旁的一个浅浅的洞穴或洞孔，在那里畏缩不前，咆哮着，直到一个牛仔从马背上跃下来，跑向洞穴边，掏出左轮手枪开火，仅用一颗子弹便结果了它的性命，那牛仔开火时离熊如此之近，以至于火药把熊的毛发都给烧着了。那两只不幸的幼熊被绳索套住，四处拖拽，但牛仔们并没有把它们活着带回营地，很快就像通常所做的那样，把那两只幼熊都给杀掉了。

他坐在马鞍上目瞪口呆：大熊尾随追来

在以上提到的例子中，大灰熊仅仅是在自己受到攻击之后，或者是因为害怕自己或自己的幼崽遭到攻击，才会发起攻击。在过去，许多说法几乎都是大灰熊喜欢攻击而不是逃逸。刘易斯、克拉克和直接继承了这些说法的早期探险者们，还有最初的猎人和设置陷阱捕猎者，本世纪头几十年的“落基山民”，频频遭到这种方式的袭击；那个时期的猎熊者很少有人发现接近大灰熊这种猎物无须耗费多少麻烦，因为大灰熊一旦发现敌人，通常便会迅速接受挑战，并且主动前进。可是现在这一切都改变了。然而即使是现在，在某些人迹罕至的遥远的僻静处，那里的大灰熊依然保持着以前的习性，因此偶尔也有成年大灰熊恶意伤人的事件发生。老猎人屡屡讲述这种故事，大灰熊的威力、狡猾、力气和凶猛等，成了整个落基山地区的营火边的夜话主题，可是在大多数例子中，不经筛选就全盘接受这些故事，则是不安全的。

尽管如此，如果全盘否定这些故事也是危险的。我手下的一个牛仔就曾经遭到一头表面上看起来纯粹是嬉戏的大灰熊的攻击。当时他正沿着一条小溪底部骑马前行，就在他经过一片玫瑰和银水牛果丛时，他的马突然向前猛地一跃，差点儿将他给甩了下来，然后他的马疯狂地向前奔驰。他坐在马鞍上回头一看，顿时震惊得目瞪口呆：一头大熊紧随其后奔驰着追来。仅仅几次跳跃，这场竞赛便结束了——那匹马超过了对手，而那头熊也转身走进一丛野李子。那吃惊不小的牛仔十分恼怒，一等到勒住了自己的骏马，便拔出左轮手枪，策马回到那丛野李子，四处搜索，尽力激怒刚才追逐自己的那头熊出来，试图以更平等的方式来跟它过招，可是那谨慎的家伙显然在为自己刚才那副虚张声势的凶猛而怪诞的行为而后悔，拒绝离开丛林中的安全庇护所。

大灰熊的其他攻击涉及到它的那种更具解释性的本性。迈尔斯城的摄影师胡夫曼（Huffman）先生告诉我，当他正在屠宰一些被猎杀的麋鹿时，他两度遭到一头母熊和两头发育良好的幼熊的冲击。这绝对是熊发出的一种威逼，其目的仅仅在于把人赶走，然后好敞开胃口大肆享用那麋鹿肉，因为那三头熊的每次冲击，都是威吓着、咆哮着、怒号着前进，但一来到与人相距不远之处便停了下来。在另一个例子中，我认识的一位绅士——S·卡尔（S. Carr）先生，受到一头在进食时遭到了打搅而大发脾气的大灰熊的冲击。当时卡尔先生正骑马沿着一道山谷前行，而那头熊则在一丛枞树附近享用一头麋鹿的尸体，当它意识到有人骑马接近时——此时卡尔先生距离熊进食之地尚有 100 来米，那家伙便跳上了麋鹿尸体，朝他打量了一番之后，便径直朝他奔去。它为什么要发起冲击？并无特殊的原因，因为它很肥硕，而且皮毛整洁，尽管它被猎杀后，人们发现它的头部留有竞争对手——其他熊留下的齿印。显然它一直生活得很好，从未断过肉食，因此就变得喜欢争斗了，也许在与同类的争斗中，它本来还不错的脾气渐渐变坏了。而在另一个例子中，一头大灰熊甚至没有什么理由就发起了冲击。我偶尔从一个年老的设置陷阱捕猎者那里购买兽皮，他告诉我说，有一次他正在一个山口设置陷阱，却看见一头大熊蹲坐在上面的山坡上。他便朝着那家伙大叫起来，挥舞帽子，可是，令人吃惊的是，那头熊高高地嗥叫了一声，便径直朝他冲了下来，他仅仅因为在错误的地方和错误的时刻表现了自己的大胆而沦为受害者。

我甚至常常认为有完全例外的例子，那就是大灰熊为了想吃掉一个人而故意对人发起攻击，换句话说，那时就是它开始吃人生涯的时候。至少我发现以任何其他理论都难以解释我曾经了解到的一次大灰熊发起的攻击。我在庞多雷湖的桑德角（Sand point）遇见过一些法国混血人中设置陷阱捕猎的人，那时他们在镇子里有大捆河狸皮、水獭皮和黑貂皮。他们当中有一位自我介绍说叫做巴普蒂斯特·拉莫歇（Baptiste Lamoche）的人，其头部歪向一边，那是遭到一头熊猛咬后造成的。那次意外发生时，他与两个同伴正在野外设置陷阱的捕猎旅途中，他们在一个小湖的小水湾岸上扎营，他的两个同伴离开营地，划着独木舟去钓鱼，他本人则稍微倾斜着身子坐在岸边，看着一些河狸肉在快要熄灭的余烬上面嗞嗞作响。突然，一头大熊毫无预兆地出现了，从高大的常青树阴影下面悄悄爬了过来，发出一声吼叫后朝他奔驰而来，他还没能站起身来就被抓住了。那家伙用双腭紧紧咬住他的脖子与肩头的结合部，锋利的牙齿咬穿了骨头、肌腱和肌肉，又转过身去，拖拽着那处于瘫痪状态的无助的受害者一路朝森林走去。幸好那两个外出钓鱼的人正划着独木舟经过那里，能看见并且接近营地。船头的那个人看见自己的同伴被熊拖走的惨状，便抓起猎枪朝那头熊开火，一枪命中了目标——子弹射穿了那家伙的肺部，它立即丢下到嘴的猎物仓皇逃窜，逃了 180 多米，便一头朝一边栽了下去，一命呜呼。后来那位熊口脱险的人完全恢复了健康和力气，可是他的头却永远歪向一边，再也无法转回到正常的位置上来了。

老猎人和山民们讲过很多故事，这些故事不仅关于恶意的大灰熊以这种方式攻击营地中的人，而且还关于它们追踪某个孤独的猎人在旅途中留下的脚印，伺机将其杀戮。这些故事中的大多数纯属虚构，但是其中一些特殊例子也可能基于事实。我认识的一个老猎人告诉我这样一个故事，讲述者是一个值得信赖的老伙伴，无疑他相信他所讲述的事情，那就是他的同伴确实是被一头熊杀死的，但那很可能是他错误解读了他的同伴的悲惨命运所留下的迹象，他的同伴根本没有受到熊的追踪，而是那不幸者撞上了那头熊，还在惊得目瞪口呆之际便惨遭杀戮。

杰克逊挥舞马刀，劈开了那头熊的颅骨

无论如何，遭到大灰熊荒唐的袭击的例子完全非同寻常。普通猎人可能一生都生活在荒野之中，并不知道一头熊不受刺激也可能攻击人，绝大多数熊都是在没有特别刺激的情况下被射杀的，因为它们根本不奋起搏斗，或者即使搏斗，在它们能够造成任何危险之前就被射杀了。如果熊在平原上，人在离树林或十分崎岖的地面有一段距离的地方遭到袭击，那么一个孤胆牛仔用左轮手枪射杀它们便不是什么了不起的技艺。后来的岁月里，这种技艺在我牧场附近的地区两度上演。在这两个例子中，捕熊的人并不是外出狩猎的猎人，而仅仅是牛仔，他们在清晨骑马翻山越岭，在牛群中间活动，干自己的日常事务。我认识那两个牛仔，曾经同他们一起进行过围捕。像大多数牛仔一样，他们配备着口径为 11

毫米的科尔特左轮手枪，并且使用得非常熟练，可谓专家，他们骑在普通的小型母马上——这种小型马迅速、瘦长、结实、勇敢。在一个例子中，当事的牛仔从很远的地方就看见了熊闲荡着越过一片宽阔的台地，他利用有利的风向和相当浅的干河谷，悄悄潜近了那头熊，然后匆忙爬出干河谷，策马疾驰到离那头吃惊的熊大约不到 45 米的范围内，那头熊十分明白那穿过灰白的黎明朝它奔来的东西是什么，意味着什么。因此它毫无斗志，全速跑向一条小溪源头不远处的一丛灌木，但为时已晚，它还没到达那里，那奔驰而来的骑手便已经来到它身边，将三颗子弹射进它宽宽的后背。它没有转身，而是继续奔跑，冲进灌木丛，最后就倒毙在那里。

在另一个例子中，一个来自得克萨斯的牛仔骑在一匹良好的阉割过的小型马上，这是一种英勇、敏捷、灵活的马，可是容易激动、兴奋，而且还有跳跃的习性，因此让人难以从马背上准确地瞄准猎物开枪射击。当时那个牛仔赶着用于围捕的四轮马车，被独自打发去迂回，绕出一个圈子，穿越某些低矮的、荒凉的孤丘，人们并不认为那里能发现几头牲口。就在绕过一个小小冲溃处的角落之际，他几乎撞上了一头熊，那家伙正在饱餐一头死在一个碱水洞中的阉割过的肉牛的尸体。在震惊了片刻之后，那头熊便驱动庞大的身躯朝他恶狠狠地冲来，而那牛仔在原地转动他的马，并鞭策着马疾驰，摆脱那头攻击的熊。几次跳跃之后，他勒住了马，再次在原地打转，同时拔出了腰间的左轮手枪，却发现那头熊再度发起冲击，并且几乎扑到了他身上。这一次，他对着那家伙的脖子与肩头的连接部位开火，子弹朝下射入了熊的胸腔，同时他再次疾驰到一边，避开那家伙的凶猛冲击和伸出的强有力的前爪的打击。然后那头熊停顿了片刻，牛仔则驱马在它附近奔驰而过，又射出两颗子弹,却招致那头熊发起的又一次坚决的冲击。地面有些破裂、崎岖不平，可是他的小马身手不凡，行动则像猫一般迅速，且从不失足，即使在全速躲避熊的第一次疯狂冲击时，也稳定得惊人。然而，它很快就受到了极大的刺激，激动起来，让马背上的牛仔几乎不可能瞄准那头熊射击。有时，那牛仔会靠近熊，等它发起必然的冲击。它发起冲击时，起初是小跑，更确切地说是马迈出的那种小跑,然后是笨拙然而迅疾的奔驰。在牛仔被迫跑开去躲避之前，他会朝着熊开上一两枪。在其他时候,如果熊静立在一个良好之处，那么他就会驱马从它身边跑过，一边跑一边射击。他耗费了很多弹药，尽管大多数子弹都白白浪费了，但偶尔也有一颗子弹命中目标。虽然那头熊已经受伤，却以最野蛮的勇气和精神进行搏斗，使劲嚼动它那血淋淋的双腭，狂野地咆哮，看起来就像是邪恶的复仇女神的真实化身。有几分钟，那头熊并没有做出逃逸的努力，要么是冲击，要么是陷入困境而伫立着。然后它开始动身，慢慢走向一定距离之外的干河谷源头的一片白蜡树和野李子丛。那追逐的牛仔哪里肯放过它，骑马紧随其后，当靠得够近的时候，他会策马从熊的身边驰过并开火，而那头熊则会迅速转身，像以前那样发起凶猛的冲击，尽管它的体力明显已渐渐不支，它还是那样坚持着。最终，离那头熊想逃往的藏身处还有 180 来米的时候，那牛仔发现自己耗尽了弹药，于是仅仅在一段安全距离之外跟随那头熊。那家伙也不再注意他了，只顾慢慢前行，把它那巨大的头颅从一边摇摆到另一边，鲜血从它那半张开的双腭之间涌了出来。到达藏身处之后，他可以通过灌木的摇动来辨别出那头熊是否走到了灌木丛中央，然后他停了下来。几分钟之后，其他一些受到连续不断的枪声吸引的牛仔骑马赶了过来，包围了密丛，在确认里面没有响动之后，便壮着胆子冒险进去，分开茂密的枝条一看，发现那个不屈的大灰熊斗士直挺挺躺在地上死了。

如果有机会显示自己的骑术和用索套捕猎动物的技巧，牛仔们便欣喜不已，一旦在有利地形上偶然遇到任何野兽，而且靠得够近的话，他们总是跃跃欲试，策马追赶并用索套捕捉野兽。如果一帮牛仔在开阔地遇到一头熊，那他们就有很大的乐趣了，他们会非常开心，那毛发蓬松的猎物在叫喊的、驰骋的驯马人之间挣扎，激动得疯狂，但并没有什么危险，那被套住的熊常常把索套从头上迅速扔掉，因此要捉住它也并非易事：它频频发起冲击，冲得牛仔们的阵形七零八落，那咆哮的、毛发竖起的大熊惊骇得那些马发狂——因为比起其他野兽来，马最怕熊。然而，如果熊不能逃到藏身处，那么它的命运就难以预料了。那索套不仅迟早会紧紧套在它的一条腿上，恐怕还会套在脖子和前爪上，随着绳索拉直，马则绝望地拼死往外窜，熊便“扑通”翻倒在地。无论熊是否会重新站起来，牛仔们都会收紧绳索，很快，另一个索套又套上了熊的另一条腿，熊很快就沦落到无助的境地了。

尽管在我的牧场的附近地区从未见过这些出色的技艺表演，我却在怀俄明州北部多次大饱眼福。在位于注入比格霍尔河的灰牛河（the Gray Bull）上阿奇博尔德·罗杰斯先生的牧场附近，他的牛仔们以这种方式捕捉到若干头熊；而G·B·格林内尔（G. B. Grinnell）先生手下的牛仔偶尔也这样干过。任何一批优秀、适度地使用索套捕猎动物的人和骑手，常常习惯于相互支持和一起行动，如果处于平坦的地面上，有足够的空间，都能大显身手。然而，对于单人来说，这确实是巧妙而大胆的技艺。但是我还知道某个手持绳索，骑在马鞍上的鲁莽骑士施展过这种技艺，而且还不下一例，其中一例发生在1887年，在弗拉特海德印第安保留地，那个捕熊英雄是个混血儿；另一例发生在1890年，一个牛仔在比格霍尔河河口只身一人套住了一头大熊，并将它捆了起来，最终将它杀死。

我的朋友、贝尔米德的“雷德”·杰克逊将军（General "Red" Jackson），在田纳西州中部令人愉快的荒野中展示过一门绝技，令善于使用索套的牛仔们的技艺也相形见绌、黯然失色。杰克逊将军后来在内战中成为南方的美利坚联盟国骑兵部队中最能干也最著名的领袖之一，当时还是枪骑团（现为美国第三骑兵师）的一位年轻军官。那是在内战爆发的几年前，他的那个团驻守在美国西南部，然后调防到有争议的印第安科曼奇族和阿帕奇(Apache)族的土地上。在一次追踪敌对的印第安人的行动中，部队在行军时惊起了一头大灰熊，那家伙在他们前面迅速越过平原。严格的纪律不允许他们朝那猎物开枪，因为害怕惊动就在附近的印第安人。

年轻的杰克逊当时力气极大，这位身手敏捷的剑客总是把自己的刀剑磨得十分锋利，他骑着一匹勇敢的肯塔基马——他的坐骑在战斗中瞎了一只眼睛，幸好还剩下一只，但它行动迅疾。他全速驱驰，很快就赶上了猎物，当马蹄声在附近响起的时候，那头狰狞可怕的大熊停下了逃逸的步伐，转过身子，威逼着伫立，站立在后腿上，张牙舞爪地威胁着追逐而来的杰克逊。杰克逊小心谨慎地策马前行，驱策那匹马以瞎眼的那一边迎向那凶猛的家伙，那样马就看不见那凶恶的野兽，才不会受惊，就这样，杰克逊驰骋着掠过那头大熊，控制着自己的战马，其技术如此娴熟，行动如此勇敢，因此他刚一躲过那头大熊伸出的令人生畏的前爪的打击，就力劈泰山——挥舞着他那强劲有力的马刀劈开了那头熊的颅骨，劈开那头熊时，那家伙还那样直立着。

第 5 章　追猎美洲狮

The Cougar

捕猎美洲狮困难重重——我自己狩猎美洲狮屡屡受挫——在落基山中射杀到一只美洲狮——带猎犬追猎美洲狮——韦德·汉普顿将军和塞西尔·克莱上校狩猎美洲狮的经历——“彭尼，快抓住它”——美洲狮的猎物——美洲狮的习性——美洲狮的叫声——美洲狮很少攻击人——但偶尔具有危险性——美洲狮伤人案例

那只美洲狮故意转身，追踪我的脚步

在伏击猎物的过程中，美洲狮（cougar）最难以捕猎。这种野兽的名字众多，可以说是五花八门，在美国东部叫做豹子，在西部叫做山狮，在西南部叫做墨西哥狮，而在南美大陆则叫做狮子或美洲狮。

如果没有猎犬，要追猎美洲狮就没有多少把握，因此伏击狩猎者认为几乎不值得把它列为狩猎对象——顺带说一句，美洲狮本身就是高超的猎手，它的狩猎技巧远比任何猎人都娴熟。这种动物一般昼伏夜出，更喜欢在夜间或黄昏时分四处漫游，白天则藏身于某个洞穴或浓荫中，猎人绝对不可能轻易发现它的行踪。它常常秘密行动，发起掠夺性的攻击，它那丝绒般的大爪蹑行时从来不发出一丁点声响，无论是猎物还是敌人，它都密切注意，即使在它认为自己非常安全的时候，也很少离开自己的藏身之所。它那柔和的、从容不迫的动作和身体颜色的一致性使人们很难发现它，它的警惕性极高，也有助于它躲藏。然而，正是美洲狮在任何时候都不愿离开藏身之所，它在受惊时穿过灌木丛、避开开阔地逃走的习性，即使人们离它的老巢不到 18 米时它还岿然不动的习性，导致猎人难以采取伏击狩猎的方式来捕猎它。

实际上，如果没有猎犬或诱饵，要捕猎美洲狮往往是不可能的。进行伏击的狩猎者所猎杀的大多数美洲狮，通常都是在他们追逐其他猎物的过程中与这种猎物不期而遇、偶然射杀的。我自己就有过这样的经历。尽管我的牧场附近很少有美洲狮出没，但有时还是能看见它们的身影，而我的牧场周围的地面特别有利于单独外出狩猎的猎人；有十年时间，我时而要花上一两天去追踪这些家伙，可是从来都是无功而返。有一年 12 月，一只大型美洲狮来到附近山上的山谷底部定居下来，那里离我的牧场房舍有三公里多，长满了密密麻麻的树木。我起初并不知道那个家伙就在附近，直到一天傍晚我在那里射杀了一只鹿才发现了它的踪迹。我发现那家伙不仅把所有的鹿都赶出了谷底，而且还捕杀了若干头鹿和一头小母牛。那时，尽管天上还飘着细细的雪花，但暴风雪显然几乎完全停止了，树叶从树木和灌木上飘落而下，我隐隐感到，第二天老天爷可能会眷顾我，赐予我追猎美洲狮的难得的好机会。次日黎明，我早早来到谷底，很快就发现了它的踪迹，我一路顺藤摸瓜，很快发现了它的老巢，那巢穴位于一道幽暗陡峭的峡谷中，在几棵雪松之间——在那道峡谷中，有一些孤立的山丘紧连着谷底。那只美洲狮显然刚刚才离开巢穴，我整整一天都在追踪它留下的踪迹，可是根本没有见到它的身影。下午很晚的时候，我疲惫不堪，便决定跋涉回家。第二天早晨我外出时，惊奇地发现，就在我放弃了追猎的地方，那只美洲狮依照它的同类有时表现出来的那种离奇习性，同样故意转身，沉着地追踪我的脚步，一直来到离我的牧场房舍不到 1.6 公里的地方——它那圆圆的脚印还清晰地留在积雪上，犹如白纸黑字。

在我捕猎美洲狮的经历中，这是最典型的一次。但我一次次发现美洲狮的踪迹，比如它们刚刚离去的巢穴，它们刚刚捕杀的猎物，或者它们劫夺我们隐藏的一块野味，尽管我整天追猎它们，却常常无功而返。我的一次次失败，一部分原因是自己在狩猎过程中技不如人，尚有待提高和改进，但主要原因无疑是这种猎物的警惕性极高，还有其偷偷摸摸的秘密行动方式，让我难以准确追踪到它们的行踪。

我只有两次亲眼目睹过野生美洲狮，而且那两次都纯属巧遇。第一次，我和我的手下梅里菲尔德惊讶地看见一只美洲狮，那家伙正在浆果丛中大嚼一只黄鼠狼，可是我们自己不小心把事情弄糟了，还没来得及开枪，就把那家伙从它那顿肯定很难吃的大餐中给吓跑了。

第二次要感谢老天爷给了我运气。当时我跟随一支驮队驻扎在落基山中，有一天，我们的营地中没有肉吃了，感觉懒懒散散的，于是我就决定到一条最近的有猎物走动的小径边去伏击鹿。我选择的伏击地点是一个陡峭的山坡，那里松林覆盖，通往山脚下的一个山中小湖。我潜伏下来，躲在腐烂木头构成的防护壁后面，前面长着一些年轻的常青植物，这是个理想的潜伏处——一条猎物必经的宽宽的小径从山冈上直接从我面前经过，倾斜着延伸到山冈下面。我一声不响，悄悄潜伏了大约一小时，微风四起，我聆听着阵阵松涛，远处偶尔还传来一声樫鸟或啄木鸟的鸣叫。那个下午已近黄昏，在渐渐衰退的光芒中，我的两眼热切地盯着前面的小径。突然，没有任何预兆，一只美洲狮无声无息地出现在我前面的小径上，它像幽灵一般突如其来，像猫一样轻柔地行走。我屏住气息，等到它从我面前走了过去才对着它的短肋开火，子弹朝它飞啸而去，只见那美洲狮高高跃起，在空中甩动尾巴，飞速越过一道平缓的山脊，可是它没能跑出多远，我追出不到100米，就看见那家伙侧躺在那里，还没断气，双腭还在痉挛地抽动。

搏斗中，猎犬常常惨遭美洲狮杀戮

捕猎美洲狮的有效方式，就是跟随着猎犬追踪它。如果采取这种方式追逐，那么可能会令人非常激动，这类似于南方一些州里热爱狩猎的种植园主所采取的那种普通捕猎方式，即声势浩大地大规模捕猎野猫或小型山猫。猎犬几乎不需要什么训练就会欣然而热切地追逐美洲狮，在这种追逐中，猎犬们不仅毫不畏惧，而且还乐此不疲，只要附近确实没有更危险的狼群，让它们追踪猎物，它们都会大显身手。当猎犬追踪时，美洲狮起初会舍命奔逃，可是一旦它被赶到了树上，或者被逼到密林中，它的注意力便会集中在猎犬身上，猎人不费什么劲儿就可以接近它开枪；可是在猎人接近的时候，有些美洲狮会突破猎犬的重重包围，再度逃之夭夭，只有许多大型猛犬才能阻止这些拼死奔逃的猎物。在搏斗中，猎犬常常会惨遭美洲狮杀戮，如果美洲狮饥饿不堪，无论什么猎犬，它都会进行突袭，将其杀戮以果腹。

然而也有相反的情况，正如我在其他文章中描述过的一个例子，一小群大型猛犬咬死了一只无助的美洲狮。当时，骑马驱使猎犬狩猎的韦德·汉普顿将军是美国最有能力的猎人，他告诉我说，他在加利福尼亚州南部和密西西比州 50 年的狩猎生涯中，他带着猎犬大约猎杀了 16 只美洲狮。我认为他是在密西西比州猎杀那些美洲狮的。尽管汉普顿将军的猎犬群也追猎山猫和灰狐（gray fox），但他主要捕猎熊和鹿；当然，如果运气好，他在追踪其他猎物的途中可能会捕猎到一只狼或一只美洲狮。他猎杀的所有美洲狮要么被猎犬逼到树上，要么被逼到甘蔗地里，在生死之战中，美洲狮非常凶狠地对付猎犬。他发现，当他用他非常喜爱的武器——猎刀来攻击猎物时，那些美洲狮就成为凶猛的对手，比黑熊危险得多。然而，如果他的猎犬群拥有一些大型猛犬，在其他猎犬把猎物逼到死角时，那些猛犬再登场同猎物进行搏斗，我想，危险性可能就很小了。

汉普顿将军骑马追踪猎物，可是带着猎犬追踪美洲狮时，就并不总是需要骑马。在西弗吉尼亚，华盛顿的塞西尔·克莱上校(Col. Cecil Clay) 就徒步带着三四只猎犬猎杀过一只美洲狮。当时他的猎犬沿着已经确定的美洲狮踪迹一路向前搜索，他不得不跟着它们一连跑出老远，翻越长满松树的崎岖山峦，最后，猎犬把美洲狮赶到了树上，他靠近一看，发现那只美洲狮以半直立的姿势站在树枝中间，后腿在一根粗枝上，前腿则在另一根粗枝上，怒视着下面咆哮不已的猎犬，不时还晃动着尾巴。他抓住机会，开枪射穿美洲狮的双肩，它重重地掉了下来，蜷缩成一团，猎犬一拥而上，撕咬它，尽管那美洲狮奋起反抗，设法狠狠地咬伤了一只猎犬，但那家伙的前腿已不听使唤、无能为力了。

我的老猎友威利斯 (Willis) 告诉过我这类例子中的一个完全的例外。威利斯年轻时认识密苏里州西南部的一个愚笨至极的“贫穷的白人”，那家伙非常喜欢捕猎浣熊，时常带着他那只处于半饥饿状态的大型猛犬彭尼在夜间狩猎。一个漆黑的夜晚，那只狗把什么东西赶到了树上，他看不清那是什么动物，干脆就挥动斧子把树砍倒，并发出“彭尼，快抓住它”的指令，他的狗立即扑上前去抓住那头野兽，此时他看见他的狗抓住了某只体形硕大的野兽，接着那野兽用尾部撞翻了狗，几乎就在同时，那个人手起斧落，劈开了那头野兽的头颅。第二天天色大亮时，他和他的邻居惊讶不已:他杀死了一只美洲狮。这些大型猫科动物经常逃到树上，其实这种行为十分愚蠢。

我的朋友、猎人伍迪在他三十年的野外狩猎经验中，只猎杀过一只美洲狮，而那次经历也十分有趣。当时他带着两只猎犬躺在野外的营地中，大约在子夜，营火熄灭了，夜晚漆黑得伸手不见五指。他那两只猎犬一边狂吠，一边冲进黑暗，他被惊醒了，显然，他的狗正对着附近树上的什么东西狂吠不止。点燃营火之后，他惊讶地发现躲在树上的东西竟然是一只美洲狮。他来到树下，用左轮手枪朝那美洲狮射击，那家伙跳了下来，狂奔了不到 40 米，便仓皇地爬上另一棵树，最后死在树枝中间。

如果牛仔们在开阔地偶然碰见美洲狮，总是策马奋力追赶，试图扔出索套去套住它。实际上，牛仔们用索套来对付任何野兽。我知道牛仔用这种方法套住美洲狮的一些例子——用索套活捉美洲狮后，通常由两个魁梧的牛仔把生俘的猎物带回营地。

美洲狮时常攻击和控制其他猎物

实际上，美洲狮很少蹲伏在树枝上。它有时潜步追踪猎物，有时潜伏在一条猎物必经的小径或必到的水塘旁边。当猎物的出现刺激了它，有时它就显得非常大胆。威利斯曾经在陡峭的山边射猎大角羊（bighorn），但没射中，紧随着枪声，一只美洲狮疾奔着突入飞逃的大角羊群中，希望牢牢攫住一个牺牲品。美洲狮长途漫游，经常更换自己的猎场，也许在一个地方待上两三个月，直到将猎物斩尽杀绝，然后才迁移到另一处继续捕猎。冬天和夏天，如果它不潜伏捕猎，那么它通常就要消磨大半夜，在它认为会遇上猎物的地方不安地巡游，耐心追踪其他动物的踪迹。

一般说来，除了成年灰熊和野牛，美洲狮时常攻击和控制其他猎物，能够轻而易举地猛然咬住灰熊幼崽和野牛犊。在好几个例子中，我还知道它竟然跃上前去咬死并吃掉成年的狼。我认为，狼之所以遭到美洲狮猎杀，是因为美洲狮采取了突袭方式。另一方面，美洲狮本身又不得不对大型森林狼畏惧三分，在冬天饥饿不堪的时候，那些体形硕大的森林狼聚成小群进行捕猎，对美洲狮构成了极大的威胁。灰熊的体形是美洲狮的两倍，两者相比力量悬殊，尽管美洲狮能凭借出色的敏捷性躲避灰熊的攻击，然而要是在无路可逃的洞穴中遇上灰熊，那就该它倒霉了，只有死路一条。面对完全长成头角的雄驼鹿或雄麋鹿，美洲狮也无法取胜，如果在对手没有意识到美洲狮潜近的危险，那就是另一回事。美洲狮选择的大型猎物通常是家养的牛和牛犊。叉角羚很少进入美洲狮跳跃可及的范围内,因此很少受到伤害。但美洲狮却是大角羊、白山羊（white goat）和其他各种鹿的死敌，同时，这种大型猫科动物还捕猎体形小一些的动物，如狐狸、浣熊（raccoon）、兔子、河狸等，甚至囊地鼠、老鼠和耗子也是它的腹中之餐。有时它还敢捕食浑身长满刺的豪猪（porcupine），在饥饿不堪的时候，它还会攻击和吃掉它那体形要小一些的表亲——山猫。

美洲狮并不勇敢，也不会公开追逐猎物，它总是鬼鬼祟祟的，很可能是从猎物背后发起秘密攻击，凭借两三次巨大的跳跃扑到那倒霉的猎物背上。抓捕和杀戮猎物时，它通常使用自己的利爪和牙齿，如果可能，它总是咬住大型动物的喉咙，这一点恰好与狼相反——狼的攻击点通常是在猎物的腰部或侧腹。美洲狮通常先撞翻小型的鹿或羊，再施展它的大爪予以杀戮，有时它还拧断猎物的脖子。与美洲虎（jaguar）相比，美洲狮的头颅较小，它攻击时用牙齿咬住猎物所发挥的威力并不大，带来的危险也要小得多。因此，同它那体形更大也更大胆的亲戚美洲虎相比，美洲狮把捕猎的信心都赋予自己的利爪，而对自己的牙齿信心不大。

尽管美洲狮喜欢生活在林地，但它并非仅仅依赖于密林，在所有平原乡野，人们都发现过它的踪影——它生活在稀疏的树林地带，林子边缘流淌着小溪；或者生活在劣质土地的灌木丛中。然而长期以来，猎人总是穷追不舍，将它们驱赶到山上树木密集或稀疏的僻静之处。雌美洲狮每胎产下一至三只幼崽，在洞穴或隐蔽的巢穴中，或者在一根枯木的空洞里，或一丛浓密的灌木丛中抚养儿女。据说,成年雄美洲狮一有机会便会杀死幼小的雄美洲狮。在哺养季节，美洲狮之间的确时常发生拼死搏斗。美洲狮这种野兽是独行者，很少能看见两只美洲狮同时出现，即使是两只美洲狮同时出现，也仅仅是母子俩，或者是交配期间的雄、雌美洲狮。当雌美洲狮一旦有了幼崽，它对猎物的攻击性便倍增起来。幼美洲狮很早就为自己的生存而进行杀戮，它们在降生后的第一个秋天，便开始攻击大型动物了，由于无知，它们往往不顾后果，对猎物发动的攻击比它们的父母更加勇敢，也更加胆大妄为，可是它们经验不足，行动笨拙，经常让猎物逃之夭夭。像所有猫科动物一样，诱捕美洲狮相对容易一些，比诱捕狼或狐狸那样的犬类动物要容易得多。

美洲狮是沉默的动物，可是老猎人却说，在交配季节，雄美洲狮高声大叫，而雌美洲狮则以一种截然不同的叫声来回应。在其他季节，它们有时也很喧闹。我不清楚自己是否听到过它们的叫声，可是在一天夜里，我们在基尔迪尔山脉（Kildeer Mountains）附近的一条干河谷中扎营，那里堆满了木材，到处布满了美洲狮的脚印，我两次听到了一种高声的、哀号般的尖叫，那叫声穿过笼罩在我们周围的山冈上的那种难以渗透的阴暗远远传了过来。我的同伴——一个年迈的平原居民说这是美洲狮正在寻觅猎物的叫声。当然，没有人能静下心来仔细聆听这样一种更奇异也更野性的声音。

美洲狮伤人事件时有发生

猎人在狩猎美洲狮时通常没有什么危险，即使离它近在咫尺，它也只有一个念头，那就是逃跑，一旦有机会逃走，它很少会发起冲击，然而也不乏它们奋起搏斗的例子。1890 年春天，一个与我多次进行过围猎的人（尽管我叫不出他的名字了），就在我的牧场附近惨遭美洲狮的攻击。当时他与一个同伴正在狩猎，与一只美洲狮不期而遇，那美洲狮位于他们的畜群上面的一块凸出的沙岩上，双方距离仅约九米。那美洲狮居高临下，从上面猛扑下来，用利爪和牙齿在他身上乱抓乱咬了一阵，然后便一溜烟儿逃之夭夭。我还认识另一个人，名叫爱德·史密斯（Ed. Smith），他在海伦娜附近拥有一个小牧场，以前也曾经遭到一只受伤的美洲狮的冲击，那家伙不顾自己伤势严重，伸出利爪在他身上猛抓，留下了深深的挠痕，幸无大碍。

许多老边民讲起美洲狮的故事时，提到这种野兽偶尔也发起攻击，尾随某个不幸的徒步旅行者，最后把他活活咬死。不少人则轻蔑地嘲笑这样的故事，显而易见的是，如果发生这样的攻击，那也只是例外，极为罕见，完全可以不予理睬。我可能会毫不犹豫地在美洲狮出没的野外树林中睡觉，或者在夜幕降临后穿过树林散步，但如果美洲狮是雄性的，我可能就要犹豫了。

但如果否认偶有美洲狮伤人事件发生，则愚蠢之极。美洲狮体形大小差异惊人，性情也有所不同。我认为，它们一方面很胆怯，另一方面其本性又非常凶猛嗜血。它们有时具有久久尾随徒步旅行者走出老远的习性，那是因为它们缺乏发起攻击的勇气，实现它们所渴望的杀戮。在过去的岁月里，所有野兽都比现在要大胆得多，那时美洲狮的危险性更大。在美国南部一些州，尤其是在黑沉沉的甘蔗地里，美洲狮最有可能遭遇近乎赤裸、赤手空拳的黑人，就特别容易发生这种伤人事件。汉普顿将军告诉我，多年以前在他位于密西西比州的种植园附近，有一群黑人在湿漉漉的低地上铺设铁路，有一天深夜，其中一个黑人独自徒步穿越一片沼泽，途中遭到一只美洲狮的伏击而不治身亡。

我认识密苏拉的两个猎人，他们也遭到过美洲狮非常古怪的攻击。当时是1月，他们狩猎后踏着积雪回家，两个人背上都扛着马鞍、猎杀的鹿腰肉和鹿皮。就在黄昏时分，他们穿越一道狭窄的峡谷，走在前面的那个人突然听见他的同伴在后面大叫“救命”，他转身一看，惊得目瞪口呆：他的同伴倒在雪地上，一只美洲狮就在附近，显然刚刚从后面扑向他的同伴，抓攫他背上的鹿肉，同时，另一只美洲狮也正扑上前来协助那劫夺者。见此情形，他立即转过猎枪开火，击中了头一只美洲狮的脑袋，那家伙无声无息地倒在雪地上，随即，后面赶来的那只美洲狮停了下来，转身便逃，迅速跃进树林之中，消失得无影无踪。幸好他的同伴安然无恙，甚至没受到一点儿惊吓，可是对这种突如其来的袭击非常吃惊。显然那两只美洲狮尚未成年，还很年轻。

在这个例子中，我认为，这两只美洲狮毫无真正想要攻击人类的意图。它们年轻，胆大妄为，愚蠢，而且还饥肠辘辘，两个猎人扛着的生肉气味无疑刺激了它们的欲望，使它们难以控制自己，于是便忍不住扑上前来劫夺鹿肉，而且那两个猎人背着鹿皮和鹿肉吃力地行走时，已是黄昏时分，很可能那两只美洲狮根本就没辨清他们究竟是什么动物便贸然行动了。显然，美洲狮的意图仅仅是为了劫夺鹿肉，而不是要伤人。

1886 年，一只美洲狮在弗拉特海德湖附近咬死了一个印第安人。当两个印第安人遇见美洲狮时，他们正骑着马狩猎，见到美洲狮，他们狂喜不已，随即开枪射击，那美洲狮应声倒下，印第安人下马，朝猎物跑去，正当他们查看直挺挺躺在地上的美洲狮时，那家伙突然从地上一跃而起，紧紧攫住其中一个印第安人，朝他的喉咙和胸膛胡乱地猛咬一阵，顷刻间便将他活活咬死了，然后那家伙又穷追另一个印第安人，就在他仓皇爬上马快要逃走时，那美洲狮也恰好赶到了，伸出利爪朝他的屁股狠狠一抓，留下了深深的挠痕，幸好没有多大危险。一年后，我看见了这位生还者，他似乎还心有余悸，极不愿意谈起这场遭遇，他一再坚持说，杀戮他的同伴的动物并不是真正的美洲狮，而是魔鬼的化身。

一般来说，雌美洲狮并不为丧失子女而进行报复，可是有时报复的事情也会发生。1875 年，一桩引人注目的美洲狮报复事件就发生在我的朋友——约翰·巴切·麦克马斯特教授（Professor John Bache McMaster）身上。当时他在怀俄明州的格林河（Green River）源头附近扎营，一天下午，他发现一对美洲狮幼崽，心里十分喜欢，忍不住就把它们带回了营地，两个小家伙十分笨拙、顽皮、友好。第二天下午，他与厨师一道留在营地里，偶然抬眼之间，突然窥见一只雌美洲狮——显然是那两只幼崽的母亲，无声无息地朝他们冲来，尾巴抽搐着，眼里闪耀着熊熊怒火。他赶紧抓起猎枪，当它跑到距他们不到 18 米远时便开枪击中了它。

一个叫做特雷斯科特（Trescott）的牧场工人，一度是我的邻居，他告诉我他当年生活在阿根廷的一个饲养羊的牧场上的经历，他发现那里的美洲狮十分常见，而且还猎杀了不少。这些野兽对于羊和马驹具有十足的毁灭性，可是在面对人类时却胆怯得异乎寻常。即使它们饿得要命，也从来不主动攻击人类，而且即使被逼上绝路，也不会发起什么有效的抵抗，仅仅是像一只大猫那样抓挠和掴打。因此，如果发现美洲狮躲藏在洞穴里面，爬进去用左轮手枪朝它们射击，是很安全的。相反，遇上美洲虎则要小心了，那可是非常危险的敌人。

第 6 章　纽埃西斯河畔猎野猪

A Peccary Hunt on the Nueces

在得克萨斯州南部旅行——弗里奥河上的大牧场——牛仔用绳索套牛的技艺——野猪的灭绝——野猪的古怪习性——野猪偶尔未受刺激也会发起攻击——我们南行到纽埃西斯河畔——迷人的鲜花草原——异国情调的半热带风景——骑马狩猎——捕猎野猪的猎犬——发现一小群野猪——猎杀两头——野猪走投无路时的表现——野猪偶尔表现出的反常举止

最后一群野猪被斩尽杀绝了

在美国，野猪（peccary）这类野兽仅仅出没于得克萨斯州最南端的角落。1892 年 4 月，我与一个得克萨斯朋友——约翰·摩尔（John Moore）先生一起，从乌瓦尔德镇（Uvalde）出发，飞也似的拜访了这个地区的牧场乡间。由于我的旅程十分仓促，我只有两天时间投身于狩猎。

我们停留的第一站，是位于弗里奥河（the Frio）上的一个大牧场；那里有一幢低矮的木制建筑物，其中有许多房间，房间之间又有开阔的走廊，房子四周环绕着阳台与游廊。在某些方面，这片乡间简直就像我多么熟悉的北方平原，而在其他方面则又多么不同，令人十分诧异，颇感意外。这片乡间的大部分土地上稀疏地生长着坚韧的、矮小的牧豆树（mesquite tree），尽管不够浓密，还无法称之为森林，却密集得足以挡住人们的视线。这里非常干燥，干燥程度甚至堪比北方平原。弗里奥河的河床布满了砾石，它的表面多半干枯如骨，水从底部慢慢渗透出来，只是偶尔在某些地方形成了深洞。这些深洞或深潭从来就没有干枯过，即使经历了一年的旱季，里面也依然有水，一尾尾游鱼在其中来回穿梭。有一个水潭离牧场房舍很近，位于一道陡峭的岩石断崖下面，边沿上生长着一些巨大的柏树。

在洼地中和河道边上，偶尔还生长着一丛丛山核桃树（pecan）、槲树（live-oak）和榆树（elm），奇异的雀鸟在灌木丛中间跳动；走鹃（chaparral cock）——一种英俊的大型地栖布谷鸟，其习性鲜明，非常喜欢以小型蛇类和蜥蜴为食，常常以惊人的速度跑过地面。美丽的燕尾王霸鹟（swallow-tailed king-bird）身披玫瑰色羽衣，栖息在小树顶端，还不时展开翅膀，在这些树丛上空划出优雅的曲线高飞、迅速掠过。在牧场周围的畜栏和外部建筑物附近，很多种乌鸫（Blackbird）群集在一起，急促地奔跑。嘲鸫（Mocking-bird）四处出没，非常喧闹，几乎整个白天都在歌唱，可是它们的表演却具有差异，在奇妙的悦耳而有力的歌声片段中，不时夹杂着其他鸟儿发出的模仿音符和令人不快的尖叫，通常使人愤怒。整个旅程中，我都没有听见任何一只嘲鸫唱出它们有时在夜间纵声歌唱的美妙情歌。

这片乡间完全用铁丝篱笆围了起来，这一点与北方地区不同，可是这里的牧草地有时却十分辽阔，方圆达到了很多平方公里，一望无际。当我们到达弗里奥河畔的牧场时，牛仔们刚刚赶拢一个起码有上千头牛的大牛群，正将两三百头肉牛和小牛犊分离出来，赶上向北的小径。比起北方的牧场来，这里的牛群更多是养在牛栏里面，在所有的牧场上都有安装着控制闸门的斜道，通过这种装置，牛仔们便可以把一个牛群中的某一头或某一些牛巧妙地转移到不同的牛栏中。给牛犊打上烙印的工作也通常是在其中一个牛栏中完成的，站立的牛犊的两条前肢总是被绳索系住之后，才开始烙印工作。在其他方面,这里的牛仔的工作与北方牛仔相差无几。但总的来说，他们显然更精通使用绳索的技艺，而且他们当中至少有一半人是墨西哥人。

仅仅在河底的最茂密的树林中，才生活着一些放养在野外的牛群，它们的确像鹿一样野性，性情非常凶猛，对人类十分危险。追猎这些野外牛群总是令人极度兴奋，但也很冒险。参加这种追猎的人不仅要显示出最大胆也最完美的骑术和使用绳索的出色技艺，一卷绳子要以十足的力量准确地投掷出去，只身一人迅速追上去，拉动、抛掷绳索，把最凶猛的被阉割的年轻公牛或成年公牛牢牢地捆绑起来。

在我造访这个大牧场数年之前，这周围野猪成群，四处出没，边境上的墨西哥人和牛仔通常把这种动物称为 javalinas，直到1886 年，或大约就在那时，这些小野猪并没有受到多少骚扰，无忧无虑地出没于下格兰德河周围的密林之中。然而就在那一年，人们突然发现这些动物的皮具有较高的商业价值，每张能值四个小硬币——也就是说，大约能值半美元，于是很多墨西哥人和懒惰的得克萨斯人便以此作为生计，对这些野兽大开杀戒，并到处捕猎。这种野猪比鹿要容易捕猎得多，结果它们便从原来大批出没的很多地区消失殆尽，即使在它们现在还存留的地方，也所剩无几。在这个独特的弗里奥牧场上，最后一群野猪几乎在一年前就被斩尽杀绝了。这里的最后那群野猪一共仅有三头，一头公野猪和两头母野猪。一天清晨，两个牛仔带着一只狗外出时偶然发现了它们，于是便奋力追赶了近一公里，那三头仓皇逃窜的野猪慌不择路，钻进了一棵空洞的山胡桃树，一个牛仔立即跳下马来，顺手将自己的刀捆绑在一根长杆上，权作长矛，对着空洞里面便是一阵乱捅，结果把那三头野猪统统杀死了。

我听说过很多奇闻趣事，都是关于旧时候野猪在牧场上还到处出没时所干的种种勾当。那时，人们发现一群野猪有 20~30 头不等，它们成群结队在密林中觅食，母野猪在产下一窝幼崽后很快就重新加入野猪群，而每头母野猪每胎只产一两头幼崽。夜里，它们有时躺在最浓密的藏身处，但一有机会，它们总是更喜欢在洞穴或空洞的大木头里面筑巢，而且始终有一头野猪留在巢穴入口附近放哨，警戒外面的动静。如果这个哨兵遭到射杀，那么另一头野猪几乎肯定会来到它的岗位上，填补它的位置。它们容易干些反复无常的糊涂事，在一定程度上还十分好斗。如果受到骚扰，它们肯定会奋起搏斗，而且在完全没有受到刺激的情况下，它们也常常发起攻击。

有一次，我的朋友摩尔本人与另一个牛仔骑马外出，遭到了一群这样的小野猪全然是嬉戏性的攻击。当时他们两个人在一片槲树林旁边沿着一条伐木者的马车道策马前行，不知不觉便遭到了野猪们的攻击。那些小小的家伙们把他们团团围住,凶猛地咬马腿，致使两匹马的腿都被严重咬伤，野猪们还不断往上蹿，试图跳到骑手的脚边咬他们。他们拔出左轮手枪，突破重重包围向前驱驰，尽管他们左右开火，但收效不佳，那些家伙还是紧随其后，跟在他们两三百米处穷追不舍。还有一次，这个牧场的簿记员离开房子外出，到有四百来米远的一个水潭去，结果在一条牛道上与一头野猪狭路相逢，那里的灌木丛十分茂密，那家伙不仅没有主动让道，反而立即冲了过来，把簿记员赶到了一棵小小的牧豆树上，在下面呲牙咧嘴地仰望着他，把他困在树上近两小时。

我在这个牧场周围花了两天时间狩猎。这里的鹿倒是相当丰富，可是毫无野猪的踪影。一群群大雁和沙丘鹤（sandhill crane）偶尔在头上飞过，夜幕降临时，弱夜鹰（poor-will）穿过树林到处哀号，丛林狼大声吠叫，在清晨时分，野火鸡从它们位于山胡桃树顶端的栖息处发出咯咯的叫声。

那只猎犬瘦骨嶙峋，却十分机警

我确信弗里奥牧场上没有剩下野猪之后，我的假期也快要结束了，就在我正打算放弃捕猎野猪的努力的时候，一个过路的牧牛人偶然提到，在南边近五十公里处的纽埃西斯河上或那附近依然还剩有一些野猪，我大喜过望，立即决定动身去那边。第二天早晨，我和摩尔便乘坐一辆双轮轻便马车出发了，一匹叫做“吉姆·斯温格”的烈马拉着我们的马车，这匹烈马名不虚传——牧场主人允许我们使用这匹烈马，是因为它常常突然跃起来，将骑手从马鞍上摔下来，所以牧场上没有人能驾驭它。我们赶着马车越过干燥的无水平原，行进了六七个小时。几天之前，平原上下了一场厚霜，霜冻使正在发育的牧豆树发黑，其嫩枝依然没有露出发芽的迹象。我们偶尔越过只有浅褐色草丛的开阔空间，可是在大多数地方，毫无生气的、蔓生的牧豆树稀稀拉拉地点缀在地面上，挡住了辽阔的视野，仅仅给这片风景的荒凉增添了几许忧郁。道路也不过是两道布满灰尘的轮辙而已，地面焦干，草丛被憔悴的饿得要死的牛群啃得很短，只剩下残根了。我们一路向前驱车，秃鹰和鹰隼偶尔在头上翱翔。我们不时掠过外表狂野、双角很长的未阉割的年轻公牛，还遇到了牧牛队的马匹，它们正在低头吃草，准备越过小径挺进到北边的牧草地上去。我们偶尔还遇上一两个牛仔：他们要么是得克萨斯人，穿戴与北方牛仔完全相同，戴着灰色的阔边帽，穿着蓝衬衣，系着丝绸围巾，裹着皮革绑腿；要么是穿着更花哨的墨西哥人，戴着特别呆板的边沿十分宽大的圆锥顶帽子。

旅程快结束时，我们来到了更肥沃的地面，那里刚刚才下过一场雨。我们看见开满各种奇妙鲜花的草原，在一个地点，我透过牧豆树不断看见一片片淡紫色，起初还以为那肯定是水潭呢，可是靠近一看，才恍然大悟：辽阔的土地上密密麻麻地覆盖着美丽的淡紫色花朵。走得更远一些，我们便来到覆盖着红色花朵的地带，那些红色地带十分宽大，面积上千平方米；然后，红色花朵又让位于黄色花朵，在其他地方，还有白色花朵。总之，每一个地带或每一片地面都密密麻麻地挤满了颜色相同的花朵，构成了一道生动的巨型条纹，横跨在风景之中。但是在某些地方，各种颜色的花朵完全混合起来：红、黄和紫，一片片或一道道地点缀着，像地毯一样，以奇异、鲜艳的图案覆盖在大草原上。

接近黄昏时分，我们终于到达了纽埃西斯河（the Nueces）。在我们最初抵达河流的地点，河床干枯了，偶尔有几个看起来瘴气缭绕的深潭，可是就在那下面不远处，开始有了一道奔涌的水流。大蓝鹭（great blue heron）在这些水潭边潜步觅食，我们从一个水潭中惊飞了一只美洲白鹮（white ibis）。树林有浅红色的主红雀（cardinal），但其羽衣的鲜艳程度比起真正的主红雀和猩红唐纳雀（scarlet tanager）来则大为逊色；还有已经构筑了大型圆顶巢穴的黄头山雀（yellow-headed titmouse）。

纽埃西斯河谷上灌木丛生。很多地方伫立着大片大片的山胡桃树和常青的槲树，它们的枝条上悬挂着一簇簇长长的灰色苔藓，在风的吹动下荡漾。很多生长在湿地的树木长得巨大，一眼望去，整个风景几乎展现出半热带特色。牧场房舍高高地坐落在一道俯视河道的断崖肩上。我们迈开大步朝房舍走去，这里的主人也像各地的牧场乡间那样殷勤好客，我们受到了热情的款待。

牧场主的儿子是个身强力壮的高大的小伙子，听清我们的来意之后，他立即说邻近地区就有野猪，还提到他本人在两三天前就亲自射杀过一头野猪。他自告奋勇在第二天帮助我们狩猎，愿意借给我们马匹和两只狗，其中一只狗是大型黑色杂交狗，主人对我们保证说,它是“相当有价值的猎犬”。一只狗当时就在牧场上，而另一只狗跟着一个墨西哥牧羊人到七八公里之外去了，于是我们决定在第二天清晨带着牧场上的这只狗出发，骑马赶往那墨西哥牧羊人的住地，取到那只狗。

第二天早餐后，我们便骑着强有力的小型马出发了。这种小型马用于牧牛，其训练有素，能全速穿越密林，那只大型黑色猎犬懒洋洋地跟在我们身后。我们沿着纽埃西斯河岸一路策马前行，一次次来回越过蜿蜒的河流，河底布满了长长的深潭，那里生长着灯芯草（rush）和百合（lily），长满锁子甲状鳞片的大型长嘴硬鳞鱼（garfish）就在那水面上缓缓游动。行进途中，我的两个同伴还一度停下来，把一头陷入泥潭的母牛拉出来——他们把绳子系在座鞍角上，使劲拖拽那可怜的家伙。在一些地方，水潭已经半枯，没有了正常时河水的水流，那水潭中的水呈绿色，散发出恶臭气味来。树木长得又高又大，槲树枝条上密集地悬挂着浅灰色的飘带状苔藓，当许多树木这样垂着悬挂物紧紧伫立在一起时，它们给人的印象就显得非常悲哀而荒芜。

在一片巨大的山胡桃树丛中，我们终于找到了那墨西哥牧羊人搭建的小棚屋，其外形古怪，墙上用钉子钉着各种兽皮：浣熊皮、野猫皮和尾巴上呈现环形花纹的树灵猫皮。墨西哥牧羊人那被太阳晒得黝黑的妻子和孩子都在小棚屋里，而他本人则赶着羊群到森林中放牧去了，我们苦寻了三四个小时才把他给找到，那时已时近中午了，于是我们就在他的棚屋中吃午饭。他的住所是由劈开的木头建成的正方形建筑物，没有安装地板，地面为裸露的泥土，屋顶盖着隔板和树皮。我们的午饭是羊肉和玉米面包。那墨西哥人胸膛宽大，长着一张感觉迟钝的印第安人似的脸，显然他喜欢狩猎运动，除了滑稽的、无毛的家庭小狗外，他还养了两三只半饥饿的猎犬，那墨西哥人似乎很喜欢它们。

借了我们需要的那只猎犬之后，我们就骑马离开了墨西哥人，去追踪我们的猎物，两只狗在前面欢快地小跑。那只一直生活在牧场上的狗显然衣食无忧，长得十分肥硕；另一只狗却相反，似乎有些瘦骨嶙峋，尽管其貌不扬，可是它却像纽约的任何一个街头小混混一样，十分机警而精明。可别小瞧这只狗，它总是最频繁地发现野猪，并把它们逼上绝路，它的同伴的主要作用则是在现场大声吠叫，给予它精神上的支持。

那只野猪走投无路，转身朝他冲来

我们在干燥的高地上策马离开河流，那里的树林尽管茂密，但却很矮小，几乎完全由多刺的牧豆树构成。夹杂在其中的是刺梨

（Cactus pear），我们坐在马背上，其高及我们的头部，还有丝兰属植物（Spanish bayonet），在远处看起来犹如小小的棕榈树；另外还有很多种仙人掌，全都长满了毒刺。有两三次，两只猎犬找到了一条猎物留下的旧的踪迹，吐出舌头奔驰而去，我们紧紧跟在后面狂奔，一路躲避一簇簇长满了小刺的树枝和仙人掌，好在我们的手上和腿上没有被多少刺扎上。天气干燥而炎热，在野猪成群地生活在河底之处，它们常常来到水潭边饮水；可是当它们远离水边时，它们则以刺梨为食，似乎生活得相当舒适，以刺梨那坚硬而多汁的纤维来解渴。

有几次，猎犬发出错误的警报，我们奔驰过去，却毫无野猪的踪迹。然后，约莫在日落前一小时，我们终于撞上了一群野猪，有五六头。它们穿过牧豆树逃逸，其跳跃的动作十分奇特，我们这群人和猎犬一拥而上，立即追踪起来。

在奔逃的最初的两三百米内，野猪奔驰得非常迅速，可是很快就疲倦了，不断喘气，被逼到了绝路上。就在摩尔经过的时候，其中一头母野猪几乎立即转身向他冲了过来，而摩尔对另一头野猪紧追不舍，根本没看见这头母野猪。于是母野猪停下来，静静地伫立着，野蛮地张开獠牙，我跳下马来开枪，一枪命中它的背脊或肩头，结果了它的性命。同时，摩尔朝一个方向追逐着那头野猪而去，那家伙走投无路，便干脆转身朝他冲过来，他坐在马鞍上开枪，结果了那家伙。两头野猪逃脱了追逐，剩下的一头野猪十分硕大，两只猎犬紧追不舍，我一射杀了那头母野猪，便再次跃上马跟随着不断吠叫的猎犬追逐而去。奔驰了不到四百米，那两只猎犬便朝野猪的腰部扑去，那家伙转身，伫立在一丛灌木下面，在猎犬靠近它时便发起冲击，而且立即抓到了一只猎犬，在它身上凶恶地狠狠地咬了一口，留下一道难看的伤痕。它的獠牙一直像响板那样不停晃动，发出一种迅速嚼动的声音来。我靠上前去，一枪击中了它那连接着脖子的背骨，结果了它的性命。你要知道，它的獠牙非常厉害，切不可掉以轻心。

骑在马上追逐野猪的那几分钟，真是令人兴趣盎然，看见那些凶猛的小小野兽走投无路，让人激动不已，但猎杀这些野猪的有效方式，莫过于使用长矛——骑在马上的猎人常常使用长矛来刺杀它们;而在不能使用长矛的地方，便使用猎犬来追逐它们，那样的话，徒步猎杀它们就非常容易了。这些野猪非常活跃，发起攻击时决不退缩，往往能严重咬伤对手，令人生畏，因此最安全的方式就是两个人合力猎杀一头野猪。野猪不难猎杀，因为它们也有弱点：它们短暂的力量和好斗性让它们在猎犬面前迅速被逼上绝路。两三只优秀的猎犬就可以阻止一群数量相当可观的野猪，然后它们全都站成一串，要不然就把尾部朝着一个土堆，对着敌人咔嗒咔嗒地玩弄着自己的獠牙。当它们愤怒或走投无路时，这些家伙便紧紧地收拢四腿，高耸肩头，竖起刚毛，露出一副非常愤怒的样子来，它们不计后果，无情地战斗到最后一刻。面对它们的时候，通常在某种程度上，猎人们得提防着它们，可事实上我仅仅知道野猪伤人的一个例子。当时那个人朝野猪群开枪并射伤了一头野猪，但随即遭到受伤的野猪及其两个同伙的猛烈冲击，于是他不得不开始朝树上爬去；可是当他正从地面上树之际，一头野猪跃向他，狠狠地咬穿了他的小腿，使他身受重伤。然而，我知道野猪咬伤马匹的一些例子，还有猎犬被咬死的例子也屡见不鲜，一只不熟悉捕猎野猪的猎犬几乎必然身受重伤，而且没有哪只在狩猎中表现稳定的猎犬能全身而退。如果它靠着野猪的头颅右边奔跑，那么它很可能被野猪咬死，而且尽管野猪的身体小于猎犬，但即使是两只大型猎犬也通常不能猎杀一头野猪。可是，如果一只机警、果敢、行动迅猛的大型猎犬迅速习惯了捕猎野猪，它就能只身出击，单独咬死一头野猪。它常常从后面抓住野猪，将猎物撕咬至死，或者瞅准机会抓住野猪那连接着头部的颈背，予以重创。

野猪长着造型优美的短腿，它们的脚很小，于是留下的踪迹看起来就特别优美了。因此，尽管它们在必要时也下水，但实际上它们并不那么善于游泳。它们常以根须、刺梨、坚果、昆虫、蜥蜴等为食。它们通常完全独立，在相同地区，人们经常发现那些处于半野生状态的猪群，但是真正的野猪却是完全独立的，可是在一个例子中，就在我停留的这个牧场上，有一头野猪故意加入了一个拥有九头猪的猪群，还与它们和平相处。当猪群主人有一天来找这些猪时，那头野猪对他的出现表现出极大的猜疑，最后还挨近他，露出威胁要发动攻击他的样子来，迫使猪群主人不得不开枪把那家伙射杀了。

这个牧场主的儿子告诉我说，他一生中仅仅有一次在野猪未受刺激的情况下遭到了攻击，即使是在这个例子中，也是他的狗成了野猪的攻击对象。那是一天傍晚，他的狗穿过茂密的丛林跟随他前行,一头野猪对着他的狗冷不防冲了过来。在这个牧场周围，野猪数量大为减少，幸存下来的野猪学会了谨慎行动。在过去的日子里，一大群野猪常常采取一致行动，对猎人群起而攻之，每次都把猎人逼到树上长达数小时，这种情况确实时有发生。

第 7 章　携带猎犬狩猎

Hunting with Hounds

旧时的猎人极少使用猎犬——南方种植者豢养的猎犬群——在西部追猎——在我的牧场附近携带灵猩狩猎——长腿大野兔、狐狸、丛林狼、羚羊和鹿——大草原上一位独特的狩猎冒险家——威廉斯上校培育的灵猩——平原骑术——越野骑术——在格内西奥山谷猎狐——携带瓦兹沃思先生的猎犬狩猎的一天——梅多布鲁克狩猎俱乐部利用人工臭迹进行追猎训练——马匹跳高——在萨加莫尔山会聚狩猎——猎狐与人们对狐狸的迷信——国外和国内对狩猎运动的偏见——骑术的不同风格

灵猩在狩猎场上牢牢确立了自己的地位

带猎犬狩猎大型美国猎物时，可以采用一些完全独特的方法。在过去的日子里，独自居住在大草原上的真正的荒野猎手，或者一群群在大草原上经历了印第安人折磨的人们，犹如他们今天的继承者一样，很少使用猎犬群，甚至他们通常在狩猎中完全不使用猎犬。在东部森林中,偶尔有一个旧时的猎人会拥有一两只追踪猎犬,其速度缓慢，嗅觉灵敏，聪明而又驯服，主要用于跟踪受伤的猎物。落基山中的一些猎人就这样过着充满危险的艰辛生活，因此他们狩猎时通常不携带狗与之同行。然而，阿勒格尼山和阿迪朗达克山中的猎人却总是使用猎犬来追逐鹿，在把猎物逼进水中或其逃亡之际将其射杀。

然而，那种旧时的荒野猎手一旦消失，猎犬便在他的继承者——偏僻的森林地带和平原上艰苦的边界定居者中间广泛使用起来。每个这样的定居者都喜欢养上四五只具有猎犬血统的大型杂种狗，其目的在于用这些狗来撵走悄悄接近羊栏和牛棚觅食的野兽，如果情况合适，他们还使用这些狗来狩猎，追踪熊或鹿。

在南方，很多种植者总是豢养着一群群猎狐犬，他们不仅将这些猎犬用于追逐灰狐和红狐（red fox），而且还用于追逐黑熊和野猫。这些猎犬本身就具有较强的能力，能把狐狸追逐得精疲力竭并予以猎杀，可是通常的情况是，在这种狩猎中，当追踪鹿、熊甚至野猫时，猎人通常持枪骑在马上努力追赶，要么凭借坚韧而灵巧的骑术来朝着逃窜的猎物开枪射击，要么射杀被逼到树上的野猫，要么射杀走投无路的熊。这样的狩猎才是伟大的运动。

在猎物的必经之路上设伏，射杀被追逐的猎物，这种运动方式最卑鄙，可以称之为不合理。在东部，这通常是狩猎鹿的方式；在北方，猎人捕猎红狐的方式常常也与之有些相似，他们使用一只行动缓慢的猎犬来追踪红狐，当红狐在猎犬面前转圈时，猎人便开枪将其射杀。尽管这种猎狐方式次于骑在马背上狩猎狐狸，然而它还是自有其优点，因为猎人必须充分行走和奔跑，以某种准确度开枪射击，发挥对荒野和猎物习性所了解的相当学识。

过去 20 年里，在美国狩猎运动场上，一种完全不同于猎狐犬的全新猎犬牢牢地确立了自己的地位，这种出色的猎犬就是灵猩——要么是毛发光滑的猎犬，要么是皮毛粗糙的苏格兰猎鹿犬。有半个世纪，军官们在遥远的西部偶尔携带着灵猩，利用它们来追踪长腿大野兔、丛林狼，有时也追踪鹿、羚羊和灰狼。他们当中有很多人投身于这项运动，例如卡斯特将军。我本人曾经携带着许多卡斯特豢养的猎犬的后裔狩猎。在 70 年代初，大平原上的牧场主们开始饲养用于追踪的灵猩（实际上它们已经在加利福尼亚追逐太平洋海岸的长腿大野兔的狩猎中多次发挥作用），这项运动便迅速开展起来，并有了相当大的规模和一种永久的形式。如今，饲养牛的牧场主们不仅利用灵猩来追踪长腿大野兔，而且还用来追逐他们所发现的其他猎物，其中尤其以羚羊和丛林狼最受他们喜爱。很多农场主很快就发展起了两三群灵猩，追逐猎物便成为平原上所有运动中的运动了。在得克萨斯州，野火鸡频频成为追猎的对象，而且在条件允许的所有开阔地区，例如在印地安人保留地，猎犬群还追踪鹿。而在附近的大平原上有河流流经的很多地区，白尾鹿则是最受喜爱的猎物，在清晨，猎人们趁它们还在草原上吃草时，便力图对它们发起突然袭击。

我本人就曾经带着临时凑成的猎犬群狩猎过，我的猎犬群或许由两只灵猩、一只硬毛猎鹿犬和两三只长腿杂种狗组成。然而，我们通常在每一群猎犬中都至少拥有一只行动非常迅速、性情十分凶猛的猎犬——搏斗犬，其他猎犬的任务是协助阻截猎物，有时是把猎物拖得疲惫不堪，通常是在撕咬中群起而攻之，帮助搏斗犬结果猎物的性命。在小密苏里河、刀河（Knife River）与心河（Heart River）附近长满草丛的大平原上，我多次骑马带着这样的猎犬群疯狂而激动地奔驰狩猎。通常在这样的狩猎旅程中，我们的行动很简单：我们骑马出发，抵达有利地面时，人与猎犬排列成长长的一线，越过那片地面向前推进，只要惊起任何动物——狐狸、丛林狼或雄叉角羚都是很好的猎物，我们立即全速追击。我们最为频繁猎杀的动物莫过于长腿大野兔，那些兔子尽管像其他猎物一样总是善于奔跑，但它们的奔跑速度因个体的不同而不同。

狐狸不那么善于奔跑，如果猎犬表现出色，无论是稍稍迅速的小型狐狸，还是大型的草原红狐，都会被迅速截断去路，无路可逃。我们的猎犬曾经在附近惊起一头雄黑尾鹿，它跑出灌木丛生的干河谷，那里的地面适度平坦，一路向前猛追了 1.6 公里之后，猎犬们便扑到了它身上一阵猛咬，把它掀翻在地，在它还没能站起来时，更多猎犬一拥而上，将它活活咬死。（逃逸之初，它那四腿僵硬的跳跃让它一跃而跳出老远，可是它似乎渐渐体力不支，很容易就精疲力竭了）有两三次，我们猎杀到了白尾鹿，还有几次猎杀到了羚羊。然而，羚羊通常都逃之夭夭，有时雄羚羊还会奋起搏斗，可是通常都在亡命奔逃中被猎犬抓住——一些猎犬死死咬住其喉咙，另一些猎犬咬住肩头，还有一些猎犬则咬住恰好位于后腿前面的侧腹。如果猎犬聪明地弹跳，无论它咬住哪里，那雄羚羊都必定会砰然倒地，如果其他猎犬正好在附近，那么那猎物很可能还没来得及站起来就被活生生咬死了，当然，猎犬在搏斗中或多或少受伤的情况也时有发生。

一些灵猩，即使是出身高贵血统的灵猩，也因为胆怯而最终被证明毫无用处，它们害怕扑上前去死死抓住猎物，但是如果它们习惯了这种狩猎追逐，与其他经验老到的猎犬协同作战，那么便勇气大增，表现得异乎寻常地无畏。一只体重 40 公斤的灵猩或苏格兰猎鹿犬是非常可怕的斗犬，我曾经看见一只猛然冲击的大型獒犬，尽管它的体重不及对手，却充分发挥出令人惊奇的灵巧，战胜了对手。

然而，追踪猎物的正确方式，则是出发狩猎时把猎犬放在马车上，一旦发现猎物，才把它们放出去。这样便可以防止猎犬过早疲累。在我自己的狩猎经历中，大多数受惊的羚羊都逃之夭夭，开始追逐的时候，猎犬们便已疲惫不堪。可是真正优秀的灵猩，习惯了协同作战，也习惯了追逐这种猎物的灵猩，如果在适当的距离一次放出两三只去，它们通常都会在追捕雄叉角羚的狩猎中大显身手。

威廉斯上校的猎犬会攻击熊或山狮

尽管大多数西部人更喜欢猎枪，但人们还是发现有一个西部人热爱猎犬，这个人是一个老密苏里人，可能名叫考利（Cowley），当年他生活在密苏里河西边北达科他州一个牧场上时，我就认识他了。考利先生是一个朴实无华的人，颇有些神经质，他的那种神经质不仅在狩猎场地，也在当地和当时的政治集会上显露出来。他生活得相当舒适，可是超越了个人虚荣的优雅特征。他狩猎时的装束，也是他做罕见的正式拜访时的着装——那种他总是一直保持着印地安人的严肃举止的拜访，尽管他突然踮起脚尖，以一种令人不安的方式越过房间走向某个不熟悉的物体，比如一扇孔雀屏风或一个花瓶，用一根手指轻轻抚摸那物体，又迈着无声的步态回到椅子上坐下，一动不动，不发表意见。

在狩猎的早晨，他总是骑着一匹结实的马出现，穿着一件长长的亚麻防尘外衣，手持一根巨大的棍棒，裤子半卷到腿上。一旦可能，他会抓住每个机会狩猎各种猎物，而且在猎犬能够猎杀猎物的情况下，从来不开枪朝猎物射击。有一次，一只臭鼬（skunk）稀里糊涂地跑进了他的房子，他驱使猎犬扑向那家伙，显示出所谓的运动精神，却惹恼了他那对其行为长期忍受不堪的妻子。至于他的猎犬，只要能奔跑和战斗，他便不再顾及它们的表情，而只顾自己的表情。他偏爱的猎犬，一半血统是灵缇，另一半是猎狐犬、柯利犬或塞特犬，这对他无关紧要。他的猎犬组成了一个刻毒的、撕咬凶猛的群体，而穿着飘扬的亚麻防尘外衣的考利先生，则是一位一流的猎人和优秀的骑手。在每次狩猎追逐中，他都激动不已，疯劲十足。他的猎犬群通常捕猎丛林狼、狐狸、长腿大野兔和鹿，我曾经多次与他的猎犬群一起出猎。

我自己的经历太有限，使我不能确切地判断不同猎物的相对速度，尤其是因为动物的个体差异如此之大，我常常难以正确把握。然而我认为，羚羊是行动最敏捷、最迅速的猎物，我的这一观点得到了肯塔基州列克星顿的罗杰・D・威廉斯上校（Col. Roger D. Williams）的大力支持，威廉斯上校比其他任何美国人更有资格对追猎发表意见，尤其是对追猎大型猎物颇有见地。像肯塔基州的一位真正的儿子，威廉斯上校很多年来都拥有自己的纯种马和纯种猎犬，在接近25年的漫长狩猎旅程中，他在落基山脚下和大平原上发现的几乎每一种猎物都试验过他的猎犬群。他的猎犬中既有毛发光滑的灵猩，也有皮毛粗糙的猎鹿犬，他本人不仅追猎野兔，而且还以追逐大型猎物的特殊观点来把这些猎犬繁殖了好几代。他的猎犬体形硕大，不仅速度出众，而且力量、耐力和勇猛程度也十分出色。他过去的猎犬群繁衍下来的猎犬确实身经百战，浑身伤痕累累。当数只猎犬协同作战时，它们就会阻止一头雄麋鹿，而且还会毫不畏惧地攻击熊或山狮。

在追猎黑尾鹿、白尾鹿和雄叉角羚的过程中，这群猎犬屡屡得胜。鹿在最初奔逃的几百米之内行动异常迅速，可是在需要耐力的持久奔跑中，羚羊显示出了较快的速度，给猎犬制造了许多麻烦，但如果猎犬起跑良好，最终还是能赶上羚羊。威廉斯上校坚信，在持久的长途追逐中，纯种马的能力超越了任何呼吸的动物。他把鹿从隐藏处赶出来，它们惊跳着跑出若干公里，但最终还是被他追逐得精疲力竭，这种情况并不少见，有两三次，他追上了尚未受伤的羚羊，但每次他都拼死驰骋了好多公里，有一次还把他那匹英勇的坐骑给活活累死了。

在草原上进行这种追逐，尤其是追逐大型猎物，是一项非常需要果敢而又引人入胜的运动，常常在时而有溃决处或冲沟的崎岖地面上激烈地奔驰，看见英勇的猎犬一往无前地奔跑和捉住猎物，令人惬意的纯洁空气和荒野环境，这一切融合在一起，给人一种罕见的热情！可是，较之在长久定居下来的封闭乡间里的那种鲜有吸引力而有更多人参与的猎狐运动，或者骑马追随猎犬，真的很少需要大胆而娴熟的骑术。

我们当中那些具有南方血统的人，天生就遗传了一种喜欢骑马越野的特殊权利，因为我们在弗吉尼亚、佐治亚或者南北卡罗来纳的祖先们，有六代人骑着马、拿着号角、带着猎犬追逐狐狸。在人们定居已久的北方这些州里，这项运动尽管比以前已大为流行，但还是并不像南方那样普及，然而始终到处存在着，在某些地方还相当稳步地开展着。

猎犬们一上路，便吠叫着追踪猎物

在美国东北地区，还没有哪个地方像纽约州中部的格内西奥山谷（Geneseo Valley）那样，这个地方把狩猎野红狐置于更为真实而且有益于健康的基础之上。这个山谷中始终有猎狐活动，农夫们拥有良马，喜欢这项运动，但却是按照一种非常没有规律的原始方式进行的。直到大约20年前，奥斯汀·瓦兹沃思（Austin·Wadsworth）先生把注意力转向了这项运动，从那时起，他拥有了一群猎狐犬，在那片乡间，没有哪一群猎犬能像他的猎犬那样在这项运动中获得更好的效益，也唯有在他的人中间才涌现出更坚韧不拔的骑手，唯有在他的马匹中间才产生出更强壮的跳跃者。通过选择他那个地区的一些饲养于猎人家中的不同猎犬，瓦兹沃思先生开始了狩猎。

那个时期的狩猎原则是这样的：每个农夫把他碰巧拥有的猎犬都带来，集中到一起，凭自己心血来潮，或徒步，或骑马。把这些本地猎犬集中到一起后，他们便开始狩猎，为了适应骑马之需，狩猎一般在开阔的地面进行，瓦兹沃思先生从最好的英国养狗场引进了一些狗，他发现这些狗比美国狗的行动要迅速得多，更适合于协同作战，可是耐力却不及美国狗，嗅觉也并不那么灵敏——美国狗非常倔强而顽强。每只狗都希望自己发现猎物踪迹。可是一旦发现踪迹，它们会迫不及待地去解开踪迹之谜，无论天气多么寒冷，如果需要，它们会不辞辛劳地追踪一天一夜。瓦兹沃思先生十分明智，将这两种狗进行杂交，终于培育出了他现在拥有的优秀猎犬群——它们在自己的领域从事着特殊的工作，成为令敌人难以击败的强劲对手。

骑马越过的这片乡间树林很茂密，有很多狐狸出没，然而大片的浓荫也自然而然保护了狐狸。这是一片非常肥沃的土地，更美丽的耕作区域寥寥无几，因为一些陡峭的山丘和深壑纵横，使这片地面并不那么平坦。这里的大多数围栏都是高高的柱子与横干，或者是“蛇形”栅栏，尽管偶尔也有一道石墙，哈哈，或者是水沟。深壑的陡峭和树林的浓密让一匹马必须脚踏实地，而且还必须能到处攀登，围栏如此高，只有优秀的跳跃者才可能跟随猎犬群前进。狩猎使用的大多数马匹要么是这个地区的农夫培育出来的，要么来自加拿大，它们身上通常有纯种或快步马的血统。

在一个最令人愉快的日子，我骑在马上追踪瓦兹沃思先生的猎犬。那时我与瓦兹沃思先生待在一起，相伴的还有我的朋友、波士顿的卡波特·洛奇参议员（Senator Cabot Lodge）。我们集中的地点大约在离房子 20 公里之处，那里仅仅是约莫有 25 个骑手的一片小小场地，可是人人都跃跃欲试，都想参加这场狩猎活动。我骑上了一匹年轻的马，我的坐骑强壮有力，骨骼很大，尽管也许有些急躁,但它却是优秀的跳跃者。洛奇骑在一匹红棕色的马上，他的坐骑既能奔驰又能跳跃。还有两三个纽约人和波士顿人也在现场，一些从布法罗赶来参加这场狩猎的人，两个退伍军官，一些本地农夫，最后还有一些来自当地著名的坚韧不拔的骑手家族的成员——这些人形成了自己的阶层，从幼年时便自然而然地开始参加各种骑马运动。

我们这群人完全发挥民主精神，自由组合而成，每个人来到这里的目的，只是为了参加这场狩猎，因此毫不在意自己或别人如何打扮。宽边软帽，棕色外衣，灯心绒马裤，还有绑腿或靴子，成了这一天装束的总体情况。我们从一片密林中出发，猎犬们一上路，几乎立即就发现了一条猎物踪迹，于是大声吠叫着追踪，同时狩猎队像一群水牛雷鸣般跟在它们后面。我们沿着山坡向前推进，越过前面的一条小溪。在这里，猎物的踪迹径直通往峻峭的岸上。大多数骑手转向左边，以便更轻松地行进，但那里让他们遭遇不幸，因为在径直上岸的我们这些人当中，仅有八个人能继续跟随猎犬（有一个人的马畏缩不前）。几乎就在我们刚到达岸顶的时候，我们就出了树林，越过一道低矮然而棘手的围栏，我们当中的一个骑着一匹非常易受刺激的栗色马的人掉下马去，这样我们就只剩下六个人了，包括狩猎队中专门管理猎犬的人在内。

有两三片宽阔的土地上安置着低矮的围栏，越过之后，我们就来到两道高高的、难以逾越的双重围栏，要跃过去可真是那一天初次面临的严峻考验:那双重围栏高达 1.4 米，两者相距如此之近，马匹几乎没有可以让自己连续跨越的机会。然而我们却一跃而过，再一路越过两三片布满庄稼残根的土地，穿过一片开阔的树林驰骋，向前推进，再越过一个沼泽般的地方，打马跃过一条小溪和两三道难以逾越的围栏，就在那里，猎物的线索中断了，猎犬们停了下来。但它们很快又重新发现了线索，迅速右转，越过四五片土地，跑出一个角度，使这场狩猎能够继续下去。然后，它们跃过一道非常宽大的高围栏，进入大路，离开大路之后，又再次越过蛇形围栏分隔的耕地和长满草丛的土地。猎犬的奔跑十分迅速，马匹开始加速尾随。

当我们急匆匆进入一条深壑，穿过茂密的树木，从另一边攀上去时，我们这帮人只剩下四个了，洛奇和我本人是其中的幸运者。越过这道深壑，我们遭遇了那一天最具挑战性的跳跃之一，那是树林外的一道围栏，只有一个地点能跳跃，那里有一种牛行道通往上面的一道篱笆，其高度在 1.55 米到 1.58 米之间。然而这些马匹完全训练有素，能从容应付围栏跳跃和在难行之处艰难地攀登，这一次它们十分安静，准确无误地一跃而过，每匹马都一路小跑上行到几米范围内，然后弹跳几次，强有力的腰腿部急剧转动，突然一跃。我所能解释的是，在这 4 匹马当中，没有哪一匹有跃过 1.7 米高度的记录，而它们现在却大显身手。我们现在进入了深壑中的一个完美的三角形地带，狐狸躲进了洞穴中。尽管我们在下午的狩猎过程中惊起了另外一两只狐狸，可是我们并没有再次真正施展出一流的奔驰骑术来。

在格内西奥山谷，可以享受到这种运动带来的乐趣。总之，在美国东北部地区，尽管现在有一些狩猎活动已经确立，在 10 项奔跑中至少有 9 项都是追猎俱乐部举行的。大多数狩猎在邻近大城市的地区举行，参与者主要是来自大城市的年轻人。其中一些闲散的年轻人可以把时间全部花在娱乐上面，可是大多数年轻人都投身于生意场，工作辛苦、努力，参加这些活动，是为了通过运动而让自己从繁重的工作中解脱出来。他们每周一次或两次可以离开一个下午，骑马越过乡间，然后他们希望绝对要弄清楚自己骑马奔驰，以及在指定的时间内骑马奔驰，确保这种运动的唯一途径，就是利用人工臭迹进行追踪猎物的训练。并非因为缺乏狐狸，才使得这项运动如此普遍地采取骑马，从而去跟随利用人工臭迹进行训练的猎犬的形式，而是这样一个事实：坚持这项运动的这些人多半是工作刻苦的生意人，他们日理万机，但总是忙里偷闲，挤出极少的时间从事这项运动。独自骑马越过乡间，或者玩儿一个下午的马球，比起他们在公园里彬彬有礼而枯燥地骑马一周，将给他们带来更多的锻炼、娱乐和刺激，很多年轻人已经意识到了这一事实。

几乎所有人看见了猎犬杀戮的场面

我曾经带着梅多布鲁克（Meadowbrook）狩猎俱乐部的猎犬，在长岛北部地区进行过多次狩猎。我们四周有许多狐狸出没，其中既有灰狐也有红狐，可是部分因为上述原因，也部分因为猎物的隐藏处如此辽阔无边，也几乎如此连绵不断，尽管一次努力总是要让人大约奔跑一周的时间来追逐一只野狐狸，那样才会给猎犬以机会去恰当地工作，防止奔跑追踪纯粹成为一连串障碍赛。这项运动主要是追踪猎物，最令人激动的是，因为围栏很高，步伐很快。在长岛乡间狩猎需要一种特殊马匹，首先必备的条件就是马——它们应该是十分出色的高高的围栏的跳跃者。在不同的时候，人们引进了相当多高明的英国骏马和爱尔兰骏马，结果其中一些表现良好，出乎人们的预料；可是当它们初来乍到时，还不能全程穿越我们的乡间，在高高的围栏前面踉跄而行，屡屡出错。它们当中,很少能像美国马那样出色地奔驰。我自己就多次在英国狩猎，骑在派奇利（Pytchely）、埃塞克斯（Essex）和北沃里克郡（North Warwickshire）的马上，在我看来，在长满草丛的乡间，在水的另一边的特殊障碍物上面，英国纯种马很可能会在驰骋中远远超越我们的长岛马，因为它们具有速度和耐力，而且还颇能负重。可是在我们自己的土地上，骑马越野更像是连续跳跃五六道横杆障碍物，尽管购买它们付出了很大代价，它们通常也没有像本地马匹那样充分地表现出自己的能力。最高的跳跃记录达到了约 2.2 米，是由一个美国马跃高创造者——H · L · 赫伯特（H. L. Herbert）先生在萨加莫尔山（Sagamore Hill）的狩猎中创造的，我看见他奔驰在狩猎队伍前列，下面即将描写到。

当我还是梅多布鲁克狩猎俱乐部的狩猎成员时，大多数狩猎都在离狗舍近一公里的地方举行——在法明代尔（Farmingdale）、伍德伯雷（Woodbury）、威特利（Wheatly）、蝗虫谷（Locust Valley）、西奥塞特（Syosset），或者在长岛的其他二十个奇异的古老小村中的任何一个附近举行。这些狩猎活动几乎总是在下午开始，从纽约市下来的生意人跟随着猎犬慢慢跑向指定地点，在那里,他们与骑在乡间马匹上赶过来的人相遇。如果狩猎活动重要，可能有一群旁观者驾驶着各种双轮轻便马车观战，马车各式各样，形形色色，从单人驾驶的四马马车到由两匹快跑的长尾马拉动的星形轮双轮单座轻马车，应有尽有——这两匹快跑的马的价格十分昂贵，超过了整个狩猎场上两匹最好的马很多倍。当狩猎活动要举行一整天时，也许会在早晨追逐野狐狸，在下午进行利用人工臭迹追猎训练，在这种情况下，在某幢乡间房舍中就会提供一顿早餐。

在萨加莫尔山的一场狩猎活动之后，我好奇地徒步追溯我们走过的路线，测量跳跃的距离，因为现场狩猎时，我们很难准确地估计围栏的高度，在晚餐后围坐在篝火边的言谈之中，比起在猎犬们奔跑时所面临的实际高度，1.5 米的围栏似乎更容易跨越。在这场特殊的狩猎中，我们迈开活泼的步伐，跑了大约 16 公里，途中只中断了 2 次，越过了 60 多道围栏，其中多半是钢一般坚硬的木桩与横杆，其他的是那种被称为“弗吉尼亚”的围栏或蛇形围栏，有 10 道或 12 道，在整个狩猎场地上，其高度不及 1.2 米。最高的围栏为 1.54 米，另外 2 道围栏为 1.25 米，几乎是平均为 1.37 米的围栏的三分之一，此外还有一些令人生畏、相当棘手的双重围栏。当猎犬被放出去时，大约有 40 个骑手在场，可是第一道围栏便制造了很大麻烦，让所有不想真正吃苦耐劳地艰苦行进的人却步。26 匹马跃了过去，其中一匹马上还骑着一位女士。大约在 1.6 公里或更远处，还没有等到更多的尾随机会，我们便来到一道由 5 根横杆组成的栅栏前面，这里没有一条道路——得跳过 1.37 米。当然，我们以小跑或慢步跑一一跳过了这个高度，二十五匹马都成功地连续跃了过去，只有一匹马出了错，那归咎于步伐过于猛烈，再加上木材的平均高度（尽管没有哪一道围栏给人的比例非常显著），很多人从马上掉了下去，导致了众多意外事件发生：主人的一只膝盖部分脱臼，另一个人摔断了两根肋骨，还有一个人就是笔者——摔断了手臂。然而，几乎所有人都设法努力坚持到了最后，及时看见了猎犬杀戮猎物的精彩场面。

这一次，我把自己摔断手臂归咎于我的马——这匹庄重的马本来是从一辆双轮单座轻马车上取下来的，尽管它对跨越围栏十分擅长，可是在与其他和它竞争的血统优良的马并驾齐驱时，它却表现粗俗。但它的步伐如此从容，如此安闲，只要控制马嚼子，便可驾驭它一路前行，因此骑着它一路追踪到底十分容易。我在这匹马上经历了种种冒险：我曾经试过一对所谓“安全”的马镫，可是它们很快就掉了，我不得不骑着没有马镫的马前行，结果数次翻倒。我曾经拥有的最好的马，是一匹叫做萨加莫尔的栗色马。它来自格内西奥，其行动迅速，跳跃能力十分出色，还具有极强的耐力，它迈出的脚步如同猫一样迅疾，还拥有一颗无畏的心。它从来没有把我摔下来过，通常载着我跑完全程。

因为偶尔发生的意外事故便认为这项运动尤其危险，是非常不公平的。一个喜欢骑马的人，可是又为自己的安全、家庭或生意而对自己的脖子和四肢赋予了重大价值的人，如果骑一匹安静老实的马——安全跳跃围栏的马，那么便可以十分安全地狩猎，且并不试图冲在前列。大多数事故往往发生在那些骑在没有经验或野性未泯的马上的人身上，要不然就发生在那些不断策动坐骑冲在最前列的人身上。从一匹成熟的马上摔下来，始终是一件令人极其不愉快的事情。大多数摔倒对骑手和马本身都没有什么伤害，他们站起来抖掉灰尘之后，又一如既往地前行。当然，一个希望名列前茅的人必须要料想到前路上会有那么几次翻倒，可是即使他可能完全不会受伤，他在任何可能的时候都能通过放松自己的坐骑来避免很多灾难，即通过在可能的时候始终利用突破口，行进在每道围栏的最低的横杆之处，除非万不得已，决不要苛求自己的坐骑。一定要记住，骑马旅行是非常艰苦，也是非常艰难的事情，即使是优秀的骑手，也得时时全身心投入。

在荒野中骑马，并不是一项不容易掌握的技艺，只要想要学习的人有些才能或具有一颗相当坚定、勇敢的心，就总是容易掌握的，因为天生胆怯的人不适合出现在狩猎场上。一个真正完美的乡间骑手，一个把手与座位、心与头脑结合起来的人，当然很罕见。对于我们大多数人来说，那个标准太高，因此觉得无法达到。可是要学会心灵手巧和稳稳当当地坐在马鞍上却相对容易，当一个人一旦学会了这些基本技艺，他就会发现，骑在一匹训练有素的马上追随猎犬并非特别困难。

如果惊起狐狸，优秀的猎犬会迅速赶上去

猎狐是一项伟大的运动，可是要迷信它，却跟谴责它一样愚蠢。捕猎狐狸仅仅是因为没有人们可以追猎的更大的猎物了。只要狼、鹿或羚羊还留在这片土地上，留在猎犬和骑手可以狩猎的乡间，就没有人想要去追踪狐狸。狐狸受到追猎，是因为更大的猎物已经被斩尽杀绝了。在英国，这种情况在两个世纪之内就变得像现在这样明显。当牡鹿和野猪还常见的时候，没有人去追猎狐狸。现在，在埃克斯穆尔高地（Exmoor）上，依然还能发现野生牡鹿，作为猎物，它的排名位于狐狸之前，但那真的不是合适的狩猎，这就是猎狐的意义。那是骑术、驰骋和跳跃，以及去野外。然而，那些作为猎狐者而度过一生的人，自然而然就以迷信的崇拜关心起追猎这种猎物以及目标，他们几乎把神秘的特征赋予了这种动物。

例如，我知道我在弗吉尼亚的一些好朋友，他们笃信弗吉尼

亚红狐是一种速度和耐力都相当出众的野兽，这些能力不亚于其狡猾，这种观点当然是错误的。与羚羊甚至鹿相比，狐狸的速度和耐力并没有那么高。在野外的开阔地，一群优秀的猎犬如果惊起附近的狐狸，它们就会迅速赶上它。在有些例子中，猎狐的过程持续很久的原因是狩猎场地地面的自然特征对狐狸有利，让它们容易对付猎犬，也因为狐狸在一开始就处于优势，还因为它转而应付发生的一切和它的追逐者的那种狡猾性质，这些都表露在它的优势中。

同样，我知道很多英国朋友，他们说起猎狐时兴奋得往往屏住气息，可是却轻视利用人工臭迹追踪猎物的练习。当然，这两种运动各有不同，在一个例子中，狩猎野兽的娱乐实际上更多地抵消了在另一个例子中骑马常常更艰难、跳跃得更高的事实，可是这两项运动真的是人造的，本质上相似。对于任何在荒野乡间狩猎过大猎物的人来说，强调两者之间的差异似乎显得有点儿荒诞，实际上是城里人的腔调。对于那人造的两项运动,这当然不算什么，在长久文明化的国家里，从长曲棍球到冰上驶帆，所有运动都是如此。

有趣的是，看见每个人何等赞扬他付出代价来习惯了这种运动，这多么自然。例如，老式的法国冒险家带着猎犬追逐熊、牡鹿和野兔，他们总是轻视追逐狐狸；相反，一般的英国人不仅断言而且还笃信，追逐任何其他猎物都无法与追猎狐狸相媲美，尽管事实上英国人比欧洲大陆的冒险家出众的要点——即在连续努力地骑马和跳跃中——就是利用人工臭迹来追踪猎物，这是他们更多地采用的恰当的猎狐方式。在纯粹的狩猎活动中，欧洲大陆的冒险家通常是非常卓越的。

我曾经在密苏里河那边遇见过一个流亡的德国男爵，在边境地区的荒野生活中，这个不幸的人一点儿也不成功。他住在一间肮脏邋遢的小棚屋中，那里面几乎没有什么家具，却到处镶嵌着欧洲雄獐（European roebuck）的小小头角。这些头角是他流亡而来时随身携带的仅有的财富，提醒他的前半生的生活，他总是孜孜不倦地描述当年他豢养的小小腊肠犬把雄獐驱赶出来时他开枪射击的情景。他的驻地周围到处都有鹿和羚羊出没，为猎人提供了射击的的大好机会，可是这个流亡者对它们毫不在意，因为它们不是雄獐，他不能用他的那些可爱的腊肠犬来狩猎这些猎物。在我的饲养牛群的乡间邻居中，还有一个来自法国的绅士，这位非常成功的牧场主是一个十分善良的好人，他毫不关心狩猎大型猎物，也不会去追逐它们，却一心热衷于在雪地里捕猎棉尾兔，这种娱乐性消遣是对他的故乡——法国所广泛开展的一项狩猎运动的回忆吧。

然而,我们自己的人民恰好也有相似的例子。我遇见过很多人，他们习惯于使用小口径步枪在南方森林中射猎野火鸡和鹿，当他们来到平原上或落基山中，他们的狩猎方式便毫无用处了——他们不仅缺乏克服令人疲倦的长途奔袭、娴熟地使用大口径步枪远程射杀大型猎物的技艺，而且还十分厌恶这种运动方式，绝对不承认这种狩猎方式能比得上他们在东部森林中秘密地潜行狩猎的方式。因此我认识许多这样的人，他们是霰弹猎枪的专家，公正地说，他们更喜欢在东部带着塞特犬和指示犬去射猎鹌鹑，而并不喜欢更艰难、更果敢的荒野运动。

美国牛仔与欧洲和澳大利亚同行各显神通

有什么样的狩猎，就有什么样的骑术。牛仔除了自己的骑马方法之外，嘲笑其他的任何骑马方法，这深奥得也无知得就像学校骑手、职业赛马骑师或者猎狐人所持有的那种轻蔑观点。事实上，这些人当中的每种人都是自己那个领域的佼佼者，在被迫进入其他领域时，则处于不利状况。至于全面的骑术和马术，我认为西点军校的毕业生在某种程度上超越了上述的所有人。然而，牛仔作为一个阶层，与其他无数阶层相比，而不是与一些例外的阶层相比，他们就像落基山的马车夫一样，对自己的工作来说，并没有什么出众之处。他们是优秀的人——这些具有钢铁般勇气的车夫和驯马人。

当骑术特技演员布法罗·比尔带着他手下的牛仔去欧洲时，他们在英国、法国、德国和意大利做了一些实践：以他们自己的骑马方式，在给予他们的任何马上大显身手，表演摔骑技艺。他们一路穿越了不同国家，频频被给予骑兵部队中的烈马——欧洲军队中训练有素的驯马师也拿这些烈马束手无策。然而在大多数例子中，布法罗·比尔的手下、善于驯服烈马的牛仔们就像驯服自己的西部马匹一样，很容易就把那些暴烈的家伙给控制住了。在那些文明国家中的同行的驯马技艺，根本无法跟他们自己控制和驾驭烈马的技艺相媲美，可是我十分怀疑的是，如果他们尝试各种与他们过去的经验截然不同的马术，比如进行障碍赛及驾驭精神饱满的纯种马等，那么他们反过来会不会败北呢？其他均等的事情（然而并不均等），一匹吃燕麦的糟糕的大马呈现出来的困难问题，往往要大于一匹吃草的糟糕的小马。

在布法罗·比尔的手下回到美国之后，我偶尔听说他们在英国尝试过骑马越野，让自己施展出了优秀的骑术，比英国的猎狐人干得更漂亮，可是恕我难以置信。那时我正在英国，我本人偶尔也与许多一直出现在最著名的狩猎活动中的人一起狩猎；布法罗·比尔及其手下进行的骑术和驯马表演也给那些人留下了深刻的印象，他们常常谈到那些牛仔，然而在那时，我从未听说其中的任何一个牛仔骑马跟随猎犬并大获成功的例子[①]。同样，我有时在纽约或伦敦听说去了西部的人们证明自己的骑术比那里驯养野马的牛仔还好，就像我听说相似的人们能在落基山中或大平原上射猎的斩获物比西部猎人还多；可是在我漫长的西部经验的过程中，我还没有看见过任何这样的人，无论是来自东部那些州还是来自欧洲的人，实际上都没有显示出这样的过人之处，或展露这样的技艺。

把澳大利亚牛仔的表现与我们自己的牛仔的表现相比较，就放养牛群和骑马两者进行比较，会是一件非常有趣的事情。澳大利亚人使用一种完全不同的马鞍，根本不知道使用绳索。我得知，西部著名的神枪手卡弗在两年前把一些美国牛仔带到了澳大利亚，让他们大显身手，很多澳大利亚人在观看了美国牛仔如何使用绳索之后，自己也开始练习起使用绳索来。我写信给一位澳大利亚绅士——墨尔本的 A·J·塞奇（A. J. Sage）先生，询问他如何比较马鞍和骑马风格，他的回复如下：

“至于驾驭烈马所使用的马鞍，究竟是你们的好还是我们的好，在这里还是一个有待讨论的问题。卡弗的牛仔骑马时使用自己的马鞍，而我们的维多利亚人也使用自己的马鞍，都骑在澳大利亚的烈马上，荣誉似乎很容易获得。两者的骑马方式都优秀，可是马匹并非我应该称为真正优良的烈马的那种马，例如你可以在大牧场上驾驭，那样，牛仔们在表演中就不会摔下来。只是回到灌木丛中，你才会真正摔下来。我常常看见一匹烈马把骑手与马鞍都摔了下来。”

以下是我在西部亲眼看见牛仔表演的一门技艺。我猜想，因为美国驯马人和澳大利亚驯马人自己的工作，就是他们很可能非常卓越。

有一年春天，我在正值狩猎季节的时候不得不离开东部，到达科他西部的养牛乡间去参加一场围捕，比较牛仔们和骑马越野的人的骑术，令人十分好奇。一具马鞍重达 10 多公斤，而不是几公斤，需要东部采用一种完全不同的骑姿。一个牛仔骑马时，他的坐骑上配有很长的马镫，稳稳地分叉坐在前鞍与后鞍之间，依赖于平衡，也依赖于他双腿的控制。在从一群牛中劫走一头阉割过的肉牛，阻止一匹恶意的野马，阻止数百头惊跑的牛马畜群，或者在表演一百种其他勇敢而大胆的马术技艺时，牛仔绝对无与伦比；当牛仔拥有自己的马具时，他就显露出半人半马的怪物的从容来骑坐他的马。然而当他第一次骑坐在东部的小马鞍上时，就相当没有控制能力了。

有一年夏天，在依阿华州追逐牛群的时候，我们的一个牧场牛仔不得不在马背上骑着一个普通马鞍到镇子外面去，看见一群阉割过的肉牛。他也许是牧场上的最佳骑手，会毫不犹豫地骑上马去控制那些阉割过的肉牛，我怀疑这就连我们东部的围捕中最大胆的骑手是否也会小心谨慎地应付。然而他骑在新马鞍上表演出来的那种不安相当滑稽好笑。起初，他不敢小跑，那匹马最轻微的下跳也好像完全会把他摔下来似的，直到这次旅程接近尾声，他才开始习惯这种情形。实际上，两种骑术非常不同，因此一个人只能习惯其中的一种，鱼和熊掌不可兼得，当他初次尝试另一种骑术时，他完全会坐立不安，仿佛他以前从未骑过马一般。看见一个人只熟悉其中一种骑术，但又自以为自己掌握的那种骑术就是唯一值得去了解的，让这种人接触另一种骑术时，他的表现便相当好笑了。有两三次，我知道有些人试图骑在西部马鞍上去跟随猎犬，可是那种马鞍完全不适用于这种活动；当看见一些来自东部或者英国的年轻人自认为十分了解由野蛮人训练过的马匹，他们也试图以自己那种普通骑术和捕捉索具来干牛仔的工作时，就更为可笑了。然而，必须要说的是，牛仔们完全可能更为迅速地牢牢掌握骑马越野的技艺，而普通的越野骑手要学会牛仔们展现的那种纵横驰骋的特殊方式的骑术，则要慢得多——毕竟牛仔们一生都在西部大平原上守护漫游的畜群。

当然，骑马跟随猎犬像所有在定居已久、居民密集的乡间开展的运动一样，没能在其追随者中必要地展现出某些艰苦卓绝的性质来，缺乏在山峦和森林中的那种更野性的追猎的插曲。当我还在边界时，我震惊于这样一个事实：从东部那些州或从英国来的人大显身手，证明了自己是骑马跟随猎的优秀骑手，或者作为大学运动员而创造了自己的纪录，在荒野生活中失败的人们的比例，要大于那些进行艰难的消遣娱乐的人们的比例——比如攀登高高的阿尔卑斯山，冬季在加拿大狩猎驯鹿或者在苏格兰围捕鹿，而不是驱赶鹿。

尽管如此，在文明国家的所有运动中，如果正常开展骑马跟随猎犬这一运动，它也许是最佳运动，因为它具有强烈的刺激效果，尽可能简单，不仅是作为一项时尚娱乐。它形成的道德品质往往不亚于锻炼身体的品质——骑手需要勇气和头脑，必须拥有胆量，行事果断，还必须进行大量的身体训练，需要一些持久的韧劲儿和耐力。

---

①然而，很可能是布法罗·比尔的表演公司数次漂洋过海，一些牛仔通过实践精通了骑马跟随猎犬和障碍赛。

第 8 章　狼与猎狼犬

Wolves and Wolf-Hounds

灰狼——与丛林狼相比——灰狼的皮毛颜色的变化——狼群在以前大批出没——灰狼的急剧减少之谜——密切联系的灰狼之间难以解释的习性差异——灰狼的身体大小——灰狼捕食的猎物——灰狼攻击牧场饲养的牛马、狐狸、狗，甚至还攻击丛林狼——灰狼把鹿和羚羊追得精疲力尽——丛林狼捕捉长腿大野兔——营地周围的狼群——一次射杀灰狼的经历——携带猎犬猎狼——大多数猎犬无法与灰狼抗衡——灰狼屠杀一群猎犬——携带灵缇猎狼——山麓间的一次猎狼经历——灰狼受惊逃窜——猎犬紧追不舍——灰狼与猎犬相互撕咬——两只灰狼的覆灭——本顿堡培育的灵缇——其他猎犬群——太阳河的猎犬——猎犬大显身手施展的技艺——威廉斯上校的猎犬

大型森林狼和小型丛林狼出没于山地及平原

狼是一种主要猎食性动物，生活在荒野的野兽。它依然稀疏地分布在美国各地所有更偏僻的荒野地区，但随着文明化的进程，这种动物在各处都已经大为减少，其踪影已鲜见。

狼的颜色、尺寸、身体构成和性情都变化多端，相差甚远。然而，狼的几乎所有变种都承先启后，因此人们很难在任何两种狼之间划出泾渭分明的界线。尽管如此，密西西比河以西有两种截然不同的狼：一种是严格意义上的狼，或者大型狼，它们十分类似于东部那些州里的狼;另一种则是小型的丛林狼，或者叫草原狼。从格兰德河到上密苏里河谷和上哥伦比亚河谷，在几乎所有更为偏僻的荒野地区,丛林狼和大型狼同时出没。在这片辽阔的土地上，任何特定地区的丛林狼和大型狼总是有一条鲜明的分界线；可是在有些地区，大型狼的身体却比它们在其他地区的兄弟们要大得多。例如，在上哥伦比亚河的荒野上，它们的体形就很硕大；在格兰德河沿岸地区，它们的体形则要小一些。哈特·梅里亚姆（Hart Merriam）博士告诉我说，根据他的经验，在加利福尼亚南部，丛林狼的体形最大。在很多方面，丛林狼的习性与它那体形较大的亲戚完全不同，其原因之一就是它更为忍耐人类生活的环境。在某些地区，在人类定居点周围，甚至在大型城镇近郊，丛林狼数量众多，甚至超过了它们自己在令人生畏的偏僻的荒凉处所的数量——它们那可怕的大哥就在那些地方出没。

大型狼的颜色与丛林狼相去甚远。我见过白色、黑色、红色、黄色、棕色、灰色和部分灰色的狼皮，还有介于其间的各种其他色调，尽管每个地区通常都有它自己的主要色调，但始终还是有差异。部分灰色、灰色和棕色常常正是丛林狼的外衣。不同地区，甚至在同一地区的狼中间，其尺寸差异也非常显著，足够奇怪的是，在一些例子中，两只狼的身体大小相仿，但它们的牙齿尺寸的差异却相去甚远。我见过得克萨斯州和新墨西哥州的狼，它们较一般的小，这些家伙的獠牙也要小一些，根本无法与它们种族中生活在西北部和大北方森林茂密的群山中的那些獠牙长长的大家伙相提并论。丛林狼的牙齿比起灰狼的牙齿来通常相对要小一些。

原来在这个国家的某些地区，狼群大量出没，其数量多得令人难以置信，尤其是在大平原上，它们以野牛狼著称，有规律地伴随着巨大的野牛群而行动。在过去的日子里，每个旅行者和猎人都知道，它们是大平原上最常见的动物，为了在营地中寻找残羹剩饭，它们竟然敢于尾随猎队和移民队伍。然而，现在它们在各地真的并不那么丰富了——捕狼者或职业猎狼人为了谋取它们的皮毛而毒杀它们，牧牛人也因为它们攻击畜群而同样对它们进行毒杀，这成了它们在平原上遭到大批猎杀的主要原因。

在 19 世纪 70 年代，甚至在 80 年代，在蒙大拿州、怀俄明州北部和达科他州西部，捕狼者总共猎杀了好几万只狼。如今，那些在平原上幸存下来的狼学会了小心谨慎，警惕性极高，正午时分不再出来四处漫游，也很少尾随猎人和旅行者的脚步去寻觅食物了。在平原上，它们不是像以往那样十分常见，而是已经难觅踪迹了。如今，一个猎人可能花好几个月穿过平原，到处漫游、搜寻，尽管很可能会看见许多丛林狼，却也看不见一只狼。然而，狼的数量继续减少，减少的速度并不是稳定下降的，而是阵发性的。而且狼不时改变自己的居所，在它们以前长期稀少的地方如今却成群出现。在眼下这个冬天，我的牧场附近地区，狼的数量比 10 年来的数量更为丰富，这些家伙屡动杀机，猎杀了不少我放养的牛和马驹，造成了不小的损失。牛仔们通常对它们进行报复，一次次发动剿灭战，一些狼遭到毒杀，一些狼则因为自己的贪婪而送了性命——当它们在一匹马驹或牛犊的尸体上大快朵颐的时候，牛仔们趁机奇袭了它们，骑在快马上轻而易举地赶上前去，结果这些家伙逃之不及，被绳索套住，活活拖死。

然而，即使在某些地区人们对狼进行屠杀，似乎也未能正确地解释遍及美国全国荒野中的狼稀少或灭绝的原因。在大部分地区，与其他大型猛兽相比，它们已经不再是令猎人们热切追逐的猎物了，而且即使追逐也屡屡无功而返。在所有动物中，狼是最为畏缩不前的，也最难以猎杀。要伏击它，几乎或者完全像伏击山狮一样困难，而用猎犬、陷阱或毒药去猎杀它，要困难得多；然而，它极少像那种大猫那样保持着自己的地位，也没有开始像熊那样保持着自己的地位，这是一种从来就不容易轻易遭到猎杀的野兽，也是一次仅生产极少数幼崽的野兽。在整个东部，黑熊在很多地区很常见，而狼则完全消失了。目前它们的数量十分有限，仅存于缅因州北部和阿迪朗达克斯山中，在宾夕法尼亚州几乎或者完全灭绝了，从西弗吉尼亚州到田纳西州东部地区到处漫游，在佛罗里达州还能发现它的踪影。

可是，不管在什么地方，狼的数量都要比熊少。狼的灭绝很可能应该归咎于狼群中产生了某种疾病，也许是狂犬病，现在人们知道，它们并非遭受这种可怕的疾病的肆虐。也许熊的冬眠对自己有帮助，它们通过冬眠让自己在冬天摆脱了疾病入侵的危险，可是这并不能成为完善的解释，因为在南方，熊并不冬眠，然而却保持着自己的地位，在北方也一样。更让人好奇的是，在美国，狼消失得要比熊快，而欧洲大陆上的情况则恰好相反，那里的熊很快被斩尽杀绝了。

那只狼咬断了马的脚筋，让它不能动弹

实际上，人们确实无法说明密切相关的动物之间的这种差异。像美国的熊和狼与欧洲的熊和狼那样，如此密切的同类动物之间存在很多性情差异，是因为它们所处的环境和它们通过很多代遗传下来的本能所造成的，可是对于很多变化却不可能提供任何解释。当同样的条件似乎以完全相反的方式发生在不同的动物中，也有某些十分难以解释的身体差异。没有人能够解释这样的自然选择过程：美国水獭（otter）大于欧洲水獭，而美国的獾（badger）却要小于欧洲的獾；美国的水貂（mink）要比斯堪的纳维亚和俄罗斯的水貂强壮得多，而美国的紫貂（sable）或松貂（pine marten）却不及那边的同类动物。没有人能说明，为什么欧洲的马鹿与它的美国兄弟——麋鹿相比会矮小；欧洲的麋鹿的平均体形会比几乎无法辨认的驼鹿要小；为什么立陶宛和高加索的野牛总体上比它的美国表亲体形要大，而且更可怕。同样，没有人能够辨别为什么在相似的条件下，一些猎物，比如白山羊和披肩榛鸡（spruce grouse），会比其他有密切联系的同类动物更为温驯。没有人能够说明为什么斯堪的纳维亚和俄罗斯北部的狼会比落基山脉的普通的狼身体更大、更危险，而同时，相比之下，相同地区的熊之间的情况又肯定颠倒了过来。

在我们国家不同地区的狼中间，甚至也存在着差异，而且还十分显著。美国的狼总体上比欧洲的狼更为虚弱，也不及欧洲狼凶猛，

这也许是真的，可是在某些地区这当然不是真实情况。栖息在落基山中部和北部山脉以及海岸山脉的大型森林狼，无论在哪方面都非常厉害，令人生畏，比起平原上的野牛狼来，有过之而无不及，尽管它们逐渐合二为一，但生活在上述山脉中的狼却体形硕大、性情凶猛。我亲眼所见的蒙大拿州西北部和华盛顿州的狼皮及狼颅骨都相当大，具有强劲的爪子和牙齿，与俄罗斯和斯堪的纳维亚的狼皮及狼颅骨毫无二致，我相信，无论在哪方面，这些体形硕大的森林狼都像它们的欧洲亲戚一样可怕，令人生畏。然而，它们生活在与一大群手持猎枪的边界猎人发生接触之处，这些猎人与欧洲农民和亚洲部落成员大相径庭，即使在饥饿不堪的时候，我们的狼也对人类怀有一种审慎的畏惧感。然而，一个手无寸铁的人，隆冬时在森林里独自行走，途中遇见一群数量可观、贪婪成性的狼，他是否能安全脱身，我对此持怀疑态度。

在特别异常的例子中，落基山北部的一只成年狼的身高达到 0.81 米，体重达到 59 公斤；上密苏里地区的一只大型野牛狼身高为 0.76-0.78 米，体重约为 50 公斤。一只得克萨斯狼可能还没有超过 36 公斤。母狼身体要小一些，而且甚至在密切联系的邻近地区的狼中间，也通常有巨大的变化。

南方平原上的狼，即使在最为丰富、到处出没的日子里，它们对大型动物通常并不那么可怕，很少攻击猎人的马匹，实际上这些经验老到的家养动物几乎根本不注意它们。它们更有可能咬断系马的索套，而不是试图去骚扰马匹本身。它们更喜欢捕猎老弱病残的动物，很少去骚扰成年的家养母牛或阉割过的肉牛，也不那么骚扰半大的野牛，而且如果它们要攻击这样一头动物，也仅仅仗着群体的数量占优势才敢于如此大胆。在上密苏里地区和萨斯喀切温地区，狼以前和现在都是更危险的动物，而在落基山北部，它的勇气和凶猛达到了顶峰。在我自己的牧场附近，狼屡屡袭击家畜，突入牛群大开杀戒，可是它们实施屠杀的念头似乎很奇怪。它们通常仅仅捕猎牛犊和生病的牛，可是我听说一只狼在隆冬单独发动攻击，杀戮了一头长得相当大的阉割过的肉牛或母牛，其捕猎的方式为：迅速咬断猎物的大腿后部或腰窝，使之丧失反抗能力。我极少听说它咬住猎物的喉咙。

马驹同样是狼所喜爱的猎物，但在我们这里，狼很少攻击成年的马。狼在袭击中有时非常胆大妄为，即使在牧场房舍周围，它们也敢于对牲口发起进攻。它们甚至敢于在夜里冒险潜入梅多拉（Medora）小村——这正如丛林狼在白天所干的勾当一样。在1892年春天，我们从东部购进了一些两岁的阉割过的肉牛，尽管当时已经是5月初，但还下了一场暴风雪，它们到达了，并且从畜群围栏里面挣脱出来。第二天早晨，我们发现一头阉割过的肉牛被狼抓住，惨遭屠杀，在畜群围栏栅门前，其尸体被一只大型狼吞食了一部分，很可能那家伙看见猎物在夜幕降临后站在畜群围栏附近，经历长途跋涉之后，在暴风雪中身处不熟悉的环境，有点儿萎靡不振，因此才瞅准机会，在离镇子如此之近的地方壮起胆子发动进攻，显然，猎物的无助也刺激了它进行攻击的情绪。

落基山北部的大型森林狼攻击每一种在它们栖身之处所能发现的四足动物。它们的胃口远远不满足于捕猎鹿，攫取农场上放养的猪和羊，当天气寒冷、食物匮乏时，它们便聚集成一小群，每个狼群也许有五六只狼，在饥寒交迫时攻击一切动物，甚至还攻击熊和豹子。一头处于警戒状态的雄麋鹿或雄驼鹿，会奋起反抗，进行最危险的搏斗，可是一只孤狼往往会制服雌麋鹿或雌驼鹿，以及牧场上饲养的牛马。然而，在攻击这样的大型动物时，狼喜欢协同作战，一只狼跃向猎物头部，吸引其注意力，另一只狼则趁虚而入，咬断猎物的脚筋，使其丧失行动能力。尽管如此，一只这样大的狼会猎杀一匹普通的马。

我认识一个人，他以前从事把货物运进爱达荷州的科达伦(Coeur d'Alenes)，他曾经目击到一只狼显示出来的这样一种技艺。当时他正赶着驮队下行到一道山谷中，他看见一匹马在那里吃草，这匹马属于另一支驮队，因为长途跋涉，它疲惫不堪，于是主人就解开它的缰绳，让它在那里休息。因为山道弯来拐去，那匹马暂时消失在他的视线之外，可是就在他没有看见那匹马的时候，他突然听见它从不远处传来尖厉的嘶鸣声，那声音与平常的马嘶声完全不同，十分骇人，令人震惊不已，比其他任何声音都要可怕，马匹只有在极度恐惧或极度痛苦时才会发出这种声音来。那尖叫声不断响起，当他再次看见那匹马时，只见一只大型狼已经对它进行了攻击：那可怜的马的腰腿部被狼恶狠狠地咬伤，它艰难地支撑受伤的腰腿畏缩地后退，同时那只狼伫立在几步开外看着它。片刻之后，那匹马开始恢复了过来，于是拼死向前一跃，全速驰骋起来。那只狼岂肯让到嘴的猎物逃走，于是撒腿便追，三四次跳跃就追上了狂奔的马，然后展开四肢，死死咬住马的跗骨不放，如此凶猛，好像要把它给拽回来。那匹马再次可怜地尖叫起来，这一次，那只狼几下就猛然咬断了马的脚筋，使它不能动弹，还咬穿了马的腹部，让一部分内脏流了出来，马倒了下去，再也没有试图自卫的能力。我听说这种事件发生过不只一次。

然而，如果一匹马是优秀的斗士，尽管通常并不那么勇敢，却也偶尔大发神威，任何猛兽都更难捕猎它，一些经验老到的马对任何狼都毫不畏惧，它们熟知可以利用自己的武器——要么用前蹄踢倒敌人，要么用后腿鞭挞敌人，将其击退。

夜幕降临后，三四只狼来到营地附近

狼是狡猾的野兽，它们经常会尝试通过在周围嬉戏和雀跃，哄骗它们的猎物不产生怀疑，从而隐瞒自己的险恶用心。我曾经在定居者的棚屋附近看见一头幼鹿和一只幼狼，结果它们双双被定居者拿获。那只幼狼刚刚长到开始显露出凶残和嗜血本性的时候，显示出要攻击那幼鹿的预兆来。就在这一次它放纵自己奔向那头幼鹿，可是又转身，开始用前爪击打那幼鹿，表面上是在玩耍嬉戏，可实际上包藏着狼子野心，它还在那里当着幼鹿的面儿就地打滚，其行为与一只玩耍的小狗毫无二致，于是那幼鹿便没有介意，很快转身离开了，就在那时，那只幼狼毛发竖起，紧跟在后面匍匐爬行，突然一跃而起，狠狠咬住了幼鹿的腰腿部，如果不是旁人干预，后果不堪设想——它无疑已经谋杀了那头凄惨地叫着挣扎的幼鹿。

在没有家畜的地方，狼几乎以任何猎物为食，从耗子到麋鹿，无不成为它的腹中餐。狼还是狐狸的可怕之敌，在公平的追逐中，狼可以轻而易举赶上狐狸，施以猎杀。然而，如果狐狸逃进灌木丛，它就可以四处躲避狼的追逐，比狼要迅速，以此逃脱狼的追捕。有时一只狼会试图把狐狸赶出藏身之所，而另一只狼则在外面埋伏以待，等待狐狸自投罗网。狼甚至还会猎杀比跟狐狸关系更亲近的同族动物——丛林狼。尽管在一年中的大多数时间，这两种动物井水不犯河水，完全和谐地共处，但是当饥饿不堪的时候，狼有时无疑会被迫去捕捉丛林狼，将它撕碎后吞而食之。有一次，当我在外面的积雪中旅行时，我曾经偶然撞见了一只被狼这样猎杀的丛林狼。

狼还非常喜欢狗肉，如果有机会，而且能够将狗制服的话，它们会迅速猎杀并吞食一只狗——它们不能制服的狗寥寥无几。尽管如此，有人告诉过我一个例子，讲的是一只狼偶然与一只迷途的狗建立了异乎寻常的友谊，有好几个月，两者都生活在一起，并外出狩猎觅食，那个地区的定居者频频看见它们的身影。这件事发生在蒙大拿州的汤普森瀑布附近。

人们通常发现狼要么独来独往，要么成双成对，要么以家庭为单位聚集在一起，每只狼都有一大片巡逻区域，在这片土地上进行日常狩猎，还不时转移它的狩猎场地，实施长途跋涉，在某个新的地区建立起临时居所——因为它们总是了不起的漫游者。仅仅是在严酷的天气压力之下，它们才会聚集成群。它们更喜欢蹑手蹑脚地爬行，突然跃起，扑向猎物，可是，它们并不像山狮那样在追逐中捕猎到猎物，尽管也在可能的追逐中赶上猎物。它们那种放松的、不倦的奔驰使它们常常能够赶上鹿、羚羊或其他猎物，尽管猎物在有利的情况下，尤其是在湖泊附近，总是能逃脱它们的追逐。我不知道狼是否狡猾地奔跑,可是我认为它们肯定会那样,因为丛林狼当然也那样干。一只丛林狼无法赶上长腿大野兔，可是两三只丛林狼协同作战，通常可以捕捉到那种野兔。

我曾经看见三只丛林狼惊起了一只大野兔，那家伙立即仓皇逃窜，可是丛林狼哪里肯让到嘴的肥肉溜掉，于是便穷追不舍，很快那大野兔稍稍转弯，奔跑中靠近了外面那只丛林狼，一看见那呲牙咧嘴的家伙便恐惧不已，于是朝右转，却又几乎撞上了另一只一直向前追逐它的丛林狼，这样的情况发生了好几次，然后那被弄得糊涂了的大野兔躺在一丛鼠尾草下面，成了丛林狼的牺牲品。

我也见过两只丛林狼试图捕猎一只新生的幼羚羊：一只丛林狼发起佯攻，引诱母羚羊朝自己冲过来，同时另一只丛林狼则迂回行动，捕捉幼羚羊。母羚羊虽然总是带着这些英勇的小公羚羊而奋起搏斗，把袭击者逼到角落里，然而我认为，如果我不进行干预，它们最后很难成功地击退丛林狼。在袭击定居者的家畜棚中的羊和鸡时，丛林狼胆大妄为，而且狡猾多端，它们的胃口还对温驯的家猫有特别的嗜好，如果附近地区有丛林狼，一只养成了离家去漫游的习惯的猫无疑会一去不返。

尽管我从来没听说过狼攻击人的事情，然而在遥远的西北部更荒凉的地区，我听说它们非常接近人类的营地，如此野蛮地嚎叫，迫使人们不敢孤身离开营火，也不敢不带武器就贸然进入外面的黑暗。我曾经在秋天来到一条相当宽的溪流边上，在一个孤零零的小湖附近扎营。夜幕降临后不久，三四只狼来到我的营地周围，发出阴沉险恶的嚎叫，让我彻夜不能入眠。有三四次，它们潜进到离营火如此近之处，以至于我都能听见它们咬动双腭的声音和咆哮了，有一次我还肯定地认为它们试图冲进营地里面来——它们受到鲜肉气味的诱惑，变得如此躁动不安。过了一会儿，它们停止了嚎叫，随后沉默了大约一小时。我熄灭营火，转身上床休息，就在那时，我突然听见某只体形相当大的动物来到几乎正对着我的溪流边，一纵身跳进水里，开始越过溪流，起初是涉渡，然后是游动。当时漆黑一片，我几乎无法看见什么，可是我的直觉告诉我那肯定是一只狼。然而，在越过溪流的中途，它改变了主意，又折身游回对岸。那之后，我再也没看见这些夜间掠夺者的任何身影，也没听见它们的任何响动了。

有五六次，我在平原上或我的牧场上对着入侵的狼开枪射击，那是因为我总是意外撞见它们，我得抱歉地说，我总是没能击中，让它们溜之大吉。当我看见狼的时候，它们经常全速逃往藏身之处，要不然就是它们离我很远，尽管它们没有移动，但我的子弹无法准确地击中，可是有一次我还是用步枪射杀了一只狼，当时我在山中赶着一个驮队旅行，我们前进时发出了很大的声音，我永远不明白为什么一只如此机警的动物会允许我们走近它，可是那只狼却让我们走近了，就在我们来到一条小溪边准备渡过去时，我看见它站在离我不到十米之遥的一根枯木上面，然后慢慢离开，还转过头来注视我们。于是我抬枪射击，一枪便击碎了那家伙的肩头，它一头栽倒在地上。

优秀的灵猩热血沸腾，朝狼猛冲过去

狼是猎人可以携带猎犬成功狩猎的动物之一。然而大多数猎犬根本就不能胜任猎狼这项任务。狼是非常可怕的斗士，它会迅速撕咬、杀死一群猎犬，自己却受伤不重。如果没有经过特殊训练，即使大型猎犬，假设是斗犬，也不能对付凶猛的狼。我听说过有一只狼猛然一口就咬死了一只朝它奔去的牛头犬，还有一只狼闯进了蒙大拿州的一幢牧场房舍院落，连续咬死了两只朝它进攻的大型獒犬。

狼这种野兽行动十分灵巧，性情凶猛，那长牙之腭的可怕猛咬，还有它那总是表现出来的令人称赞的训练，赋予它极好的有利条件去战胜牙齿很小、皮毛光滑的猎犬，即使这些猎犬被认为达到了斗犬的等级，面对凶猛的狼时，也无法取胜。至于现在狗展上的安排，那是自然的，因为没有产生一个有价值的斗犬等级，但为技术要点而给予的奖励与狗的实用性毫无关系。一只获奖的獒犬或牛头犬，仅仅对于它们那个种类完全有用的目的可能几乎没有什么用处。

如果恰当地训练一只獒犬，而且它的体形够大，那么它可能会对付一只年幼的或体形不够大的得克萨斯狼，可是我从未见过这种狗能孤身与一只蒙大拿州西部的大型森林狼单兵作战，如果那样的话，它就非常值得我尊重。两种动物相比之下，即使狗的身体要重一些，但它的牙齿和爪子却要小得多，虚弱得多，它的皮也不够坚韧。实际上,我知道只有一种狗能单独对付并猎杀一只狼，这种狗就是凶猛的大型杂种狗，它的猎杀技艺在我的《一个牧场主的狩猎旅程》（*Hunting Trips of a Ranchman*）一书中有所叙述。

美国陆军的马西将军（General Marcy）告诉我说，他曾经追逐一只脚上被一个小夹子夹住但逃走了的狼。我相信，那件事发生在威斯康星州，他带着二三十只猎犬追击，可是那些猎犬根本没有受过猎狼训练，结果无法阻止那只已经残废了的狼，其中只有极少数猎犬会攻击狼，那些只身朝狼冲去的猎犬显得有些犹豫，结果身手不够敏捷，统统都遭到那只可怕的狼猛咬一口，一路鲜血淋漓，染红了雪地。韦德·汉普顿将军告诉我说，在他的密西西比州 50 年的骑马携带猎犬的狩猎生涯中，他有好几次都试图让他的猎狐犬（南方猎鹿犬）群追踪一只狼，然而他发现这样做很难，他无法驱使他的猎犬群去追踪狼的踪迹，他的狗不那么听使唤。通常，只要猎犬遇上狼就会嚎叫，毛发竖起，然后紧紧夹着尾巴。

可是他的一只猎犬真正试图只身去制服一只狼，却因为自己的鲁莽而断送了性命。在一片甘蔗丛中追逐那只狼时，那家伙转过身来一口将它咬住，然后撕成了碎片。最后，汉普顿将军费了很大的劲儿，才成功地让一些猎犬一路向前追击，它们大声狂吠，不顾一切追踪狼，就那样把狼赶出了密丛，让他抓住机会朝那只狼开枪射击。他以这种方式射杀了两三只狼。

然而，真正的猎狼方式是在大平原上带着猎犬捕猎它们，没有什么比这项运动更令人激动的了。灵猩的血统应该绝对纯正，这并不总是必要的。获奖的血统高贵的狗通常证明自己猎狼时没有什么用途。然而，如果仔细挑选，一个牧场主完全能够得到一群由毛发光滑的灵猩和毛发粗糙的苏格兰猎鹿犬组成的猎犬群，他就可以在这项运动中大显身手、表现优秀了。如果把灵猩与牛头犬稍微杂交，其后代有时就会在猎狼中表现不俗，但这并非必要。

如果能把一只灵猩完全纳入这项运动并且获得信心，然后拥有它奇妙的灵巧，它那强劲的力气和速度，还有它那双腭猛然合上时可怕的撕咬，那么它将会是一个强大的攻击者。当优秀的灵猩热血沸腾时，就会奋不顾身朝着狼或者其他敌人猛冲过去，没有哪种动物能超越它们的勇敢。在这辽阔的世界上，现在没有，以前也从来不曾有过比这样一只猎犬更无畏的完美勇气。南北战争时期，美国陆军少尉 W・B・库欣（Cushing）驾着他那小小的临时鱼雷艇穿过黑夜朝巨大的装甲舰“阿尔贝马尔”号（Albemarle）全速冲去，卡斯特将军冲进蔷薇花蕾山谷，结果与他的人马全部战死，美国海军上将法拉格特（Farragut）稳步前进，经过要塞去迎击他的装甲敌人时，都不能与这样一种无畏的完美勇气相媲美。

那只狼遭到了重创，踉跄地奔跑

我曾经有幸在落基山北部的山麓间亲眼目睹了这样一场令人激动不已的追猎。当时我待在一个友好的牧场主人的房子里，我称他为燕西·斯汤普法官（Judge Yancy Stump）。燕西·斯汤普法官是民主党人，按照他自己的说法，他为民主而战，即他参加过南方军队。他与他最近的邻居——一个可能以普林德尔(Prindle)老人闻名的难以对付的山地农夫，可以说是水火不容、针锋相对。普林德尔老人参加了北方军队，他身上体现出那种共和主义色彩最深，也最强硬。尽管两个人在很多问题上的观点截然不同，互不妥协，然而有一点使两个人走到了一起，那就是他们非常喜欢携带着猎犬狩猎。

法官有三四只寻踪猎犬，四只他称为“敏捷猎犬”的猎犬，其中包括一只纯种母灵缇，这只猎犬由灵缇和猎狐犬杂交而来，其速度和性情都十分奇妙，身体为暗褐色，喜欢吠叫；另外两只也是杂交犬，由灵缇和硬毛苏格兰猎鹿犬杂交而来。普林德尔老人对这个猎犬群的贡献是提供了两只力大无穷、性情凶猛、体形硕大的斑点杂交犬，它们与我在这个国家所见过的任何猎犬都不同，它们的母亲本身就是由一只斗牛獒犬和一只纽芬兰犬杂交而来的，而它们的父亲是属于一个荷兰伯爵的大型猎犬，荷兰伯爵是一个流亡的德国贵族，他飘泊到美国西部，在开矿和养牛双双失败之后，便努力在山麓间权充猎人，以打猎勉强维持生计，后来在一间邋遢的简陋棚屋中郁郁而终。从我得到的描述来看，我认为荷兰伯爵的那只猎犬肯定是一只用来狩猎野猪的大型猎犬或者乌尔姆狼犬。

当我非常期盼看见一场猎狼行动时，法官便自告奋勇组织了一场，并请普林德尔老人予以协助，请他提供他那两只大型斗犬——其名字就叫做“格兰特将军”（美国内战时期的北方将领）和“老阿比”（一只白头鹰，内战时期威斯康星州一支部队的福星），这可让脑筋转不过弯来的法官苦恼不已。它们依然是附近唯一能够对付野蛮的森林狼的猎犬，没有它们的帮助，法官自己拥有的那些情绪高昂的猎犬会面临严重受伤的危险，但总的来说，它们过于勇敢，因此不会轻易让任何猎物不拼死挣扎就逃之夭夭。

老天眷顾我们。幸运的是，当时正好有两只狼猎杀了一头牛犊，并将牺牲品拖进一片长长的灌木丛，密丛中有一口小小的泉水，从各方面的情况来看，那里堪称任何野兽良好的栖身地。一大早，我们就骑马出发前往离此约 5 公里远的那片灌木丛，我们这支狩猎队由法官、普林德尔老人、一个牛仔、我本人和一些猎犬组成。法官和我携带着猎枪，牛仔则带着左轮手枪，可是普林德尔老人只拿了一根沉甸甸的鞭子，因为他很多次提醒人们不应该妨碍他的大狗，因为它们自己肯定“能让狼感到不舒服”。我们的小种马毛发蓬松，以每小时八公里的步伐一路向前小跑，越过草原上沾满露水的草丛。两只大型猎犬跟在它们的主人身后小跑着前进，样子凶猛可怕。寻踪猎犬两只一组拴在一起，美丽的灵猩在马匹旁边大步慢跑着，步态轻盈而优雅。乡间呈现出优美的景色，我们右边约 1.6 公里处，一条平原小河以长长的曲线蜿蜒在镶嵌着三叶杨的两岸之间；在我们左边三四公里处，山麓陡峭而光秃秃地拔地而起，山麓峡谷中长满大片黑松和雪松。我们骑马穿过缓缓起伏的草原，干枯的水道周围的坡底到处点缀着丛丛灌木。

最后我们终于抵达了一道相对较深的山谷，狼就藏身在那里。白天，狼潜伏在深处，如果能应付过去，它们就不会离开自己的藏身之所。由于它们在那里面既有食物又有水，我们就知道这一对狼离开那里的可能性很小。那道山谷有一百八十多米宽、五六百米长，长满了白蜡树、矮小的榆树和雪松，这些树木之间的空间，长满了多刺的下层林丛。我们把一支步枪递给牛仔，让他带着两只灵猩驻守在山谷上端的一边，普林德尔老人带着另外两只猎犬驻守在另一边，我留在山谷下端，以防狼可能从那里突破包围圈，而法官本人则骑马进入我附近的密丛，他放开寻踪猎犬，让它们去侦察狼的踪迹。大型猎犬被分开放进猎犬群，与其他猎犬一起行动。尽管大型猎犬的嗅觉能力很差，可是其他猎犬的吠叫无疑会把它们引向现场，它们的出现给了其他猎犬极大的信心，使它们准备好把狼从密丛中赶出来，如果它们没有大型猎犬的助威而单独前往，就可能畏缩不前。

法官带着猎犬进入密丛之后，大家的期盼停顿了片刻。我们静静地坐在马背上，透过早晨浓烈的新鲜空气热切地观望着。随后一阵喧嚣的吠叫从密丛中传来，法官和猎犬消失在那里面，这说明猎犬发现了猎物的踪迹，正在努力嗅闻、追踪。有几分钟我们都不能确定猎物究竟要朝哪个方向突围。猎犬们穿过灌木丛曲折地向前奔跑，我们可以从它们发出的吠叫来判断它们的行踪，一旦某只猎犬叫起来，其他猎犬立即应和，这表明它们相当接近至少一只狼了，这比它们期待的更近。

然而过了一分钟，狼发现自己处境不妙，便从密丛中逃了出来。我最初注意这个情况是看见站在坐骑旁边的牛仔——他突然举枪便射，同时灵猩高高地跃向空中，显然是被下面的密丛中传来的喧嚷声激怒了，片刻间跑错了路，被砰然的枪声给弄糊涂了。我马上策马赶往牛仔伫立之处，立即瞥见了那两只身上有斑点的灰狼，牛仔射出的枪弹逼迫它们掉头，径直越过平原那边的小丘逃窜，朝将近五公里之外的群山奔去。我一看见它们的时候，跑在最后面的那只狼身体的某个部位被击中，落在后面缓缓而行，鲜血从它的腰窝一路洒下来，而两只灵猩紧追不舍，同时那些寻踪犬和大型猎犬从密丛中突然冲出来，一边沿着血迹向前追击，一边狂野地吠叫。

那只狼遭到了重创，踉跄地奔跑，它领先猎犬 90 来米。不到一分钟，一只灵猩就赶了上去，掠过它时对它狠狠咬了一口，但它自己同时也被狼咬伤了，狼还没有恢复过来，整个猎犬群便一拥而上，对它猛咬。此时那只狼已经虚弱不堪，面对这么多敌人，实在无法进行强有力的还击，它只能对扑上来的猎犬猛咬一两口，便被掀翻在地，完全被猎犬们压制住了。可是，从传来的尖声吠叫来判断，狼还是在奋起反抗，不时猛咬敌人。片刻间，一只过于轻率鲁莽的寻踪犬便退出了战斗，肩头上留下了一道深深的伤口。撕咬、咆哮、吠叫的场面十分可怕，可是一分钟后，那群狂吠不已的猎犬渐渐安静了下来，大多数狗撤退了回来，只剩下一两只狗还在继续撕咬那已经死去的狼——那家伙直挺挺地躺在地上，玻璃般的眼珠僵硬着，皮毛皱得乱七八糟。

两只大型斗犬赶来，冲向那只狼

对于那只狼一命呜呼，我们还没来得及做出反应，法官便迅速表现出了满意，他大声欢呼、诅咒，噼啪地甩动着鞭子，驱使他的狗去追逐另一只狼。不巧的是，在那两只狼最初从藏身处仓皇逃出来时，普林德尔老人带着的两只灵猩并没有看见它们，也根本没有看见那只受伤的狼，却在那只未受伤的狼爬上小丘顶部的那一瞬看见了它，于是两只灵猩全速追击。那只狼利用一个浅浅的洼地，折身回来，这场追逐在离我们近一公里之处越过我们。我们策马朝它们飞奔而去，我们的两只灵猩在前面飞奔，使得我们仿佛静止不动，寻踪犬和大型猎犬则跟在灵猩后面，就在马匹前面不远之处。幸好那只狼钻进了一个长满灌木丛的洼地，片刻间又快步退回来，这样就让我们有机会在附近观看这场追逐的结局。

那两只灵猩率先赶上了猎物，紧紧跟在那只飞逃的狼后面，越跑越近，离狼不到十米了，然后那只小小的母灵猩猛然加速，冲到狼的身边，朝着那家伙的大腿后部狠狠地咬了一口，致使那只狼像陀螺一般转过身来，双腭猛然咬动，牙齿发出撞击声，如同捕熊夹子上的利齿突然弹跳起来，尽管它很迅速，但那只母灵猩动作更快，一闪身躲过了那只狼的疯狂冲击。很快，狼又继续全速奔逃，唯有灵猩才能超越它的速度，可是就在这时，另一只灵猩已经奔到狼的身边，但狼一边奔跑一边不断转过头来威胁它，尽管这只灵猩不能施以攻击，然而它的佯攻却减缓了那家伙逃窜的速度，赢得了时间，另外两只猎犬很快就赶到了现场。一时间，那只狼和四只猎犬跑成了一串，然后其中的一只灵猩瞅准机会，聪明地死死咬住狼的腿肉，把它给完全地掀翻在地。其他三只猎犬反应迅速，一拥而上，扑到狼身上便是一阵猛咬，可是狼还是竭尽全力摆脱了纠缠，挣扎起来，几乎撕掉了一只猎犬的耳朵。然后那只狼蹲坐下来，尽管灵猩不敢去碰它，却在离它差不多二十米的地方围绕着它，不停地巡游，形成了一个包围圈，阻止它逃跑。

然而结局很快就来临了。过了片刻，“老阿比”和“格兰特将军”便赶到了现场，它们像一对古代的攻城槌一样，奋不顾身地全速冲向那只狼。就在它们冲向狼的时候，那只狼犹如角斗士立在后腿上，灵猩也立了起来，像橡皮球一样跃起，然后猛扑下去。我恰好能看见那只狼和第一只扑上去的大型猎犬扭成一团，第二只大型猎犬则趁机死死咬住了狼的喉咙。片刻之间，另外三只猎犬也扑上去扭打起来，同时，灵猩和一两只寻踪犬也跳进来参加战斗。大型猎犬吸引了狼的注意力，却也遭受了狼还击时给予的所有惩罚，就在这时，一只灵猩在一刹那间死死咬住狼的后腿，把它拉倒在地，致使狼的腹部洞开，其他猎犬趁机猛咬起来。撕咬的咆哮和狂吠声形成了一种如此残忍的声音，令人毛骨悚然，随后那声音渐渐平息下去，第二只狼软绵绵地躺在平原上，没有猎人的援助，猎犬群便结果了它的性命。这只狼的身体相当沉重，绝对要比两只大型猎犬的身体还要大，不仅如此，它还具有更为强壮有力的腿和更长的獠牙。

两只灵猩扑向那只狼，死死咬住其喉咙

我曾经好几次看见灵猩在危险地奔驰，疯狂得令人激动万分地到达目的地之后，最终赶上了奔逃的狼，可是这是我唯一一次亲眼目睹猎犬无须猎人援手而猎杀一只大型成年公狼。尽管如此，我们不同的朋友拥有一次次施展这种技艺的猎犬群。以前饲养在本顿堡的一群猎犬几乎猎杀了 75 只狼，直到那个地区周围所剩的狼已寥寥无几方才罢手，其中大多数狼是猎犬们在没有猎人援手的情况下猎杀的，而且是猎犬群中没有其他种类的狗的援助，而由灵猩单独出击所猎杀的。猎人训练这些猎犬撕咬猎物的喉咙，一次通常把 6~8 只猎犬一起放出去，以优秀的方式自己施以猎杀。

迈尔斯将军（General Miles）告诉我说，他曾经带着一群灵猩在印第安人的领地上猎狼，那些经历令他非常开心。他们的猎犬群中有一只大型的短尾杂交犬，其祖先来历不明，可是无疑能

征善战。当惊动狼的时候，灵猩无疑会在两三公里之内就赶上它，然后它们会让猎物停下来，伫立在它周围，形成包围圈，直到斗犬赶上来，斗犬一到现场便立即扑向狼，尽力将其抓住，通常在攻击狼的时候，它们本身也受到重创。一旦它们抓住了狼，与狼扭打成一团之际，其他猎犬便投入战斗，它们本身并没有什么危险便能迅速结果猎物的性命。

在过去的十年里，科罗拉多、怀俄明和蒙大拿等州的许多牧场主又养育了一群群灵猩，无须猎人援手，它们就能猎杀一只狼。在捕猎中，经过猎狼这种特殊训练的灵猩总是咬住猎物的喉咙，用来追踪长腿大野兔的轻型猎犬在猎狼行动中没有多少用武之地，皮毛光滑或粗糙的灵猩和猎鹿犬站立时肩高近 0.8 米，体重达 40 多公斤，集速度、勇气和耐力于一体，拥有猎狼所必备的能力。

西部最有名的猎犬群之一，就是蒙大拿州的太阳河圆形俱乐部（Sun River Round Club）所养育的猎犬群了。太阳河的畜牧业者最初养育这些猎犬群的目的，是为了清除屡屡入侵的狼群。当时那里的狼群十分猖獗，那些该死的家伙给牛群和羊群造成了极大的损失。那里的猎犬群由灵猩和猎鹿犬组成，最好的猎犬出自丹佛的威廉斯上校（Colonel Williams）和范·亨梅尔（Van Hummel）先生的狗舍，它们由波特（Porter）管理着。波特是一个老平原居民和经验丰富的猎狼者，在 1886 年那个狩猎的季节里，这些猎犬一共猎杀了 146 只狼，这一数字令人咋舌。一般来说，猎犬一旦抓住一只狼，不是将它掀翻在地，就是把它压制住，波特则趁机冲过来用猎刀结果狼的性命。

有一天，波特带着 6 只猎犬外出狩猎，他惊动了 15 只狼，尽管他的一只灵猩在战斗中牺牲了，其他灵猩要么受伤，要么疲惫不堪，但猎犬群至少杀死了 12 只狼，可是最重要的是，他的猎犬无须他的援助便将狼猎杀了。第一次，他让两只最大的猎犬——来到牧场上才仅仅三天的猎鹿犬或硬毛灵猩初试身手，它们施展了这样的技艺。一只体形硕大的狼在牧场房舍附近的畜栏中咬死一只羊，并将其吃掉了一部分。于是波特一心要将其绳之以法，便开始追踪狼迹，他骑着马颠簸而行，一路追踪了约 16 公里，猎犬才看见了那个“顺手牵羊”的家伙。那家伙只跑出了几十米，便转身狂吠，于是那两只大型灵猩犹如从弹弓上射出的两块石头朝它扑去，死死咬住它的喉咙，将它掀翻在地，死死压制着那家伙，没等到它爬起来便将它咬死了，另外两只猎犬赶来，及时投入最后的战斗，很快结束了这场撕咬。

然而一般来说，两只灵猩或猎鹿犬并不是一只灰狼的对手，难以与之匹敌，可是我听说过科罗拉多、怀俄明和蒙大拿等地发生过的一些例子，讲的是三只经验老到的大型猎犬猎杀一只灰狼。唯独最有勇气的大型猎犬才能施展这种技艺，它们协调行动，全速冲向猎物，死死咬住对方的喉咙，要不然力气十足的灰狼就会把猎犬从身上甩掉，并且用它那可怕而强大的双腭迅速将猎犬疯狂地咬死。在可能的地方，应该同时放出六只猎犬，把猎犬群受伤的概率降至最低；如果不这样做，如果猎人不在双方撕咬时去帮助猎犬，猎犬多半会频频受伤，偶尔还能发现一只狼会击败一小群实施攻击的猎犬，令其非死即伤。一些猎人更喜欢皮毛光滑的灵缇，因为其速度极快，另一些猎人则偏爱硬毛猎犬，毛发粗糙的猎鹿犬，因为其力气出众，这两种猎犬，如果选对了种类，它们无疑会成为无畏的斗士。

威廉斯上校的猎犬在猎狼中表现出了许多高超的技艺。他在黑山（Black Hills）度过了1875年的那个冬天，当时那里没有一个定居者，十分荒凉，成群的猎物出没，其中狼为数众多，非常大胆，也异常凶猛，因此狩猎队的猎犬们频频受伤，处于丧命的危险境地。另一方面，那群猎犬也狠狠地为自己报了仇，捕捉到了很多狼。无论什么时候，只要可能，骑手就在搏斗中靠近猎物，近得足以立即伸手毙之，如果猎物是成年的狼，那么猎人就将猎犬从狼的可怕惩罚中拯救出来——否则它们肯定会遭受狼的撕咬。猎犬总是扼杀狼，它们直奔猎物的喉咙，而它们自己所受到的伤害一般是在腰窝或腹部，在几个例子中，这些伤口结果是致命的。一只狼被捉住一两次，被两只灵缇压制住，直到骑手赶来，可是无须猎人帮助而战胜和猎杀一只大型森林狼，至少需要五只猎犬。有几次，一个拥有五只猎犬的群体表演了这项技艺，群体中有两只灵缇、一只毛发粗糙的猎鹿犬，还有两只杂交犬；还有一次，七只尚未成年的灵缇施展了这种猎杀技艺，尽管它们的身体尚未发育成熟，力气尚有不足，但其英勇行为可圈可点，令人敬佩。

有一两次，所谓的俄罗斯猎狼犬或皮毛光滑的灵缇——“波索尔猎犬”，被引进到美国，在西部平原猎狼行动中进行实验。可是在奔跑和搏斗两方面，它们至今也没有证明自己堪与威廉斯上校和我们的最佳西部猎犬饲养者中的其他一些人养育的美国猎犬相媲美。实际上，我从来就不知道有任何外国猎犬，无论是苏格兰、英国还是欧洲大陆上的猎犬，在追逐和猎杀危险猎物的过程中，能像威廉斯上校养育的美国国产猎犬那样施展出如此运用勇气、耐力和力气的技艺。

第 9 章　在牛仔之乡

In Cowboy Land

古老性格类型的发展与形成——牛仔与猎人——粗犷的美德与缺点——事件——追踪偷马贼——一个亡命之徒的故事——对待“破马”的轻松方式——生活的艰辛——多种原因导致的死亡——印第安人与白人设置陷阱捕猎者之间的战斗——印第安巫师首领携剑者之死——两个印第安夏延族勇士的疯狂行为及其覆灭

早年的西部，有些开拓者仗义行事

在边境，通常在那些在荒野中或者毗邻荒野的地区度过一生的人们中间，生活被还原到其基本的情形。这些山中的严酷无情的猎人、平原上的驯马人的热情与情绪，比那些居住在更为复杂的社会状态中的人更朴素、更奇异。一旦群落定居下来并开始迅速增长，美国式的法律本能便维护其本身。可是在更早的阶段，每个个人自成法律，用强有力的手来捍卫自己的权利。当然，那个过渡阶段充满了不和谐的声音，人们尚未完美地调整他们与道德和法律的关系，他们依靠某种粗鲁的品德来进行强有力的维持；另一方面，他们还不能认识自己的一些缺点的特征，而那些特征在更古老的社区中还获得了一些罕见的怜悯和同情。

许多亡命之徒、杀人越货者和拦路强盗的性格中都有好的方面，这些人在文明化的某些阶段常常干着或干过好事，但是当这些阶段一旦消失，他们发现自己被一个酝酿他们更坏的品质，让最好的品质毫无用武之地的环境所包围。例如，一个普通的亡命之徒毕竟具有黑斯廷斯战役[①]（the Battle of Hastings）中诺曼贵族们所具有的相同道德标准，并且在伦理道德上，他绝对领先于北欧海盗——这些系统的贵族的祖先——顺便要提到的是，在他自己的身体中无疑就可以追溯到北欧海盗的一部分血液。在荒野中或毗邻更高文明化的边境上，如果生活的野性的无法律状态的过渡要横跨数个世纪，他和他的后裔无疑就会在一定程度上调整自己，以便适应变化的环境。但不幸的是，在遥远的西部，这种过渡以一种闻所未闻的速度而来，发生得如此突然，以至于很多人的本性无法足够迅速地随之而改变，也无法允许自己同环境相协调。结果，除非他走向依然更为荒野的土地，否则他就会被绞死，不能建立家庭，尽管他在所有方面并非传统所要求的那样十全十美，后代也会尊崇他，把他树立为非常能干的祖先。

我在边境上和荒野中生活期间过从甚密的大多数人，都是好伙伴，他们吃苦耐劳、勇敢、果断而诚实。当然，他们不时也被迫去干些让城里人和定居已久的地方的人们吃惊的事。尽管他们毫不手软，对那些其罪行产生了切切实实的直接的坏影响的作恶者发动坚决无情的战争，除了最极端的坏人阶层，他们对一切都表现出宽容和忍耐，并且不允许别人过于好奇地打听一个强人的过去，也不喜欢过于严厉地批评他，以更完善的伦理问题来区别对待他。而且我那时接触的不少人当中，一些人与我的关系非常密切而友好，他们在不同时候的生活相当辛苦。他们和他们的同伴都实事求是地接受了这一事实，再没有其他什么了。他们也有某些罪过，比如怯懦，背信弃义地劫夺、抢劫或杀害朋友，这些罪过永远得不到原谅和宽恕，可是，当这个国家还是一片荒野时，一个年轻人来到路上，即成为拦路抢劫的强盗，或者成为一帮亡命之徒、偷马贼、屠牛者中的一员，这一事实对于他几乎没有分量，被当作一种可惜的，而且当然不是很体面的青春期的显著特征。他的邻居对他持有同样和善的宽容。令人尊敬的中世纪苏格兰边境居民对他们的年轻一代无疑也抱有这种宽容，即使在和平年代，那里的年轻人也持续袭击英国的牛群。

当然，如果有人直截了当向这些人打听他们的故事，他们就会拒绝告诉打听者，要不然就会对自己的故事说谎。可是当他们把一个人当成了朋友和伙伴时，他们通常会完全坦率地叙述他们往昔生活的各种插曲，在一种非常令人好奇的程度上，他们的叙述既有确切的幽默感，又缺乏让人赏识的特别显著的东西，他们的故事总是有趣的，令人愉快的。

他骑着偷马贼的那匹野马摸黑回家

离现在大约是十年前的一个早春，我外出去寻找一些丢失的马匹。三个月前，我的那些马匹从平常的活动范围中迷途不归，经过拐弯抹角的打听，我听说它们正在某一片崎岖不平的荒野周围漫游，一个叫做布罗菲（Brophy）的人在那里拥有一个牧场，离我自己的牧场大约有 80 公里。当我朝那里起程出发时，天气还很暖和，可是到了第二天，一场强劲的暴风雨不期而至，气温骤降，幸好我能安全地到达那个牧场，在那里找到了位于小比弗（Little Beaver）的一位牧场主的一个儿子，还有一个我非常熟悉的得克萨斯的年轻牛仔。我把坐骑关进畜栏，扔给它一些干草之后，便大踏步走进那间部分用草皮，部分用三叶杨木头搭成的低矮棚屋，在火堆前让身子迅速暖和起来。那天晚上，我们美美地吃了一顿晚餐:面包、土豆、炸鹿肉和茶。我的两个同伴渐渐变得十分友善，他们一边抽着烟斗，一边开始无拘无束地交谈起来。屋里有上下两个铺位，我爬进上面一个，把下面的铺位留给我的那两位朋友，他们一起坐在长椅上，叙述着自己生涯中发生的各种插曲，以及他们在刚刚过去的那个冬天的亲密伙伴。很快，其中的一个就问另一个人某一匹马，一匹著名的阉割过的小型马怎么样了，我自己在前一个秋天注意过那匹马。这个提问勾起了另一个人对一件不正当的事情的回忆，他当时回想起来依然愤怒不已，于是便开始叙述（我在这里改变了他叙述中的人物的真实姓名）:

“哦，那匹小型马被偷了。我骑着它行走在崎岖的地面上，那时我随着三横木放牧场外出放牧，它有些脆弱地前行，于是我就在拉齐 B 牧场附近，把它松开让它休息、吃草，而当我回来牵它时，牧场上没有一个人，我也找不到那匹马了。居住在西边三公里多的红土丘（Red Clay Butte）下的牧羊人告诉我说，两天前，他看见一个穿狼皮外衣，骑一匹杂色野马，白眼睛的家伙牵着我的小型马走了，于是我便到处搜索，终于发现了那家伙留下的踪迹，然后我一路追踪到我估计他所去的地方——矮松山（Short Pine Hills）。当我到达那里时，一个牧场工人告诉我他看见那家伙经过那里，一路朝雪松镇（Cedartown）去了，我便非常确切地直奔雪松镇而去，到了那里，我发现那个家伙居住在镇外的一幢土砖房子里。镇上一派繁荣的景象，看起来相当整洁。镇上有两家旅馆，我走进第一家旅馆对酒吧招待问道：‘治安法官在哪里？’

他回答说：‘这里没有治安法官了，他被枪杀了。’

我又问：‘那么治安警官在哪里？’

他回答：‘哦，枪杀治安法官的人正是治安警官！他带着一群马逃离了这里。’

我又问：‘那么，这个镇子里难道就没有执法官员了？’

他回答：‘哦，当然有。有一个遗嘱检验法官，他就在那边的最后机会旅馆里照料酒吧。’

于是我来到最后机会旅馆，进去说了声‘早安’。

那遗嘱检验法官也回应一声‘早安’。

我问：‘你就是这里的遗嘱检验法官吗？’

他说：‘我就是。找我有事吗？’

我说：‘我需要伸张正义。’

他问：‘你需要伸张什么正义？究竟是怎么回事？’

我说：‘我的马被偷了。’

他回答：‘那么以上帝的名义，你会得到你的马的。是谁偷了你的马？’

我说：‘是一个居住在镇外的一幢土砖房子里面的人。’

他说：‘哦，你本人是哪里的人？’

我说：‘我是梅多里的人。’

他一听便失去了兴趣，变得漠然起来。他说：‘雪松镇的陪审团不会绞死一个偷了梅多里人的马的雪松镇镇民。’

我说：‘哦，那我的马怎么办？’

他说：‘怎么办？哦，你不是知道那个偷马人住在哪里吗，那么今夜你就一直坐在他的房子外面，在他回来的时候就向他开枪射击，然后赶快牵着你的马离开这里。’

我说：‘好吧，我会那样干的。’我一边说一边就离开了最后机会旅馆。

因此我就离开了遗嘱检验法官，来到那偷马贼的房子附近，埋伏在一些狗尾草丛后面等那家伙回来。他没在家，可是我能看见他的妻子不时在屋里走来走去，我等呀等呀，最后天色更暗了，我开始对自己说：‘现在你埋伏在这儿，等着那个人回家时开枪射杀他，天色暗了，你不认识他，如果你射杀了另一个进入这幢房子的人——根本不是你所跟踪的那个家伙，而是一个无辜者，该怎么办？’

叙述者以一种充分骄傲的美德之口风结束了自己的叙述："于是我起身，给偷马贼的那匹野马装上马鞍，骑着它摸黑回家。"

上述提到的遗嘱检验法官居住的那个"镇子"，不过是一个自命不凡的所谓镇子的名字而已，这种镇子位于荒野边沿，邋遢肮脏，由一小群一小群临时搭建的住处凑合而成，当年犹如蘑菇般迅速生长出来，现在通常已无人居住了。这些镇子的早期，其房屋通常由帆布搭建而成，无法抵御五花八门的灾害。几年前，当达科他州的大片土地从印第安苏族人（Sioux）手中购买过来时，政府便将其开放，让人们在那里定居，因此人们骑在马背上，坐在马车里洪流般滚滚涌来，各种雄心勃勃的城市在一夜之间拔地而起。那种古怪的狂潮影响了新的定居者，导致每个真正的西部人都充满了未知而且未尝试过的无限信心，很多人留下了他们在环境更好的耕作乡间的一切，因为他们坚持自己的那种古老的信仰，即如果他们去别处，无论到哪里，他们都会有更好的运气。他们始终在移动，移向远方模糊不清之处。正如居住在每个新营地中的矿工们看见了所有历史上的著名矿藏一样，这些自诩的城市创始人，在长满秋葵丛和山艾树的荒漠上的某条混浊的溪流旁边搭起一群凄凉的帐篷，并居住在里面，他们看见了未来的圣保罗大教堂和奥马哈斯，还给镇子和帆布建筑物的明天命名，以符合他们心中那前程似锦的希望，却根本不愿面对当时环境恶劣的事实。

其中一个这样的镇子，刚刚才建立 24 小时，便自吹自擂，说自己拥有 6 个酒吧、1 幢法院大楼和 1 个歌剧院，却覆没于早期发生的灾难。在它建立的第三天，一阵旋风不期而至，刮走了歌剧院和一半的酒吧，在接下来的那天晚上，毫无法律秩序的人差不多把旋风没完成的工作给完成了——一个来自得克萨斯的巨大放牧场的骑手们惊讶地发现了这个镇子，他们自己在一夜的喧嚣和致命喧闹的酒宴之后，便把它给遗弃了。第二天早晨，这个镇的市政当局带着十分痛苦的愤怒诅咒、哀叹“那些可恶的家伙把法院大楼割成了碎片”。这是真的，牛仔们需要碎布片，其精神令人钦佩，出于冒险、节俭和对现有环境的适应性，他们将法院大楼的帆布当成了牛仔工作服的原料，把那摇摇欲坠的正义圣殿的屋顶和墙壁割得千疮百孔。

他的妻子悬赏3000美元，要他的命……

我在山中有一位宝贵的朋友，他是曾经与我一起旅行狩猎的最佳猎人之一，这个人具有一种看待传统的社会职责的特别轻松的方式。尽管他在某些方式上完全属于偏僻的森林地带，但他却是一个非常机灵、勇气可嘉、行事果断的人。而且他拥有只有极少数人才拥有的东西,那就是说真话的能力。他实事求是地看待事物，实事求是地讲述事物，不到万不得已，他从来不说谎。他是优秀的哲学家，头脑具有快乐的、怀疑论的倾向。他没有偏见，从来不像很多坚定的人物那样轻视伦理法规与自己不同的人。他对人的态度非常宽容，也非常亲切。实际上，在他生涯的不同阶段，他做过拦路强盗、职业赌徒和亡命之徒，因此他对很多事情都见惯不惊。

另一方面，他对任何人都毫不表明自己是在法律允许的范围内行事。当我看见他的时候，他成了一个有些实质性的人，自然而然成了现存事物秩序的一个坚定支持者。可是他从不吹嘘自己以前所干的事情，也从不为之道歉，显然他可能相当无法理解那些事情需要道歉，因为他可能无法为纯粹庸俗的吹嘘而内疚。他经常毫不隐讳地提到自己的往昔生涯。当他提到往昔时，他也是完全简单自然地予以叙述其插曲，仅仅是叙述其实际情况，而不涉及或强调其伦理上的意义。正是这种品质时时使他成为一个特别令人愉快的伙伴，也成为一个始终让人感到惬意的叙述者。他的故事的要点，或者对于他自己似乎是要点的东西，非常罕见地感动了我。他的故事讲述了伴随性的杂闻，表现了他自己的本质和他行动时有些可怕的环境。

有一次，当我们一起外出狩猎时，我们猎杀了一头熊，把熊皮剥下来之后，我们在湖里洗澡。我注意到他的脚侧留有一道伤疤，于是就问他是如何受伤的，他漠然地回答：

“哦，那道伤疤吗？是一个家伙向我开枪，让我跳舞，就是那样。”

我对那件事表示有些好奇之后，他便继续讲下去：

“喔，这道伤疤的来历是这样的：我还在新墨西哥时，开了一间酒吧，那里有一个人叫做福勒，还有一笔 3000 美元的赏金，要他的命……”

“那赏金是州政府悬赏的吗？”

我的朋友说：“不，是他的妻子悬赏的。事情的经过是这样的——”

我打断他：“等一等，你说是他的妻子悬赏要他的命？”

“是的，就是他的妻子悬赏的。他们夫妻俩一直在经营一间法罗牌赌场，你看，他们为此争吵不休，于是她就悬赏要他的命，于是——”

我说：“对不起，你的意思是说这笔赏金并不是公开的？”我的朋友回答了，语气中显露出自己的话被打断时的绅士派头的厌倦，以便满足我对不相干的细节的追问。

“哦，不是，不是公开的。她仅仅是对六个或八个亲密的私人朋友提到过。”

我有些被这个发生在新墨西哥州的婚姻争论中出现的原始简单的例子所征服，于是便说道：“往下说。”他接着说：

“喔，两个人骑马来看我，要借我的枪。我的枪是柯尔特自动击发枪，当时还是新鲜玩意儿，当时在镇上只有我配有这种枪。这两个人来找我，说：‘辛普森，我们想借你的枪，我们要去干掉福勒。’我说：‘听着，我愿意把枪借给你们，可是我不想知道你们要拿我的枪去干什么，先生们，我真不想知道，但是你们当然可以借走。’”说到这里，我的朋友的面庞惬意地发光，他又继续往下讲，“喔，后来当福勒骑马来到我这里时，你可以很容易相信我感到非常惊讶，他说：‘辛普森，你的枪在这里！’他把那两个人都给杀了！

我说：‘喔，福勒，要是我知道他们借我的枪是为了对付你，我就决不会借给他们。’那不是真的，因为我对这件事一清二楚，可是没有理由把真相告诉福勒。”我喃喃地赞赏他如此审慎，往事让辛普森感到惬意，他的两眼渐渐泛出光芒来，他继续往下讲，“喔，那两个人去了福勒那里，把他抓到了治安法官面前。治安法官是一个土耳其人。”

我又打断说：“辛普森，你现在讲的是什么意思呢？”

辛普森说：“喔，他来自土耳其。”我再次把身子往后一靠，有些惊奇：究竟是哪种特殊的地中海流浪者漂泊到了新墨西哥，还成了治安法官？辛普森笑了笑，继续说，“福勒是个古怪有趣的家伙。那土耳其人要将福勒收监，而福勒起身，将他打翻在地，对他一阵乱踢，强迫他让自己离开。”

“那要向更高的法院上诉。”我评述说。辛普森快活地赞成我的观点，并继续往下讲：

“喔，那土耳其人害怕福勒要杀他，于是就来找我，愿意每天付 25 美元雇佣我来保护他。我找到福勒，对他说：‘福勒，土耳其人每天付我 25 美元，雇我保护他不被你杀害。现在我不会因为每天能挣 25 美元而被枪杀，如果你要杀死土耳其人，那么说一声，去干就是了；如果你不去杀死土耳其人，我就没有理由不去每天挣 25 美元！’福勒说：‘我不会碰那个土耳其人，你去保护他吧。’”

因此辛普森大约一个星期都在“保护”那想象福勒要杀他的土耳其人，每天挣得 25 美元。然后，有一天晚上，辛普森外出时碰见了福勒，他说 :“我看见他的那一瞬间，我就知道他心怀恶意，因为他开始拔枪朝我的脚射击。”这似乎是为福勒的卑鄙提供假定的证据。辛普森继续讲道，“当时我没带枪，因此我只得站在那里，被他的子弹击中，直到有什么事情分散了那家伙的注意力，于是我拿到我的枪，离开家去杀他，可是我想把这件事干得完全合法，因此我就去找市长（他正和一位治安法官在玩扑克），我对他说:‘市长先生，我要去杀福勒。’市长听了这话，从椅子上起身拉住我的手说 :‘辛普森先生，如果你要杀他，我会站在你这一边。’治安法官也说 :‘我会支持你的。’”

得到了政府部门的执行官和司法机构的大力支持，辛普森先生便有了强大的后盾，他开始寻找福勒。然而，与此同时，因为福勒杀害了另一个优秀的市民，有关方面已经将他拘留起来了。支持法律与秩序的朋友们有些害怕自己支持正义的热情持续不了多久，便认为最好是趁热打铁，尽快解决这件事情，因此，由辛普森领头，市长、法官、土耳其人，还有镇上的其他优秀市民，一起冲进牢房，把福勒吊死了。辛普森慢慢回忆着，吊死福勒的那个时刻尤其诱发他的想象，那个时刻对于我们自己的幽默感十分可怕。在土耳其人当着福勒的面儿认定他为罪犯时，他的脑海里依然对福勒的那种非常外行的行为愤怒不已。辛普森的眼睛愉快地眨了一下说 :“你知道那个土耳其人吗？他终究也是个正直的、滑稽有趣的伙伴。正当小伙子们要把福勒吊起来时，他说 :‘小伙子们，停一下 ；先生们，等一会儿——再见，福勒先生！’他竟然还朝福勒做了个飞吻的动作！”

他被马摔进泥潭，从此得名“泥泞比尔”

在牛仔之乡，在野蛮与文明交接的荒野边陲，人们通常都有诨名，就像那些拥有合法名字的人一样。我认识的一半牛仔和猎人都以他们的诨名而闻名，却与他们接受洗礼时所继承的家庭姓氏毫无关系。偶尔，某个想要成为暴徒的人或者伪装强有力的猎人试图采用他认为适合于表现自己威力的名号。可是在真正的荒野之地，通常没有人尝试过给自己取那样的名号，在那里，那样的名号可能会招来许多嘲笑，因为那些真实的名字都是局外人取的，并且很少顾及被命名者所希望得到的尊重。通常，名字涉及大家都容易知道的某个意外事件，包括出身、职业或外貌，例如无数的“荷兰人”“法国人”“肯塔基人”“得克萨斯的杰克斯”“野马比尔斯”“熊乔斯”“鹿皮”“红吉姆斯”，如此这般。有时诨名显然没有什么实际意思，我的一个牛仔朋友总是被人叫做“碎片”或“裂片”——我不知道为什么。在其他时候，某个特殊插曲可能引发了某个名号的诞生。以前我雇佣过一个牛仔，其外表整洁，可是人们总叫他“泥泞比尔”，那是因为有一次他的马把他摔进了一个泥潭，弄得浑身泥泞不堪，从此得了这个名号。

我刚刚收到的以下这封信，提到了一个这样的名字的可怕起源，这封信是落基山中的一个老猎友写来的。这位朋友对边陲小木屋发生了适当的兴趣，而“布恩与克罗克特俱乐部”正在把边陲小木屋建造在芝加哥的世界博览会上。

亲爱的先生：

我在报纸上看见你们的布恩与克罗克特俱乐部，打算在芝加哥世界博览会上建造一幢边陲小木屋，以表现我们国家的早期开拓者，但愿你们成功。我一生都是个边民，对你们的事业颇感兴趣，我希望你们会对遗迹加以良好的分类，我想给你们提个建议，那就是关于要找一个好人和一个真正的山民来负责你们在芝加哥的房子，我想给你们推荐一个老山民，那就是‘吃肝脏的约翰逊’，大家都用这个名字来叫他，他是个老山民，身材高大，相貌英俊，还是我国最好的讲故事的人，他对遇见的每个人都表现出绅士般的彬彬有礼。我将告诉你他是如何在一场与黑脚印第安人发生的一整天的恶战中得到‘吃肝脏的约翰逊’这个名号的吧，当时约翰逊和几个白人一整天与一大帮印第安人打仗，战后，约翰逊与一个受伤的印第安人短兵相接，约翰逊没有弹药了，于是他们就用刀子搏斗，约翰逊把那印第安人弄走，在战斗中用刀子割掉了那印第安人的肝脏，对孩子们说，你们需要吃点儿肝脏吗，那就是他的‘吃肝脏的约翰逊’这个名号的来历。

你真诚的，等等

1893 年 2 月 16 日

边民们常常像他们的名字一样富有创意，这种创意可能采取了荒野的野性形式，纯粹是笨拙的形式，或者是一种把真正的幽默和简单接受事实结合起来的形式。有一次，得知某位 P 夫人突然结婚的消息后表达了某种惊讶，尽管她的丈夫还活着，关在邻近的一个监狱里面，得到了回答："你看，老人皮特，他过世了，留下了遗孀，因此鲍勃·伊文斯站起来娶了她！"——这显然是让人感到不需要任何解释的行为。

即使经验老到的牛仔，有时也难逃厄运

在牛仔之乡，最令人神清气爽的就是轻松、无忧无虑的信仰了，普通人接受这种信仰。任何被吃力地装上马鞍、驾驭或者被数次套上马具和驱策所带来的影响，都是一匹"破马"。我现在的监工就坚信这一点，而且还有过之而无不及，他相信所有的有蹄动物，在任何装有轮子的车辆面前，都可以被驱赶越过任何荒野。

有一年夏天，我一到达牧场，就听说了手下人描述一些冒险经历和运气不佳的遭遇。自从我外出后，这些事情降临到我自己的人和我的邻居身上。在交谈的过程中，我的监工谈道："大约六周前，我们离开这里很长一段时间。有一个从安阿伯来的教授偕同妻子出来看荒地，他们问我们是否可以为他们准备马车外出，于是我们就回答说，我们可以为他们套马车，福利的儿子和我就为他们准备了马车。可是其中一匹马却拉着他跑开了，还让他摔断

了一条腿！他在这里待了一个月。可是我猜想他并不介意。”对于这一点，我没有多少把握，被遗弃的小小的梅多拉是一个“破败的”养牛区中的小镇，我曾经听我手下的另一个人谈到过它，回答一个好奇的商业旅行者：“这里有多少人居住？ 11 个人——清点鸡的数量吧——当鸡都在镇子里的时候！”

我的监工继续说：“教授在那之后说了一些话，让我感到脸发烫。我通过福利的儿子给他送话说，看见这种结果，我们不会向他收取任何马车的费用；那个教授回答说，我们对他表示体谅，他感到很高兴，因为他开始还认为自己掉进了鲨鱼窝里，还说我们故意给了他一辆逃跑的马车。把那辆马车称为逃跑的马车，那可使我的脸发烫啊。哎，其中一匹马以前从不可能逃走，它以前只被驱赶过两次！另一匹马可能逃跑过几次，可是有很多次在套它的时候它都没有逃走。我认为这两匹马完全不可能会逃走。”我的监工断定说，显然他认为这辆马车应该是比较可靠的。

边境上，比起一辆马车来，一匹装上马鞍的马，举止善良的定义更具弹性。去年春天，一个重要骑手，也是“三一七”骑手之一，在贝尔菲尔德附近的围捕畜群的行动中丧生，事发时，他的马突然惊跃而起，倒在他身上。告诉我这件事的人说：“当从后面用肚带束紧马时，它有时就很愠怒，表现得有点儿低劣。”那不幸的骑手不知道“绝对温和的马”竟然还有这种缺点，他一坐上马鞍，那匹马便狠狠一跳，让自己朝着一侧翻倒，他的头部先着地，永远闭上了嘴巴。

这样的意外事故在荒野乡间屡见不鲜，很少能引起人们的注意，人们以可怕的安静来接受它们，就像在他们自己的生活中不可避免一样——那种在他们的辛苦还有快乐中严厉而有限的生活，那种始终被危险和铁一般的艰辛范围所束缚的生活。在过去的一年半里，在我的牧场附近的牧场上，还有三个人在工作过程中丧生。其中一个死者还是 OX 牧场的老板，在他赶着牛群游过上涨的河水时，自己却不幸被淹死了。另一个死者是 WBar 牧场的一个使用索套捕牲口的特技者，他在密林中套牛，却不料马鞍翻转，绳索缠在自己身上，从马上被拖了下来，被自己的马活活践踏至死。

还有一个死者，是一个名叫汉密尔顿（Hamilton）的牛仔，他在 1891 年 10 月的最后一周里，在那个季节的第一场大雪中送了命。但他是个有经验的平原居民，对地形了如指掌，就在他自己迷途之前，他还成功地指导了两个不熟悉荒野地形的人回到了营地。当时他们三个人都在外面把牛群赶拢,穿过荒地迂回包抄牛群。马车驻扎在这些荒地的东边，荒地在那里融入草原，在一条废弃已久的道路尽头,那条路就在小密苏里河的正东方。那是一个灰暗的、云层低垂的日子，当黑暗降临时，汉密尔顿的马已经精疲力竭了，他告诉他的两个同伴不要等待，因为开始下雪了，应该一直朝北方走，环绕某些特别崎岖的孤立山丘，一旦抵达那条道路他们就应该右转，并一直沿着它走向草原，在那里就可以找到他们的营地了。他还特别警告两个同伴一定要密切注意，不要在黄昏和暴风雪中不知不觉就走过了幽暗的小径。他们听从了他的忠告，安全地抵达了营地。

但是他们离开汉密尔顿之后，就再也没有人见到他还活着了。显然他自己迈着沉重缓慢的步伐朝北方艰苦跋涉，在慢慢聚拢的幽暗中没有看见道路，错过了它——很可能他在某个地点抵达了那条路，但那里的地面过于糟糕，结果那本来就模糊难辨的小径完全消失了，草原上的这些道路就是这样模糊难辨——让它们成为路标，人们小心谨慎地使用它们。他肯定一直前行又前行，翻过崎岖的山丘，越过深深的溪谷，直到他的马停止不前，他才不得不取下马鞍，将它支在一棵矮小的白蜡树上。两个月后，偶然路过的人发现了他的尸体，冻得僵硬，马鞍还在附近。他显然辨认出了某个路标，意识到走过了小径，远离了北方——那里停着用于聚拢牛群的马车。但他是一个坚决而自信的人，于是他决定精神抖擞地出发寻找营地，他知道那营地大概就在他的正东方，在外面草原上几公里之处，在刀河源头的一条支流上。那时，夜幕肯定降临了，他错过了营地，很可能在还不到 1.6 公里的范围内错过了它。尽管他经验老到，但无论如何他都错过了，而那是他生命的希望，于是他疲惫地穿过沉沉的黑暗和漫天飘舞的雪花，走向自己的命运。最后他精疲力竭，倒在一片小洼地的深深的草丛中。五个月后，在早春时节，来自营地的骑手发现了他的尸体，他躺在那里，脸朝下，额头紧靠在抱起的双臂上。

危险程度相对较小的意外事故时有发生。当人们在危险的地面上驱策时，当阉割牛或试图控制惊跑的畜群时，他们掉下马来，摔断了锁骨、手臂或脖子，他们要么被惊跃或后腿立起的马掀翻在地或抛出老远，要么他们的马，甚至他们自己，在罕见的情况下，被好斗的阉割过的公牛顶伤。在暴风雨或洪水中的死亡，在努力控制住一匹野性十足的烈马时的死亡，或者在控制发狂的牛群时的死亡，还有在与自己的同伴发生残酷冲突时频频发生的死亡——对于平原上或群山中的居民来说，其中任何之一都是他们正常的命运。

他们沉着冷静，让每颗子弹都射倒敌人

可是在几年前，其他危险不仅来自野兽，而且还来自印第安人。自从我在小密苏里河畔开办牧场以来，有两个人在我牧场附近的地区被熊杀死。我在那里居住的早期岁月里，在那片乡间生活或旅行的人遭到了小群主战的年轻印第安勇士的杀戮。所有旧时的设置陷阱捕猎者和猎人都能讲述他们遭遇印第安人时发生的惊心动魄的故事。

我的朋友塔泽威尔·伍迪，是一次最值得注目的这类冒险的主要参与者之一。他是一个非常安静的人，要让他开口倾谈他以往的任何一点儿经历，都可以说难上加难。可是有一天，我们在一起狩猎，朝着麋鹿连续开了三枪之后，他的心情极好，于是就变得十分健谈了，且对往事毫不隐讳，因此我可以让他开口，给我讲述一个我做梦都想听的故事——我已经从那场事件的另一个

幸存者嘴里听到过。当他发现我对那件事已经了解甚多时，便开口把其余的故事告诉了我。

那是在1875年的春天，当时伍迪和两个朋友正在黄石河上设置陷阱捕猎。那时，印第安苏族人非常敌对，杀戮了好些白人探矿者、猎人、牛仔和定居者，而白人一有机会便进行报复，可是，总是跟印第安人发生冲突时情况一样，狡猾的、潜伏的、残忍嗜血的印第安人给白人造成了极大的伤亡，而他们自己的损失则微乎其微。

这三个人带着十二匹马，来到河边的一小片灌木丛中扎营，那片灌木呈三角形，形状极像一个普通熨斗。一到达营地，他们就开始忙碌起来，出去设置捕兽夹子。当伍迪傍晚回来时，他告诉同伴说他看见了众多的印第安人出没的迹象，还说他相信苏族人就在附近。他的两个同伴则嘲笑他有些风声鹤唳，向他保证说那里的印第安人根本不是苏族人，而是友好的乌鸦族（Crow）人，还说第二天早晨他们就会到营地来欢迎他们。伍迪若有所思地说："可以相当肯定，他们明天早晨会来到营地的。"

到了次日黎明时分，伍迪的一个同伴去河边查看前一天设置的捕兽夹子，而伍迪则启程到外面去查看马匹，另外一个人留在营地里准备早饭。突然，河边传来了两声枪响，过了一会儿，一个印第安人就骑着马旋风般朝他们的马匹驰骋而来，伍迪举枪开火，可是没有击中，那印第安人掠走了五匹马，伍迪向前奔跑，成功地把剩下的七匹马赶回了营地。伍迪还没有完全把剩下的马匹赶到营地，那个去河边查看夹子的人就上气不接下气地跑了回来，说他遭到一些印第安人的奇袭，他拼命奔逃，从一丛灌木躲藏到另一丛灌木，开枪威胁追逐者，才总算摆脱了追逐。

发生的种种事情证明，前来袭击的印第安人还只是一大群作战队伍的先遣队，因为在太阳升起的时候，附近山冈上似乎黑压压地挤满了苏族人。要是苏族人选择径直冲进营地，冒着在冲锋时牺牲自己的一些人的危险，那么他们肯定在一分钟内就能把这三个人吃得精光。可是印第安人很少发起这样的冲锋，他们在与白人军队对抗时，尽管在防御性的战斗，甚至在某几种进攻性的战斗中勇气可嘉，尽管他们利用训练有素的隐藏技巧给予敌人重创，自己损失极小，但是即使在有利条件下，他们也不很情愿做任何运动，这肯定是为了让自己的战士避免更大的伤亡。这三个人认为他们必死无疑，可是作为经验老到的边民，长期习惯了自己面临的各种艰难困苦和危险，他们便冷静下来，决心开始抵抗进攻，尽可能有效地进行防御，如果可能，他们击退敌人；如果这种方法被证明无效，他们也会尽量杀伤敌人，决不会轻易就范。他们把剩下的马匹拴在一个浅浅的洼地里，那里是唯一能提供庇护的地方，然后三个人匍匐着爬出来，分别爬到那一小片三角形灌木丛的三个角上，躺下来等待敌人的来临。

很快，印第安人就开始从四面八方包围他们，利用有利的掩体，将他们围得水泄不通，然后，从那条河的两岸——他们这边和对岸，朝他们猛烈地连续齐射，浪费了不少弹药，印第安人激动起来时常常这样鲁莽行事。三个猎人能够听见印第安酋长声嘶力竭的命令，一些印第安战士用蹩脚的英语对他们喊话，战斗呼喊声和奚落嘲笑不绝于耳。很快，他们所有的马匹都倒毙在枪林弹雨之中，灌木丛被枪弹的连续齐射打得千疮百孔，但是三个人平卧在地面上，隐藏得十分巧妙，毫发无损。然后，一些年轻的苏族战士更加胆大妄为，开始朝他们爬过来，鬼鬼祟祟地从一个掩体爬到另一个掩体，现在轮到白人开火了，他们并没有不顾一切鲁莽地射击，而是沉着冷静地悄悄开火，力图让每颗子弹都射倒一个敌人。

伍迪说："那一整天，我只开了七次火。我估计每次扣动扳机都命中了敌人。"面对敌人，他们拥有很好的有利条件，他们静静地躺着，把自己完全隐藏起来，印第安人为了靠近他们，当然就不得不从一个掩体移动到另一个掩体，于是就常常把自己给暴露了。不管白人怎样开火，他们都射倒一个印第安人，无论目标是在移动，还是静止不动，只要他们能清楚地看见对方，就瞄准射击。同时印第安人则根本无法看清隐藏之敌的准确位置，只能朝着枪弹散发出来的烟雾射击。结果，进攻者迅速发现，要以这样一种方式来包围这三个平原老兵——勇敢过人、善于使用步枪的人，无疑是一件毫无希望而且危险重重的事情。然而，一些更大胆的印第安人还是不顾一切爬了过来，离灌木丛很近了，其中有一个实际上已经钻进了灌木丛，却被射杀于放在余烟袅袅的营火边的被褥中间。受伤和死去的印第安人，只要不处于过于暴露的位置，他们的同伴都会迅速将他们抬走，但七具尸体落入三个猎人之手。

我问伍迪他本人射杀了多少印第安人，他说可以确切地肯定的是，他射杀了两个：一个是在灌木丛中探出头来窥视时被他击中了头部；另一个则在闯进他们隐藏的灌木丛时被他透过硝烟射中。伍迪说："哎，那个被射中的印第安人狂叫不已，他一点儿也不伟大，不是个坚忍克己的人。"这场致命冲突持续了两三个小时，白人几乎没有什么损失，只有其中两个人受了点儿轻伤而已，苏族人则损失惨重，他们沮丧不已，丧失了继续进攻的勇气，于是便一边撤退，一边自卫性地远远开枪齐射，但白人毫发未损。天色暗下来时，三个人从灌木丛中爬到河床上，在漆黑的夜幕掩护下，突破了敌人的封锁圈，再也没受到攻击，然后他们设法抵达了定居点，安然无恙，除了随身还携带着自己的枪，他们把什么都给丢了。

两个印第安战士宁可战死沙场，也决不投降

很多年来，最重要的荒野居民之一，就是那个西点军校毕业的军官，在荒野冲突中，他扮演的角色比其他人都重要，那场荒野冲突的结果，是在密西西比河那边的地区开辟了白人定居点。自从 1879 年以来，北方仅有极少数印第安人在有规律地战斗，尽管在南方有过针对印第安阿帕奇族发起的一两场非常沉闷而让人厌倦的战役。然而，即使在北方，偶尔也有印第安人起义，当局不得不派遣正规部队前去镇压。

1891 年 9 月，在我的麋鹿狩猎之旅之后，我骑马穿越黄石公园，这一点我在别处叙述过。那时，一个伯灵顿——昆西铁路公司的

检查员陪着我，他离开他的夏季工作，与我同行。那是 10 月 1 日，那里下了一场暴风雪，雪花漫天飞舞。我们两个人各骑一匹强壮的小型马，还牵着一匹小型马，上面驮着我们的衣物、被褥之类的东西，我们一路披荆斩棘，从上间歇泉盆地前行到中间歇泉盆地。我惊喜地发现，第一骑兵师的一支部队驻扎在那里，其指挥官是我的老朋友，弗兰克·爱德华兹（Frank Edwards）上尉和约翰·皮切尔（John Pitcher）中尉（现在已经是上尉了）。他们给了我们一些喂马的干草，坚持要我们留下来吃午饭，两位军官总是流露出如此乐意的殷勤。午饭之后，我们开始讲起了故事。我的旅伴——检查员，在那个春天施展了一种显著的技艺，初次穿越了比格霍恩河的一道峡谷。他与一个探矿者结伴同行，两个人拖着一辆由三叶杨制成的雪橇在冰上前进。峡谷两壁刀削般陡峭，水汹涌奔腾，因此只有在那条河结冰时才能下去。然而在六天的艰苦努力之后，他们攀登下去了，检查员在给自己的历险做结论时，描述了他穿越乌鸦印第安人保留区的经历。

检查员的话题把我们的谈话引向印第安人，似乎我们的两位主人都是与印第安人的冲突的参与者，那些冲突的发生曾经吸引了我的注意力，因为它们发生在我熟悉的部落中间，发生在一个我有时拜访的乡间——不是去狩猎，就是去为牧场购买马匹。第一次冲突，据爱德华兹上尉回忆，发生在 1886 年末，那时正值乌鸦族印第安部落的巫师首领——携剑者在他举行的一次为流行病驱魔跳舞期间，宣布自己是印第安种族的弥赛亚。携剑者这一名字来源于他总是携带着一柄医药之剑，即一柄涂成红色的马刀。他声称自己拥有魔力，他表演了许多灵巧的骗人把戏，结果十分幸运，应和了某些预言，因此他深深煽动了印第安人，尤其是把年轻的印第安战士鼓动得激动万分、热血沸腾。他们闷闷不乐，开始涂绘自己的身子，把自己武装起来。政府安插在附近的密探和定居者渐渐深感不安，因此军队被派往保留区。一大群骑兵，包括德华兹上尉的部队，也开拔到了那里。他们发现乌鸦族战士骑着战马，一身醒目的戎装，在一座小山上等待他们。

在这样的事件中，部队所处的位置总是特别艰难，也十分尴尬。无论他们做什么，周围的定居者肯定要大声反对他们，这是基于他们不够严厉，并且还对印第安流露出好感；而另一方面，即使他们纯粹是为了自卫而战斗，东部的一大群可敬然而低能的感伤主义者肯定要尖声叫喊他们残酷地攻击印第安人。战争权威人士总是强调他们在任何情况下都不得首先开枪，这就是当时的命令。山顶上的乌鸦族印第安人流露出愠怒而危险的态度，部队慢慢朝他们挺进，然后停下来会谈。就在那时，一大片黑压压的雷雨云聚集在地平线上，预示着一场特别严重的倾盆大雨即将来临，这种骤雨的突然性正是平原荒野的天气特征。

同时，还在试图安排会谈之际，一个骑手从乌鸦族印第安人的队列中策马而来，朝部队奔驰而来，那就是巫医首领——携剑者。他涂画过脸，一身戎装，戴着他那飘拂的、拖曳的鹰羽作战帽子，同时，鹰羽编织在他那暴躁的小马的鬃毛上和尾巴上。他几乎策马径直驰骋到部队跟前，然后开始围绕骑兵们而行，呼唤着、歌唱着，把他那涂成深红色的剑往空中一抛，又在它落下来之际稳稳抓住了剑柄。他两度骑马围绕士兵，那些士兵对事态的发展尚不确定，不知道他的表演究竟意味着什么，但心里很清楚上级禁止朝他开枪。接着，携剑者不再注意他们了，打马转身朝着乌鸦族战士驰骋而去。这似乎是他告诉了那些印第安战士，说他可以骑马两度围绕敌军，他可以通过自己的咒语从天上招来滂沱大雨，那样就会让白人的心像水一样流逝，因此他们就会灰溜溜回家去。相当肯定，正当安排会谈还在继续进行之际，那场倾盆大雨便从天而降，让指挥部湿透了，让山前的地面几乎不能通行。就在那里的地面干起来之前，一个信使到达了，他带来了上级的命令，让部队返回营地。

携剑者的预言应验了，当然他的名声就大振，达到了巅峰，部落的年轻人于是加紧准备战争，可是部落的老酋长们完全认识到了白人的力量，依然在阻止他们，再三劝告他们不要鲁莽行事。当部队第二次出现的时候，他们遭遇了整个乌鸦族的部队，部落的妇女和儿童拿着圆锥形帐篷去了一条小溪的另一边，同时部落中几乎所有战士都集中在前面。携剑者又像他先前那样施展表演伎俩，骑马奔驰去围绕白人士兵，其目的无非是要更强烈地激发部落战士。然而，这次他手下的一些人没能受到约束，他们也开始策马靠近白人部队，其中一个印第安战士还忍不住朝处于队伍前列的爱德华兹上尉率领的部队开火，士兵们抓住这个机会立即予以还击，一阵齐射之后，爱德华兹上尉的部队便发起了冲锋，战斗只持续了一两分钟便结束了，因为携剑者本人被一颗流弹击中，掉下马来一命呜呼，由于他吹嘘过自己刀枪不入，还保证说过，如果部落战士跟随他，也会像他一样刀枪不入。然而他的死让部落战士们的心变得像水一样流逝而去，纷纷四面突围。

尽管部落年轻人的行为让人愤怒，但在这场冲突中也发生了一个有趣的插曲，那就是看见戴着羽毛、涂绘着面庞的部落战士慌不择路地朝自己的营地奔驰而去，跳进小溪，洗掉涂在身上的战争色彩，拔掉羽毛，过了一会儿，他们就神经麻木地坐在地上，把毯子披在肩头上，还起身问候那些追逐而来的骑兵，表现出无动于衷的镇静，平静地向士兵们保证说自己总是友好的，坚决反对那些刚刚在外面战场上被冲散的部落年轻人的行为。军队的纪律非常严格，适当的战斗之后，就再也没有发生流血冲突了。在这场冲突中，部队的损失微乎其微。

另一场冲突是由皮切尔中尉叙述的，1890 年发生在怀俄明州北部的舌头河附近，当时他服役所在的部队驻扎在印第安夏延族保留地附近。有一天早晨，两个夏延族年轻人遇见了一个政府牧人，就立即将他杀死了——他们发起突袭，一半是因为难以控制自己的血欲，一半纯粹是因为极度的自由自在，无所事事。然后他们把受害者的尸体拖进灌木丛，扔在那里。

牧人的失踪当然引起了官方的注意，于是派出骑兵搜索队四处寻找失踪者的下落。起初印第安人坚决否认他们知道那失踪者的下落，但是搜索队不久便在灌木丛中发现了尸体，如此一来，事情就很明显了，部落的两三个酋长还亲自参加了搜索队，把搜索人员引至尸体搁放之处，尽管起初他们拒绝说出凶手的名字，最后还是不得不承认受害者是自己部落里的两个年轻人杀害的。军队指挥官要求他们交出凶手，酋长却说他们非常抱歉，他们不能那么做，但愿意付出任何合理数量的小型马匹作为赔偿。这种提议当然立即就遭到了拒绝，指挥官便向他们通报，如果凶手在一定时间内不投降，那么他就会认为整个部落都应该为这件事负责，而且还会迅速采取行动，进攻部落。听了此言，酋长们便连忙赶回去召集全部落的长老召开紧急会议，最后告诉指挥官说他们无权交出凶手，而凶手说他们一看见自己的部落卷入了一场毫无希望的战争，他们愿意主动挺身而出，抗击军队，地点由军队指定，他们宁愿战死沙场，也不愿投降。对于这种提议，指挥官回应："好吧，就让他们在半小时之内采取行动吧。"酋长们勉强同意之后，就连忙赶回去了。

印第安人立即派遣骑马的信使全速出动，通知各营地的印第安人都前来目击这种猛烈的自我毁灭行为。很快，整个夏延部落的印第安人都来了，其中很多人把脸涂黑，表示哀悼，伫立在山坡上准备观看这场厮杀。在指定的时辰，那两个年轻人出现了，他们一身戎装，驰骋到宿营地附近的山顶上，故意朝军队开火，军队开了几枪，便把那两个年轻暴徒赶跑了，同时皮切尔中尉和20个骑兵离开营地去包抄他们，把他们驱赶进包围圈。本来士兵们并不想伤害他们，而是想俘虏他们，然后交给印第安人，由此印第安人自己可能会被迫对这两个人实施惩罚。然而，他们无法实现自己的目标，其中一个年轻的印第安勇士径直朝他们奔来，开枪打伤了一个骑兵的坐骑，因此仅仅自卫，那个骑兵举枪便是一阵连续射击，将进攻者击倒在马上；另一个年轻勇士的马被击中，可是他英勇地战斗到最后一刻，死在灌木丛中。

从两个注定要死去的年轻勇士出现，到他们血染沙场，山坡上的夏延人（Cheyenne）一直在有规律地唱着死亡圣歌。当年轻勇士双双死去，因此改变了整个部落因为其罪行而遭遇涂炭的命运时，印第安战士抬着那两个年轻人的尸体回去举行隆重的葬礼仪式，士兵们在一边旁观，沉默不语。两个死者究竟埋葬在哪里，白人士兵始终不知道。可是一整夜，他们都听见印第安部落举行阴郁的葬礼时唱出的挽歌哀号声，那声音十分凄凉。

神秘动物袭击事件

边民们通常并不非常迷信，过着过于艰苦而又实用的生活，而且对于精神与超自然事物的想象力太少。当我生活在边境上时，我只听说过极少的鬼故事，而且这些鬼故事完全是传统类型的老生常谈，毫无新意。

可是我曾经听说过一个鬼故事，给我的印象极深。这个故事是一个头发斑白、饱经风霜的山中老猎人讲的，他叫做鲍曼（Bauman），生于边界，在那里度过了一生。他肯定对自己所讲的故事深信不疑，因为他在讲到这个故事的某些情节时还几乎控制不住地颤栗。他的祖先是德国人，他在童年时期无疑听过许多鬼故事，因此许多可怕的迷信传说都潜伏在他的脑海里。此外，他还在印第安人冬天的营地里听印第安巫医讲过一些故事，什么雪行者和鬼怪，什么无形邪魔出没在森林深处，尾随和伏击夜幕降临后穿越其埋伏地区的孤身流浪者。这可能是当他被降临在他朋友身上的恐怖命运所征服时，当他被陌生未知的事物的令人生畏的恐惧所压抑时，他就开始这样认为了，在那时，更多地在回忆中，他把怪异和精灵的显著特性归于纯粹是某种邪恶而狡猾得反常的野兽，可是究竟是不是这样，没有人能说清。

当这件事发生时，鲍曼还是个年轻人，当时他与一个同伴一起在群山之中设置陷阱捕猎野兽，那些群山正好位于把爱达荷州的鲑鱼河的支流与威斯登河的源头分开之处。由于运气不佳，他们所获猎物甚少，于是他和同伴便决定深入到一个特别荒凉的关隘地区去捕猎——有一条小溪穿越那里，据说小溪里有大量河狸出没。那关隘可是恶名远扬，因为前一年，一个孤身深入那里的猎人惨遭杀害，表面上看来，凶手是一头野兽，后来一些探矿者在第二天路过他的营地时，才发现了那不幸的猎人的遗体被啃吃得只剩下一半。

然而，鲍曼和他的同伴对这场悲剧并没怎么在意，他们像其他设置陷阱捕猎的人一样，富于冒险精神，吃苦耐劳。他们骑着两匹瘦削的小型山地马来到那关隘脚下，从那里开始，一路是岩石嶙峋、森林覆盖的地面，不适合骑马前行，于是他们便把马匹留在那里的一片开阔的河狸牧草地上，然后朝关隘进发，徒步穿越辽阔无边的幽暗森林，大约走了四小时，他们到达了一小片开阔的林间空地，种种迹象表明，那里的猎物十分丰富，于是他们便决定在那里扎营。

那时离天黑还有一两个小时，他们用灌木构筑了一个单坡屋顶，把行李扔在地上，打开取出用具，然后便出发了，溯小溪而上。那里的荒野树林丛生，难以穿行，虽然阴沉的林地不时间隔着长满山草的小片林间空地，但布满了倒下的树木。

黄昏时分，他们再次回到了营地。他们扎营的那片林间空地没有多宽，高大、密集的松树和枞树像墙壁一般环绕在四周。营地一端是一条潺潺流动的小溪，陡峭的山坡在小溪那边隆起，山坡上覆盖着生长得十分密集的常青树林。

他们惊讶地发现，就在他们短暂地离开营地之际，有什么野兽——显然是一头熊造访了营地，并且在他们的物品中间到处搜寻，把行李翻得乱七八糟，还纯粹是出于恶作剧地毁坏了他们搭建的单坡屋顶。那头野兽的足印相当清晰，可是起初他们对那些足印并没有特别在意，只是忙碌着重新搭建被毁坏的单坡屋顶。

就在鲍曼把晚餐准备好的时候，天色已经黑了下来，他的同伴开始更加仔细地查看那野兽留下的踪迹，很快，他从火堆边拿起一根燃烧的木头，一路追踪而去，他们离开营地之后，那入侵者是沿着一条猎物小径而来的。当那燃烧的木头熄灭时，他又回到火堆边拿起另一根燃烧的木头，继续仔细地查看那些足印。回到火边后，他伫立了一两分钟，凝视着外面的黑暗，突然开口说："鲍曼，那头熊用两条腿走路。"鲍曼不以为然，嘲笑他的说法，可是他的同伴则坚持自己的判断是正确的，便拿着一支火把重新去查看那些踪迹，那些足印确实好像是两只爪子或两只脚留下的，然而因为天色太暗而无法确定。然后他们讨论那些足印究竟是不是人类留下的，并最后得出结论：不可能是人类的脚印，尽管如此，他们两个人还是在单坡屋顶下面裹着毯子入睡了。

子夜时分，鲍曼被某种声音惊醒了，他裹着毯子坐了起来。当他坐起来查看时，他的鼻子闻到了一股浓烈的野兽气味，他隐隐约约看见单坡屋顶入口处的黑暗中伫立着一个庞然大物的躯体，于是他马上抓起猎枪对着那个模糊的、威胁的身影开火，可是他肯定没有击中，因为他立即就听见下层林丛中传来了一阵枝条的折裂声，显然是那家伙——无论它是什么——仓皇逃进了森林那难以穿越的黑暗和夜色之中。

这个插曲发生之后，两个人只睡了一小会儿，然后一直坐在重新点燃的火堆旁边，可是再也没有听到什么声音了。到了早晨，他们从营地出发，去查看他们头天傍晚设下的陷阱，看是否捕到了猎物，并且还设置了一些新的陷阱。他们的意见似乎达成一致，一整天都没怎么说话，接近傍晚时分，他们回到了营地。

接近营地时，他们看见的一幕几乎让他们震惊不已：单坡屋顶又被撕扯了下来。前一天的造访者卷土重来了，而且大施淫威，恶意地把他们的营地用具包和被褥扔得到处都是，还毁坏了他们搭建的简陋小木屋。地面上留下了它的脚印，它离开营地时还在小溪畔的软泥上前行，那足印清晰得如同印在雪地上一般，而且在仔细查看了踪迹之后，他们发现那家伙——无论它是什么——确实好像仅仅用两条腿走路。

他们开始不安起来，接着收集了一大堆枯木，点燃。那熊熊的烈火照亮了夜空，大多数时候，两个人轮流坐着警戒。大约在子夜时分，那家伙穿过对面的森林下来了，越过小溪，在那里的山坡上待了近一个小时。当它四处移动时，他们能听见枝条噼啪折裂的声音，有好几次它还发出一种刺耳的、拉长的呻吟，那是一种特别险恶的声音，然而它并没有冒险接近火堆。

到了早晨，这两个设置陷阱捕猎的人讨论了过去36小时中发生的这桩离奇的怪事，决定在当天下午收拾行装离开山谷。因为尽管他们看见了大量猎物的踪迹，可是所获的兽皮寥寥无几，于是他们愈加倾向于做好准备离开这里。然而，他们必须先去查看他们设置下的那些陷阱，把夹子收集起来。

整个早晨他们都在一起，形影不离，收起一个又一个夹子，每个夹子都空空如也，一无所获。在他们最初离开营地时，他们就感到了有什么东西在跟踪他们。在浓密的云杉丛中，他们经过之后，偶尔听见身后传来一声枝条折断的声音，在他们侧边的小松树丛中，还不时传来轻微的沙沙声。

正午时，他们往回走，来到离营地几公里之遥的范围内。在高高照耀的明亮的阳光下，对这两个全副武装的人来说，他们的恐惧似乎有些荒诞不经，很多年来，他们早已习惯了在荒野中孤独地徘徊，面对每一种来自人类、野兽或自然环境的危险。在附近的一道宽阔的深壑中的一个小水塘边，还有三个捕猎河狸的夹子没有收集，于是鲍曼便自告奋勇去收集那些夹子带回营地，而他的同伴则径直回营地去收拾行装。

到达水塘后，鲍曼发现他们设置的夹子夹住了三只河狸，其中一个夹子被拉松了，被拖进了一个河狸的巢穴。他花了好几个小时来收拾，最后才收回了夹子。当他起程回营地时，他看见如此低垂的太阳，心中有些不安，便匆匆赶向营地，在高大的树下，森林的沉寂与荒芜重重地压在他心上。他的脚步很轻，在松针上没有发出一点儿响动，倾斜的阳光穿过笔直的树干照射下来，形成一层灰白的模糊，即使物体不远也难以辨认。万籁俱寂，没有微风吹拂的时候，这幽灵般的沉寂总是孵育这些阴沉的原始森林。

终于，他来到了那一小片林间空地的边缘，他们的营地就在那里，于是他一边走过去，一边大声呼唤他的同伴，可是无人回应。营火熄灭了，稀疏的蓝色烟雾依然卷曲着缭绕而起，营地上，行李已经准备妥当，就放在营火边。起初鲍曼不见一人，也没有人回应他的叫喊，他迈步向前，又叫喊起来，就在他叫喊之际，他的目光一下子落到了他的同伴的尸体上——他的同伴直挺挺倒在一棵倒下的巨大的云杉的树干的旁边。他急忙跑上前去，这惊恐不已的捕猎者发现，同伴的尸体还有体温，可是脖子却被折断了，喉咙上留下了四个硕大的獠牙印。

某种不明身份的野兽，或其他什么东西的足印深深地印在柔软的土壤上，那些脚印说明了一切。

鲍曼的同伴——这不幸的人，把行装打点完毕之后就坐在那棵云杉的树干上，面朝着火堆，背对着密林，等待鲍曼归来。就在他这样等待之际，那怪物般的家伙对他进行了袭击，那家伙肯定是一直潜伏在树林中，等待机会抓住这个毫无准备的冒险者，从后面冷不防而来，它所迈出的长长的脚步毫无声响，似乎依然以两条腿走路。受害者显然还没有听见它的响动，它便接近那背对着它的受害者，在死死咬住他的喉咙时，还折断了他的脖子。它并没有吃掉尸体，而是在尸体周围欢跳着顽皮嬉戏，那举止笨拙而凶恶，还不时在尸体上滚来滚去，然后便逃回到寂静的树林深处。

鲍曼惊恐万状，完全丧失了勇气，他相信他不得不对付的动物是某种半人半魔的东西，某种巨大的鬼怪般的野兽，于是他扔下所有东西，只扛着猎枪，头也不回地匆匆逃出那关隘，他一刻也不敢停留，一口气跑到那片河狸牧草地，他们上山前系住马腿、留在那里的小型马依然在吃草。他匆匆骑上马，连夜兼程，一路向前狂奔，直到摆脱追逐。

---

①黑斯廷斯战役（Battle of Hastings），1066 年 10 月 14 日，哈罗德国王的盎格鲁 – 撒克逊军队和诺曼底公爵威廉一世的军队在黑斯廷斯（英国东萨塞克斯郡濒临加来海峡的城市）地区进行的一场交战。